L'ultime expérience

BRUCE BENAMRAN

L'ultime expérience

J'AI LU

À feu François Leray,
dont j'aurais aimé pouvoir collecter les critiques.

À Gaëlle, sans qui, en vérité,
rien ne serait jamais possible.

À Jarod et Camille...

Rapport d'enquête préliminaire du 7 avril 1979

Ce jour, à 2h37 du matin, au Golden Ring Hotel, 5 rue Smolenskaya, à Moscou, un individu non identifié a pénétré sans effraction apparente dans la chambre 319 et a exécuté ses trois occupants d'une balle derrière la nuque au pied du lit principal. Les victimes sont Anatoli Bolgarov, né le 17 septembre 1935 à Leningrad, diplomate, son épouse Natalia, née le 23 février 1938 à Leningrad, femme au foyer, et leur fils Alexandr "Sacha", né le 11 mars 1971 à Berlin-Est. La scène de crime ne présente aucun signe de lutte, l'argent ainsi que les effets personnels des victimes n'ont pas été dérobés. La nature de l'exécution nous porte à croire qu'il s'agit d'un règlement de comptes. Toutefois, compte tenu de la profession de Monsieur Bolgarov, nous ne pouvons exclure la possibilité que des documents aient été volés, ni celle qu'il s'agisse d'un attentat contre un représentant du praesidium du Soviet suprême.

00

Les lumières du jour commençaient à peine à éclairer le relief de la route quand la camionnette quitta l'autoroute A86 pour rejoindre la N118, direction Saclay. Si le conducteur était un homme à tout faire, du genre qui ne posait pas de question en échange de quelques billets de banque, le passager était d'un autre cuir. Il était grand sans être imposant, musclé sans être massif, tout ce qu'on attendait d'un espion ou d'un homme travaillant sous couverture : parfaitement efficace, mais dont le souvenir s'estompait sitôt qu'on ne le voyait plus. Le seul signe qui permettait un tant soit peu de le distinguer était un tatouage qui courait depuis son épaule gauche jusqu'à son poignet.

L'échangeur de l'autoroute était le bon endroit, et le passager n'avait que quelques secondes pour agir. Tenant dans les mains une télécommande, les yeux comme deux aiguillons noirs rivés sur un écran, il pilotait la voiture située juste derrière eux. Il s'était préparé pour ce moment depuis longtemps et savait qu'il n'aurait droit qu'à un seul essai ;

s'il se loupait, les conséquences seraient sans doute bien plus catastrophiques qu'il ne pouvait l'imaginer.

Alors que la camionnette suivait la longue courbe qui menait à la N118, il fit signe au conducteur d'accélérer pour prendre de la distance. Il poussa alors le levier de droite sur sa télécommande, et la voiture téléguidée accéléra et commença à survirer dans la courbe. Puis, d'un geste aussi sûr que sec, il abaissa le levier et projeta la voiture contre la glissière de sécurité. Il entendit le choc du contact derrière lui et pressa à cet instant un bouton qui fit exploser le réservoir. La voiture décolla du sol. Il vit dans le rétroviseur une boule de feu faisant quelques tonneaux avant de ralentir, puis de s'immobiliser en travers de la voie. La mission était réussie. Il replia puis rangea la télécommande, sortit de sa poche un smartphone, et y tapota le message suivant : « C'est fait. » Sa mission consistait, pour citer son commanditaire, à « foutre la merde et créer du chaos pour les occuper ».

Aucun doute, ça les occuperait un temps…

01

Je suppose que ça arrive à tout le monde, ce genre de rêves… Tu sais, celui où on – pardon, je te tutoie, mais au point où on en est, on ne va pas faire de chichi, hein… Donc, je disais, le genre de rêve où on court, sans trop savoir si on cherche à attraper quelque chose ou à échapper à quelqu'un… On peut bien être dans une forêt ou dans un long couloir, il n'y a rien qui puisse nous faire dire : « Hey, mais c'est un rêve, pas besoin de s'épuiser comme ça ! » D'ailleurs, je ne devrais même pas savoir qu'il s'agit d'un rêve, à vrai dire. Mais en même temps, je ne suis pas censé te parler, alors…

Donc, tu veux connaître mon histoire ; j'espère que t'es bien installé, parce que mon histoire est aussi complexe qu'elle est inhabituelle…

Déjà, je m'appelle Sylvain, ça, on le sait, mais je pourrais aussi bien m'appeler Jean-Claude que ça n'y changerait pas grand-chose, hein… Enfin bref…

La particularité de ce type de rêves, donc, c'est que plus on s'excite pour aller vite, et plus on a l'impression de s'enliser. On sent bien que la chose qui nous court après va nous rattraper, tout comme on sent bien qu'on ne peut rien y faire. Et là, je cours, je cours, je sens que je n'avance pas, et je sens une panique qui monte à l'intérieur de moi, je m'attends à ce que, d'un instant à l'autre, une main vienne me saisir par le cou. Et comme si cela n'était pas suffisamment angoissant, un son strident et régulier se fait entendre ; d'abord lointain, son intensité augmente progressivement jusqu'à devenir assourdissante, et ça fait un peu comme...

02

L'alarme du téléphone portable de Sylvain Guérin parvint enfin à le sortir de son sommeil. Il ouvrit un œil puis, machinalement, fit taire la sonnerie. Il était 7 h 01, et Sylvain se leva pour une nouvelle journée. Malgré sa quarantaine naissante, il était aussi tonique dès le réveil qu'un jeune cadre dynamique tout droit sorti d'une école de commerce. C'était un homme svelte et musclé, même s'il ne pratiquait aucun sport régulièrement. Le genre d'homme qui plaisait aux femmes sans pour autant être une gravure de mode. Mais lui ne s'intéressait pas vraiment aux femmes. Célibataire endurci, il se consacrait quasi exclusivement à son travail. C'était le seul moteur de ses journées.

Sa routine matinale était si parfaitement huilée qu'il pouvait l'effectuer les yeux fermés. Il quitta sa chambre pour entrer dans le salon, alluma la télévision depuis la télécommande posée sur la table basse, contourna le canapé, puis le bar de sa cuisine ouverte, mit en route sa machine à café, y déposa la tasse de la veille qui attendait, propre, sur l'égouttoir de l'évier, et fit demi-tour vers la salle de bains. Une chaîne d'informations en continu animait la pièce.

Dans sa salle de bains, Sylvain fit couler sa douche avant d'aller pisser, parce qu'il savait que l'eau chaude pouvait mettre un certain temps à arriver. Il tira la chasse d'eau, ôta son caleçon et entra dans la cabine de douche. Le flux d'informations émanant de la télévision devint alors inaudible. Il était 7 h 04.

03

Sylvain sortit de la salle de bains une serviette autour de la taille, se séchant les cheveux avec une plus petite serviette en se dirigeant vers son café. L'horloge du micro-ondes indiquait qu'il était 7 h 19, ce qui signifiait qu'il était en réalité 7 h 15. Sylvain n'avait jamais compris pour quelles raisons l'électroménager semblait disposer d'un temps propre indépendant du reste du monde, et malgré toute tentative de réglage, cet appareil finissait toujours par afficher une heure différente au bout de quelques jours. Il avait fini par s'en accommoder.

Sur le comptoir, Sylvain attrapa un flacon de médicaments et en sortit une pilule. Il en restait une demi-douzaine à peine, il lui faudrait passer à la pharmacie pour refaire le plein. Il déposa la pilule sur sa langue et attrapa sa tasse.

Son café bu, il retourna à la salle de bains pour se brosser les dents, puis se raser, et enfin se peigner. Sylvain n'était ni maniaque ni particulièrement coquet, mais ses parents lui avaient appris les vertus de la propreté en toutes circonstances. Être rasé de près, bien peigné et porter une chemise repassée était aussi naturel pour lui que mettre sa main devant sa bouche pour bâiller : c'était une simple question d'éducation.

À la télévision, le présentateur clôturait la page financière – le P-DG de la multinationale Bidule s'est prononcé sur la crise économique Machin, ce qui a provoqué plusieurs millions de dollars de transactions dans le monde – et Sylvain se rendit dans sa chambre pour faire son lit et attraper ses vêtements. Il en sortit en boutonnant sa chemise blanche, une cravate grise pendant sur ses épaules, relevant son col, lorsqu'il s'interrompit devant la télévision. On y voyait un embouteillage qui paraissait sans fin, et dans le tiers inférieur de l'écran on pouvait lire « A86 bloquée dans les deux sens ». Sylvain ne se rendait même pas compte qu'il nouait sa cravate tandis qu'il pestait, sans trop savoir encore contre qui ni quoi. L'A86 bloquée, cela signifiait qu'il arriverait en retard et que toute sa journée serait chamboulée. Ou peut-être seulement la matinée, s'il était prêt à déjeuner plus rapidement qu'à l'accoutumée, ce qui était rarement le cas.

Partagé un instant entre « se presser pour partir plus tôt que d'habitude » ou « prendre son temps puisque de toute façon le sort en était jeté », Sylvain choisit rapidement la première option. Il attrapa sa tasse, la rinça sommairement avant de la poser sur l'égouttoir, éteignit la machine à café, attrapa la télécommande et la pointa vers l'écran lorsqu'il crut entendre le présentateur l'interpeller – ce qui était parfaitement absurde –, alors que défilaient des images, manifestement filmées par un téléphone portable, d'une voiture en flammes : l'embouteillage semblait avoir été causé par un accident n'impliquant qu'un seul véhicule, dont le conducteur, qui était la seule victime, s'appelait Sylvain Guérin.

04

Ça fait bizarre, quand même, je ne vais pas te le cacher. Je me suis senti un peu con, pendant deux secondes, d'avoir reproché à ce pauvre type à peine décédé d'avoir gâché ma journée alors qu'il y avait quand même peu de chances qu'il l'ait fait exprès, mais surtout, aucune que ce soit pour m'emmerder.

Mais là, d'entendre son nom, MON nom, ça m'a fait un truc. Je sais, c'est très commun, comme nom, hein… Des Guérin, en France, y en a un bon paquet, c'est clair ; alors qu'il y en ait deux ou trois dans le tas qui s'appellent Sylvain, comme moi, c'est évident que ça existe. Mais de là à en voir un entrer ainsi dans ma vie… Du coup, oui, ça fait bizarre… Et là, je sais ce que tu te dis, hein… « Hé, mais attends, tu as dit que t'aurais tout aussi bien pu t'appeler Jean-Claude que ça ne changerait rien… alors que si, ça changerait tout, là ! » Oui et non, en fait. Si je m'appelais Jean-Claude, et l'autre aussi, c'est presque aussi courant, et ça ne changerait rien, au final.

Mais bon, à ce moment-là de ma journée, y a au moins une chose qui était sûre, c'est que j'aurais une putain d'anecdote à raconter à la machine à café. C'est ça que je me suis dit. Parce que j'avais aucune raison de penser à quoi que ce soit d'autre. Sinon, bien sûr que j'aurais dû m'étonner qu'on balance ainsi le nom d'une victime, qui plus est lambda, à la télévision. C'est ça qui aurait dû m'interpeller.

Courrier interne du 11 avril 2014 à 16 h 44

Cher Professeur Kowalski,

Le sujet #6-14 semblait réagir correctement à son traitement, montrant ainsi systématiquement un indice de résilience bien supérieur à celui des autres sujets ; cependant, en relisant vos résultats, je note une instabilité chimique croissante au niveau de sa production d'acétylcholine. Il n'y avait sans doute *a priori* rien d'inquiétant à cela, mais je souhaitais toutefois votre avis sur le sujet, l'acétylcholine et l'atropine ayant été au cœur de vos recherches depuis plusieurs décennies déjà. Vous trouverez joint à ce courrier les analyses qui confortent ces appréciations.

Je reste bien évidemment, Professeur, à votre disposition pour tout échange sur le sujet, et vous prie de croire en mes sentiments les plus distingués.

Bien à vous,

Docteur Fournier

05

En temps normal, Louise prenait soin de ne pas mouiller ses longs cheveux noirs sous la douche, mais la tentation était trop forte. Cette superbe douche à l'italienne était plus grande que sa propre salle de bains, et l'eau chaude et fumante tombait du plafond comme une pluie fine et dense. En plus, elle savait qu'il la regardait, depuis le lit, à travers la vitre ; elle lui tournait le dos, mais on sent ces choses-là. Elle savait l'effet que son corps nu et luisant provoquait chez la plupart des hommes. Aussi se lavait-elle les cheveux, mais sans shampoing ni savon ; elle se douchait comme personne ne se douche en réalité. D'ailleurs elle ne se douchait pas autant qu'elle dansait derrière la fine buée qui couvrait la vitre séparant la douche du lit ; à cet instant, elle n'était plus Louise, la jeune femme de 24 ans dont les parents espéraient toujours qu'elle devienne avocate. À cet instant, elle n'était plus Louise, dont elle-même imaginait que sa beauté ferait d'elle un mannequin qui défilerait sur toutes les estrades du monde. Non. À cet instant, elle était Erika. Ce n'est même pas elle qui avait choisi ce nom, mais une de ses amies : il était impératif que son nom se termine par un « a », parce que « les hommes préfèrent ça ». Louise n'avait pas insisté ; elle n'insistait d'ailleurs que rarement.

Cela étant, elle voyait des avantages à être Erika : c'était un rôle dont elle pouvait se détacher, cette fois-ci avec du shampoing, du savon et à l'abri des regards ; par ailleurs, être Erika lui permettait de gagner sa vie plus que correctement. Et, de temps en temps, elle accédait à des mondes dont elle ne soupçonnait même pas l'existence, comme c'était le cas pour ce loft invraisemblable, au design aussi minimaliste que moderne, juché au dernier étage de la tour des bureaux de la société Nocell et dans lequel elle finissait de prendre sa comédie de douche.

Erika noua une serviette autour de ses hanches, laissant ses petits seins fermes bien apparents, et essora ses cheveux autant qu'elle pouvait pour les laisser courir le long de son dos sans avoir à les couvrir ni risquer de mettre de l'eau dans la chambre. Sa sortie était étudiée. Erika était un rôle, et elle le jouait à merveille. Mais son unique spectateur n'était pas dans le lit.

Debout au milieu de l'immense pièce, Henri Codat coupa le son de la télévision, on y voyait une voiture en flammes filmée avec un téléphone portable. Vêtu d'un simple pantalon de jogging, torse nu, c'était un homme, un vrai, de ceux sur qui le temps ne semble avoir aucune prise. Ses tempes grisonnantes, sa jeune barbe poivre et sel, tout concordait à entourer cet homme d'une aura de charisme qui en imposerait autant s'il n'était pas le riche et puissant P-DG de Nocell. Si Erika l'autorisait, Louise se verrait bien tomber amoureuse de cet homme toujours courtois et galant, mais dont elle imaginait bien que le regard pouvait être glaçant lorsque les circonstances l'exigeaient. Si Henri voulait d'elle, nul doute qu'il la protégerait et s'occuperait d'elle *comme il faut*. Mais Erika ne l'autoriserait pas. Parce que Erika savait très bien ce qu'un homme comme Henri attendait d'elle. Elle touchait beaucoup d'argent pour le savoir, autant qu'elle le payait cher.

Sans se retourner, Henri contourna le bar pour accéder à la cuisine ouverte, ouvrit d'une pression un des meubles et en retira deux flûtes à champagne. La porte du meuble se referma toute seule, et si Louise pensa que ce mécanisme devait coûter à lui seul le prix de sa propre cuisine, Erika avança lentement, hanches en avant, vers le bar. Henri sortit une bouteille de champagne du réfrigérateur et, tandis qu'il en faisait sauter le bouchon, Erika dit de sa voix la plus sensuelle : « Une bonne nouvelle ? » Le sourire carnassier d'Henri aurait sans doute effrayé Louise s'il n'avait pas eu l'air véritablement heureux à cet instant. Il dit : « Une bonne nouvelle ? Une excellente nouvelle, tu veux dire ! » Le regard de Louise allait et venait d'Henri à la télévision ; on y voyait des centaines de voitures bloquées, des secours qui n'arrivaient pas à se frayer un chemin. Louise ne comprenait pas ce qu'il y avait de réjouissant dans un embouteillage, mais elle n'allait pas gâcher ce moment pour autant, il y avait certainement un paquet de fric en plus à se faire. Alors qu'Henri composait un numéro de téléphone sur son portable, Erika laissa tomber sa serviette sur le sol et continua d'avancer ; arrivée devant Henri, sans le quitter des yeux, elle se mit à genoux.

06

Un nuage de fumée surplombait le bureau de Richard, ce qui n'avait rien d'étonnant vu la quantité de cigarettes que ce dernier était capable de consumer en une journée, mais à une telle heure de la matinée, cela trahissait quand même un stress ambiant. D'ailleurs, Richard Monce, « Richard » pour son entourage, « monsieur Richard » pour les autres, d'habitude installé sur son fauteuil rejeté en arrière, une main derrière la tête et jouant parfaitement son rôle de directeur, expliquant à ses hommes comment il refaisait le monde, fier de son travail, fier de GlobalViz, sa société de sécurité, était cette fois-ci recroquevillé en avant, tirant nerveusement sur sa cigarette à en attaquer le filtre.

Ce matin, Richard paraissait petit. Ce matin, Richard paraissait vieux. Même s'il n'y avait pour l'instant pas à proprement parler de retard inhabituel, il savait que quelque chose clochait. Son téléphone aurait déjà dû sonner ; il aurait déjà dû recevoir l'appel, la confirmation que tout s'était passé comme prévu.

Il regarda son téléphone, comme si le fixer allait provoquer la chose ; il était tellement stressé que son esprit partait dans tous les sens. Il se mit à détailler son téléphone qui comportait beaucoup trop de touches ; Richard savait composer un numéro, passer de la ligne 1 à la ligne 2, et c'était à peu près tout. Devant cet appareil, il se sentait… impuissant. Voilà, c'est là qu'était le problème. Dire de Richard qu'il n'avait pas l'habitude de se sentir impuissant était un euphémisme. Il secoua brièvement la tête pour reprendre ses esprits tout en s'allumant une nouvelle cigarette. Des choses bien trop importantes se jouaient en ce moment pour qu'il puisse se permettre d'être distrait. Les risques qu'il avait pris étaient énormes, et les enjeux phénoménaux. On trouverait sans doute Richard ridicule s'il disait que l'avenir de l'humanité pouvait bien se jouer sur ce coup de téléphone, mais on aurait tort. *Toutes les civilisations finissent par s'effondrer,* se dit Richard, avant de se mettre mentalement à les énumérer : *les Égyptiens, les Grecs, les Romains, les Byzantins, les Ottomans, les Mongols… Mais surtout, des braises encore rouges de chaque empire naît un nouvel empire, un nouvel ordre, un nouveau… quelque chose.* Il savait que ce ne serait pas lui qui serait le prochain Alexandre, le prochain César ou le prochain Napoléon. Mais il pourrait être son premier créancier. C'était son rôle, son destin. Si et seulement si le coup de fil qu'il attendait était satisfaisant.

Richard n'aimait pas jouer au poker, et il lui semblait qu'il venait de miser son tapis sans avoir aucune idée de sa main. Quelques minutes auparavant, il avait reçu un appel, un appel qu'il n'attendait pas. Henri Codat, à l'autre bout du fil, semblait très excité. « Je viens de voir aux infos, c'est de l'excellent travail », avait-il dit. Richard n'aimait pas être pris de court, alors il avait joué le jeu, fait celui qui savait parfaitement de quoi il s'agissait. Et tandis qu'Henri continuait à exposer à quel point il était ravi et se mettait à complimenter le travail de GlobalViz, Richard cherchait à allumer le plus discrètement possible sa télévision pour regarder les infos. Cependant, il comprit de quoi Henri parlait avant même de trouver la bonne chaîne, lorsque son interlocuteur prononça les mots qu'il ne souhaitait entendre sous aucun prétexte : « Quand aurai-je le produit ? » Richard resta figé un instant si long qu'il se sentit obligé de donner le change : « Dès que possible, ça ne devrait plus tarder, je vous tiens vite au courant. »

Ils avaient raccroché, et Richard avait connecté les différents éléments dans sa tête. Mais quelque chose clochait. Il n'était pas pensable, pour une mission aussi importante, que l'extraction ait eu lieu sans qu'il en soit informé. Pire, il était impensable qu'elle ait eu lieu sans qu'il en ait donné l'ordre. Il s'était mis à espérer que c'était là l'erreur commise, que son équipe avait procédé à l'extraction sans le prévenir. Mais il savait bien que c'était impossible. Il avait envoyé un message à Nadja, la responsable du dossier, et attendait désormais qu'elle le rappelle. Richard n'aimait pas jouer au poker, parce qu'il n'y avait pas de place pour le hasard dans son domaine.

Ses digressions furent instantanément interrompues par la sonnerie du téléphone ; tout sembla s'arrêter autour de lui, jusqu'aux battements de son propre cœur. Il décrocha. Les nouvelles n'étaient pas à proprement parler mauvaises, mais elles étaient loin d'être bonnes. La voix de Nadja, à l'autre bout de la ligne, était claire, et le message était net : « non, nous n'avons pas prévu d'extraction aujourd'hui ; le produit devrait toujours être sous contrôle, je vérifie et je vous rappelle, mais il n'y a pas lieu de s'inquiéter. » Il raccrocha sans avoir prononcé le moindre mot.

Plus que l'incertitude, Richard détestait se sentir impuissant.

07

Si, en temps normal, Sylvain avait l'habitude d'allumer la radio de sa voiture sur une station d'informations, il n'y prêtait jamais aucune attention. Mais d'entendre son propre nom mentionné comme premier et unique acteur d'un fait divers non seulement local, mais duquel il se rapprochait à chaque minute, cela avait attisé sa curiosité. Il ne comptait pas en perdre une miette. En outre, le trafic était désormais si dense qu'il roulait au pas, alors il pouvait bien se concentrer un peu plus sur ce qu'il écoutait, et un peu moins sur ce qui l'entourait. Revue de presse, OK, interview politique, OK, page météo, d'accord. Il ne manquait plus que l'horoscope, tant qu'on y était. Pour la première fois depuis longtemps, Sylvain se mit en quête d'une autre station de radio ; peut-être que la chaîne d'informations sur la circulation aurait des infos, quelque chose à se mettre sous la dent pour étoffer l'histoire dont il allait délecter ses collègues ; mais non. Rien. À croire qu'aucun journaliste ne considérait important de renseigner les auditeurs sur le chauffeur décédé le matin sur la portion d'autoroute qui menait Sylvain de son appartement à son bureau. Il allait devoir prendre son mal en patience, et attendre d'être arrivé pour consulter Internet et ses réseaux sociaux ; si un témoin avait filmé l'accident sur place avec son téléphone, il y avait fort à parier qu'il y en avait d'autres, et que Twitter saurait dûment le renseigner. Il était déjà 8 h 45, et même si la route se dégageait miraculeusement dans les prochaines minutes, Sylvain arriverait en retard.

Une goutte de pluie vint frapper le pare-brise de sa voiture. Puis une autre. Puis des centaines d'autres. Cela n'arrangeait rien à l'affaire. Certes, un incendie était sans doute bien plus aisé à maîtriser sous la pluie, mais d'une part, éteindre une voiture en feu n'était pas ce que des pompiers appelleraient une entreprise difficile, et d'autre part il y avait une chose que Sylvain avait apprise à propos des conducteurs d'Île-de-France : dès que la moindre goutte de pluie atteint le sol, plus personne ne sait conduire.

Le téléphone de Sylvain émit alors un son familier : il venait de recevoir un texto. D'ordinaire, il ne touchait pas à son téléphone lorsqu'il était au volant, mais il estima qu'en l'occurrence il n'y avait aucun risque puisqu'il était presque à l'arrêt. Lorsqu'il saisit son téléphone, l'écran était allumé et le message encore lisible :

Heureusement, tu vas bien. Ne va pas au bureau.
Ne va pas voir michael
K.

Le message provenait d'un numéro masqué. Sylvain débloqua son téléphone pour effacer ce message lorsqu'un nouveau texto apparut :

Et lis tes mails, bordel !
K.

Après quelques secondes pour chercher à comprendre, Sylvain fut tiré de ses pensées par les klaxons répétés du véhicule situé derrière lui. La circulation semblait se délier. Il posa son téléphone sur le siège passager et se remit en route.

Courrier interne du 14 avril 2014 à 10 h 27

Cher Docteur Fournier,

J'ai pu profiter du week-end pour étudier attentivement votre rapport sur le sujet #6-14 ; il semble en effet obtenir de meilleurs résultats que les autres sujets du même groupe, et je vous confirme que son niveau d'acétylcholine n'est pas inquiétant.

J'attire toutefois votre attention sur le fait que le niveau d'acétylcholine est souvent à relier avec d'éventuels troubles de la mémoire. En l'occurrence, nous avons déjà constaté dans des cas similaires des pertes temporaires ou définitives de la mémoire, tout comme nous avons pu constater un accroissement d'altérations de celle-ci. L'hippocampe étant responsable du passage de la mémoire à court terme vers la mémoire à long terme,
il joue sans aucun doute un rôle dans ces observations.

Je vous invite à surveiller d'éventuelles modifications structurelles au niveau de son hippocampe, mais également de son système limbique et de son amygdale, et je serai bien évidemment à votre disposition si des anomalies venaient à apparaître.

Je vous prie, Docteur, de bien vouloir accepter mes salutations et présenter à votre épouse mes meilleurs sentiments.

Cordialement,

Professeur Kowalski

08

Il était 9 h 44. Sylvain était énervé. À ce stade, il n'était plus « un peu en retard » ; il était « carrément à la bourre ». Il claqua la portière de sa voiture garée non loin de son bureau et se dirigea vers l'entrée de l'immeuble en pressant le bouton de verrouillage des portes du véhicule sans même jeter un œil en arrière. Le « bip-bip » suffisait, et il avait perdu assez de temps comme ça.

Il entra dans le bâtiment, passa mécaniquement son badge devant le capteur prévu à cet effet, attendit que les portes s'ouvrent, et s'engouffra dans le hall où près d'une dizaine de personnes étaient déjà présentes, à attendre un des six ascenseurs de l'immeuble dont il semblait bien qu'aucun n'était jamais immédiatement disponible. Il n'avait pas fait le calcul, ne le ferait sans doute jamais, et quand bien même l'aurait-il voulu, il n'avait aucune idée de comment faire ce calcul, toujours est-il qu'il lui semblait que les probabilités auraient dû, au moins une fois de temps en temps, faire arriver un des six ascenseurs au rez-de-chaussée au moment précis où il souhaitait le prendre. Sylvain, toutefois, trouva un peu de réconfort en voyant la petite foule présente à attendre de pouvoir monter. Comme il le pressentait, il n'était pas le seul à être en retard, et même s'il ne reconnaissait personne autour de lui – l'immeuble était grand, il ne reconnaissait même pas toujours toutes les personnes à son étage –, si des employés étaient en retard au rez-de-chaussée, d'autres le seraient aussi à son étage. Pas besoin de calcul pour savoir ça. L'ascenseur n° 5 émit un bip sonore, puis attendit encore quelques secondes avant de s'ouvrir. Tout le monde attendit patiemment que deux personnes en sortent – *qui peut donc quitter son bureau à cette heure-ci ?* – et la dizaine de personnes entra. Il était neuf heures quarante-neuf.

09

Alors que Louise s'apprêtait à quitter le somptueux loft d'Henri, ce dernier lui demanda d'attendre quelques instants. Il fouilla dans un tiroir de son bureau et en extirpa une enveloppe. Il se dirigea ensuite vers Louise, lui ouvrit la porte et, lui donnant un dernier baiser avant de la laisser partir, glissa l'enveloppe dans la poche arrière de son jean. *Des billets,* se dit Louise ; elle avait bien fait de rester un peu plus longtemps que prévu, les extras qu'elle venait de se faire paieraient sans doute son loyer. Henri promit qu'il l'appellerait bientôt et ferma la porte derrière elle.

Il repartit vers le téléphone qui trônait sur son bureau et pressa un bouton. Après une seconde, son assistante était en ligne : « Convoquez le conseil d'administration pour une réunion d'urgence », dit-il. Sa carrière était sur le point de prendre un essor considérable. En tout cas, c'est ce qu'il pensait.

10

Sylvain s'installa enfin derrière son bureau. Sans même s'en rendre vraiment compte, par habitude, il tapait déjà son mot de passe pour débloquer son ordinateur ; la routine n'était pas qu'une affaire de réveil, c'était un mode de vie. Il cliqua sur la petite icône représentant une enveloppe afin d'ouvrir son logiciel de mails, et dans le même mouvement ouvrit une fenêtre de navigation internet. Après quelques secondes de chargement, il soumit au moteur de recherche les mots clés « Sylvain », « Guérin », et « accident de voiture ». Les résultats commençaient à s'afficher tandis qu'une pastille était apparue sur la petite enveloppe notifiant douze nouveaux mails. Les résultats n'étaient pas vraiment satisfaisants ; outre un lien vers son propre CV en ligne, un autre vers l'organigramme de la société GenTech à laquelle il appartenait depuis plus de deux ans désormais, les autres résultats renvoyaient vers des accidents de voiture divers. Il modifia sa recherche pour préciser la date du jour, la route sur laquelle l'accident avait eu lieu, et vit apparaître des vignettes de vidéos filmant ce qui semblait être un véhicule en feu. Bingo. Il cliqua sur la vignette pour en suivre le lien mais son espoir fut de courte durée : le service informatique de la société bloquait l'accès aux plateformes vidéo et aux réseaux sociaux. Qu'à cela ne tienne, il allait voir cette vidéo sur son téléphone. Tandis qu'il sortait l'appareil de sa poche, Marie, son assistante, passa furtivement une tête dans l'ouverture de la porte : « Michael a laissé plusieurs messages ce matin, il veut te voir dès ton arrivée. »

11

À ce stade, j'ai deux ou trois choses à clarifier. D'abord, ce n'est absolument pas le genre de Marie de débarouler le matin dans mon bureau sans un « bonjour », suivi d'un « ça va ? » auxquels s'enchaînent tout un tas d'informations sur sa vie perso, que je semble m'y intéresser ou pas. Donc, déjà, là, y avait un truc qui clochait. En plus, chez GenTech, les managers ne sont pas franchement du genre à micro-manager leurs collaborateurs, si tu vois ce que je veux dire. Bien sûr que tu vois... Plutôt le genre à ne se préoccuper de rien, avec une logique qu'à titre perso j'ai toujours trouvée appréciable pour la liberté qu'elle nous offrait : « You have a job to do, you do it your way ; I take the credits, you take the blames[1]. » Laisser un message pour que je vienne, c'était pas commun, mais plusieurs messages... Non, il devait vraiment y avoir un truc urgent...

1. « Vous avez un boulot à faire, vous le faites ; je prends les récompenses, et vous les blâmes. »

12

« Tu penses qu'il faut qu'on le rappelle ?

— J'en sais rien, mais si jamais, c'est toi qui l'appelles. »

Loïc avait beau être costaud et très rarement impressionnable, il n'aimait pas l'idée d'annoncer à monsieur Richard qu'il y avait un problème. C'était sans doute un truc qu'il avait choppé durant ses années dans l'armée : le respect et la crainte de la hiérarchie. Depuis qu'il travaillait pour GlobalViz, il était d'ailleurs davantage question de crainte que de respect. Certes, ce n'était pas l'armée, il était bien plus libre de ses actions aujourd'hui, mais il considérait régulièrement que la responsabilité qui accompagnait cette liberté était un poids dont il se passait volontiers auparavant. Et cette mission sentait particulièrement fort la responsabilité. Non, vraiment, si Nadja tenait à l'appeler pour le prévenir, elle n'avait qu'à le faire elle-même. De toute façon, c'était elle qui était en charge, et Loïc travaillait avec elle depuis suffisamment longtemps pour savoir que se trouver dans la position dans laquelle

elle se trouvait ne relevait ni du piston ni du hasard. Avoir la charge d'une équipe de sécurité n'était pas un titre honorifique, chez GlobalViz. Malgré son petit gabarit et son air que le commun des mortels qualifierait de mutin, Nadja était une tueuse, une vraie. Peut-être n'avait-elle jamais tué personne, mais s'il le fallait, elle pourrait sans doute tuer quelqu'un à mains nues en quelques secondes, et il la savait capable d'aligner une cible pas plus grande qu'une pièce de monnaie à 25 mètres avec un 9 mm à culasse mobile. Elle semblait n'avoir jamais peur de rien, et toujours tout avoir sous contrôle. Donc non seulement c'était l'ordre naturel hiérarchique des choses qu'elle appelle monsieur Richard elle-même, mais en plus elle serait bien mieux capable de gérer la conversation calmement. En revanche, Loïc ne pouvait s'empêcher de se dire que le fait qu'elle lui demande son avis était mauvais signe. Du coup, il hésita ; peut-être fallait-il attendre d'en savoir un peu plus avant de…

Évidemment, Nadja avait déjà pris son téléphone et composé le numéro. Loïc entendit la tonalité.

13

Richard décrocha dès la première sonnerie et demanda : « Alors ? »

L'heure n'est pas aux formules de politesse, se dit Nadja. Elle se contenta donc de dire une fois de plus ce qu'elle savait : non, elle confirmait que l'extraction n'avait pas été prévue et n'avait pas eu lieu. Le produit était en déplacement normal, elle le suivait à la trace. Du point de vue de la mission, tout allait bien. En revanche, en effet, l'annonce faite aux informations était plus que curieuse, et même si elle ne pouvait pas l'exclure pour l'instant, il semblait très peu probable qu'il s'agisse d'une simple coïncidence. Elle allait se renseigner sur l'accident, chercher des informations sur le véhicule et le conducteur pour y voir plus clair. Ses derniers mots furent ce qui angoissa le plus Richard : « Quelque chose cloche dans cette histoire. Et pas qu'un peu. »

Quand elle était en mission, Nadja était toujours du genre formel, et cette dernière phrase, pour Richard qui la connaissait bien, c'était vraiment le signe qu'elle-même ne comprenait pas ce qui avait pu se passer. Si, contrairement à ce qu'elle affirmait, tout n'allait pas bien, la mission était un échec et, par voie de conséquence, une catastrophe. Non seulement l'opération avait été longue et coûteuse, mais Henri Codat n'était absolument pas le genre de client qu'il pouvait se permettre de décevoir.

Richard sentait de violentes pulsations dans ses tempes. Quelque chose ne se passait pas comme prévu, c'était évident, et il ne savait pas précisément quoi. Qui plus est, Codat était persuadé que la livraison n'était plus qu'une question d'heures. Richard n'allait pas se laisser submerger par tout ce qui pouvait aller de travers, il avait besoin de reprendre rapidement le contrôle de la situation. Déléguer les responsabilités faisait partie de sa nature, certes, mais ne pas y faire face lui était complètement étranger. S'il fallait reprendre les choses en main, il allait reprendre les choses en main :

« On organise l'extraction en urgence, dit-il. Je pense de toute façon qu'on dispose de l'essentiel, à ce stade de la mission. »

Nadja ne répondit pas. Elle connaissait parfaitement le périmètre de ses responsabilités, et les décisions de Richard n'en faisaient pas partie. Peut-être aurait-elle considéré que provoquer l'extraction était une erreur, ou peut-être pas ; quoi qu'il en soit, elle savait qu'elle ne disposait pas de toutes les informations nécessaires à une telle prise de décision, elle n'avait pas la vision d'ensemble.

Richard poursuivit : « Venez au bureau immédiatement, je vais vous adjoindre un fixeur qui va démêler la situation. » Il raccrocha si vite qu'il n'entendit pas le début de protestation de Nadja. Il écrasa sa cigarette et se repositionna sur son siège ; ce n'était pas le moment de perdre les pédales, il y avait beaucoup de choses à faire, et il allait falloir traiter les problèmes dans l'ordre. D'une pression sur l'un des nombreux boutons de son téléphone, il ouvrit une ligne directe avec son assistant :

« Faites venir Grégoire immédiatement, je vous prie. »

En plus des actuelles complications qu'il ne comprenait pas encore, il devait se préparer à l'éventualité de ne pas pouvoir délivrer le produit, auquel cas il y aurait sans doute pas mal de nettoyage à faire, et de fuites à colmater. Les grands hommes ne se distinguent pas lorsque tout va bien, mais dans les situations qui semblent désespérées. Richard s'était toujours considéré comme un grand homme, et il allait mettre ses considérations à l'épreuve.

Quelques poignées de secondes plus tard, on frappa deux coups secs à la porte. Grégoire entra dans le bureau et referma derrière lui. Il était, comme à son habitude, tiré à quatre épingles, costume trois pièces, veste croisée trois boutons, celui du milieu toujours fermé, celui du bas absolument jamais. Le costume était sur mesure, ne serait-ce que pour dissimuler son arme à la poitrine. Grégoire avait un permis pour cela ; pour Richard, c'était indispensable.

Certes, le boulot qu'ils étaient amenés à effectuer pouvait s'avérer sale, parfois, mais il était essentiel de rester dans les clous à tout instant ; c'était à ce prix qu'il pouvait se permettre, exceptionnellement, de franchir la ligne rouge. Tous ses employés le savaient bien, et il ne serait venu à l'esprit de personne de vouloir contrarier ce fait. GlobalViz était, entre autres choses, une société experte en sécurité, et sa propre sécurité ne pouvait être aléatoire. Tous ses employés le savaient. Mais Grégoire n'était pas à proprement parler un employé. C'était un free-lance, un prestataire auquel Richard faisait appel, parfois, le moins souvent possible. Lorsqu'il y avait des angles à redresser, Grégoire était le meilleur, aussi efficace que discret ; c'est pour cette raison que Richard le voulait toujours à proximité, même lorsqu'il n'avait rien à lui demander : sa réactivité était une composante clé de son travail.

Il arriva près du bureau et, sans dire un mot, déboutonna sa veste et s'assit sur l'un des deux fauteuils en face de Richard. Même assis, ce gars avait une prestance incroyable. Le père de Richard lui avait appris, il y avait maintenant de nombreuses années, qu'un homme devait toujours avoir des ongles impeccables et des chaussures parfaitement propres, que c'était à cela qu'on distinguait un homme sérieux d'un péquin de base. Richard n'avait pas besoin de voir les mains de Grégoire pour savoir qu'elles étaient parfaitement manucurées, ni de voir ses pieds pour savoir que ses chaussures étaient en cuir et parfaitement cirées.

« Qu'est-ce que je peux faire pour vous, Richard ? »

14

Franz Schröder était expatrié depuis deux ans par son employeur, la Deutsche Bank, à Hong Kong ; le travail y était trépidant, parfois épuisant, mais le rythme de vie était très agréable. Avec sa femme et ses deux enfants, ils vivaient dans un quartier résidentiel ne comptant quasiment que des expatriés, et en deux ans ils avaient réorganisé leur vie autour de ce quartier : leurs voisins étaient leurs amis, les enfants des voisins étaient les amis des enfants, ceux-ci suivaient les mêmes cours dans la même école, et se retrouvaient ensuite autour de la piscine de la résidence ; si, dans un premier temps, ils n'avaient pas été très à l'aise à l'idée d'avoir une domestique, ils s'étaient vite habitués au confort de n'avoir quasiment plus rien à faire pour entretenir la maison. Non, c'était certain, si Franz Schröder pouvait rester dix ans sur place, ni lui ni sa famille ne s'en plaindraient.

Pourtant, quelque chose n'allait pas ; cela faisait près de trois semaines que Suzie, la fille aînée de Franz, souffrait d'un mal que son médecin ne parvenait pas à identifier. Certes, cela semblait infectieux, mais les symptômes ne collaient pas avec une infection commune, même locale. Suzie ne sortait plus et gardait le lit le plus clair de son temps, en partie parce que, malgré sa forte constitution du haut de ses huit ans, elle était fragilisée, mais également dans le cas où sa maladie serait contagieuse. Même s'il semblait que non.

Franz aurait dû encore être au travail, à cette heure-ci, mais l'appel qu'il avait reçu plus tôt l'avait ramené à ses priorités. Le médecin, au chevet de Suzie, qui appelait pour dire à Franz de rentrer au plus vite avec – Franz l'aurait juré – le bruit de son épouse sanglotant en fond, c'était plus qu'alarmant. Toutes les réflexions qui couraient dans son cerveau cessèrent d'un coup : le contrat de machin, la transaction de truc, tout cela fut balayé.

Alors que Franz arrivait auprès de sa fille, qui semblait paisible mais dont les froncements de sourcils trahissaient une douleur physique qu'elle taisait, peut-être pour ne pas inquiéter ses parents, peut-être parce qu'elle n'avait tout simplement plus la force de crier, il sentit peser sur lui le regard désespéré de sa femme et le regard compatissant du docteur. C'en était trop pour lui, et une rage mêlée d'un désespoir tel qu'il n'en avait jamais connu le prit à la gorge ; il sentit des larmes couler sur ses joues, sans toutefois y prêter la moindre attention, et alors qu'il s'apprêtait à parler à sa fille, avec le ton le moins inquiet possible, il fut pris d'une quinte de toux. Il porta la main à sa bouche et constata, l'en retirant, qu'il crachait du sang.

Rapport Operation ALTHAMAS	Sujet **#06**
Vecteurs de transmission	**1/1**
Cibles atteintes	**1/1**
Collateraux	**N/A**
Statut	**SUCCES**

15

« Rappelle-le immédiatement, s'il te plaît, dis-lui que j'arrive de suite ! » Sylvain remit son téléphone dans sa poche – cela attendrait – tandis que Marie sortait du bureau. Tout en remettant sa veste et en se levant, Sylvain ouvrit la boîte de réception sur son ordinateur, vit une douzaine de nouvelles entrées, en gras, et interrompit net son mouvement : un de ces mails venait d'attirer son attention. L'expéditeur était « Inconnu », mais le sujet était on ne peut plus clair : « Ne va pas voir Michael sans avoir lu ce mail ! » Tandis qu'il entendait au loin Marie parler au téléphone, vraisemblablement à l'assistante de Michael, Sylvain pointa le curseur de sa souris sur le mail, et cliqua. Il était 10 h 07.

E-mail daté du 21 mai 2018 à 07 h 55

De : Inconnu
Objet : Ne va pas voir Michael sans avoir lu ce mail !

Sylvain,
heureusement, tu vas bien. Mais tu n'es pas hors de danger pour autant.

tu n'as manifestement pas vu mon précédent message.

Ne va pas voir Michael ce matin.
Ne reste pas au bureau.
Ne retourne pas chez toi.

J'espère que tout ira bien, cette fois.

Et garde ton téléphone près de toi.

K.

16

Dans la longue courbe qui joignait l'autoroute A86 et la N118, les derniers véhicules d'urgence se remettaient en route. La pluie n'avait pas facilité le travail des pompiers qui, après les quelques minutes passées à éteindre le véhicule en feu, avaient organisé la circulation. Il avait fallu près d'une heure pour que la dépanneuse soit sur les lieux. Le capitaine des pompiers sur place était perplexe. Tout d'abord, la voiture semblait s'être projetée contre la glissière de sécurité après une vive accélération, ce qui semblait pour le moins inhabituel. D'ordinaire, lorsqu'un accident est sur le point de se produire, on distingue très nettement des tentatives de freinage, et même quand ce n'est pas le cas, c'est le signe que le conducteur a perdu connaissance, ce qui exclut l'accélération. Pourtant, il le savait, on ne doit jamais s'étonner du comportement des gens : il avait vu dans sa longue carrière bien plus insolite. Mais ce n'était pas ce qui l'étonnait le plus. Dans ce genre de situations, la procédure consistait en priorité à tenter de sauver les occupants du véhicule. Personne ne pouvait en être sûr tant que les flammes léchaient la carrosserie de la voiture, mais il semblait bien au capitaine qu'il n'y avait personne dans l'habitacle. Les portières étaient fermées, et une fois le feu éteint, l'habitacle fut forcé, mais il n'y avait aucune trace du conducteur.

La première réaction de l'équipe avait été le soulagement ; même s'ils étaient habitués à être confrontés à des situations horribles, on ne pouvait jamais se faire à la vue de corps calcinés, fondus dans la sellerie de l'intérieur d'une voiture. Mais très vite l'étonnement avait pris le pas. Quelque chose n'allait pas, cet accident ne ressemblait pas à un accident. Le capitaine avait suffisamment de bouteille pour que son instinct, une légère chair de poule à la base de la nuque, lui dise que cela n'avait pas l'air naturel.

Comme c'était le cas quand on pensait qu'il y avait des pertes humaines, la police avait dépêché une équipe sur les lieux, et ce serait désormais à elle de prendre le relais.

La pluie tombait plus densément sur le bitume lorsque la dépanneuse se mit en route. Tandis qu'un des policiers bloquait la circulation pour les laisser partir, les pompiers ramassaient les derniers cônes de sécurité délimitant la voie temporaire. La circulation allait pouvoir reprendre normalement dans quelques minutes. Le capitaine remonta dans son camion et repartit vers sa caserne.

Il faudrait du temps à la police pour comprendre que la voiture avait été télécommandée, les mécanismes ayant pour la plupart fondu et s'étant mêlés avec la mécanique de la voiture. Il leur faudrait également du temps pour trouver les traces d'un explosif, et ce, seulement s'ils décidaient de chercher des traces d'explosif.

En revanche, l'absence de quiconque dans l'habitacle, portières fermées, sur l'échangeur d'une autoroute, cela suffisait à déclencher une enquête ; ils avaient la marque et le modèle du véhicule, ainsi que son numéro d'immatriculation. Il suffisait que le commissariat compétent assigne l'affaire à un inspecteur. Et c'est Marion Lambert qui allait tirer la courte paille, ce matin-là.

17

Sylvain avait beau lire le message pour la troisième fois, il ne savait pas quoi en penser. D'un côté, ça ressemblait fortement à du spam, mais dans le même temps l'expéditeur connaissait non seulement son prénom mais également celui de son patron. Il n'allait certainement pas envoyer paître Michael pour si peu, mais il était tout de même clairement interpellé. Sylvain se mit en quête du précédent message non consulté qui provenait également d'un expéditeur inconnu. Il était daté du 20 mai à 11 h 04. La veille. Dimanche. Il n'avait pas pu le voir avant. Sylvain considérait comme essentiel le fait de ne pas rapporter de travail à la maison, raison pour laquelle il ne consultait jamais ses mails en dehors du bureau (de toute façon GenTech n'autorisait pas ses employés à disposer de leurs mails sur leur téléphone personnel, pour des raisons de confidentialité). L'objet du message était « URGENT » écrit en lettres majuscules. Il cliqua sur l'en-tête pour ouvrir le mail et soupira. C'était un pavé.

E-mail daté du 20 mai 2018 à 21 h 04

De : Inconnu
Objet : URGENT

Sylvain,
On ne se connaît pas mais je dois t'informer que tu es en danger.
Pour des raisons que je ne peux pas détailler ici, j'ai eu accès à tout un tas d'informations et je sais qu'on va essayer de te tuer dans les prochaines 24 heures.
D'après ce que j'ai pu trouver comme info, les personnes qui en ont après toi planifient de te faire disparaître dans un accident de voiture. Je connais suffisamment bien les individus en question pour savoir qu'ils sont déterminés et plein de ressources.
Je ne sais pas ce que tu leur as fait ou pourquoi ils t'en veulent. Ils semblent tout savoir de toi ; j'ai vu passer tout un tas d'infos à ton sujet : adresse, téléphone, immatriculation de ta voiture, les trajets que tu fais régulièrement...
Je ne sais pas si c'est lié à ton boulot, mais compte tenu de la société pour laquelle tu travailles, c'est une probabilité à envisager. Je ne peux malheureusement pas en dire beaucoup plus pour l'instant, l'information est un pouvoir dont il ne faut pas abuser. Je pense qu'il faut que tu disparaisses sans laisser de trace. Tu dois quitter ton travail, ton appartement, ta voiture, tout laisser derrière toi. Garde ton téléphone le temps que je te contacte, je te dirai ensuite quoi faire.
Tu dois te dire que c'est une blague, je t'assure que non.

K.

18

Sylvain se laissa tomber en arrière sur son fauteuil, il était perplexe. De nombreuses questions lui venaient à l'esprit : Qui était ce K ? Qui pouvait bien en avoir après lui ? Tout cela semblait complètement idiot, mais d'un autre côté, ce message parlait d'un accident de voiture ; s'agissait-il de l'accident de ce matin ? Ce message était-il destiné à son homonyme récemment décédé ? Et pourquoi diable avait-on annoncé le nom de la victime de cet accident à la télévision ? D'autres questions commençaient à se bousculer dans sa tête lorsque l'une d'entre elles éclipsa toutes les autres : comment ce message avait-il pu être envoyé plusieurs heures avant le fameux accident ?

Sylvain n'était pas un spécialiste en informatique, mais il en savait suffisamment pour ne pas ignorer qu'on peut facilement antidater un e-mail ; mais si ce dernier était réel ? Si ce K avait bel et bien prédit un accident de voiture des heures avant qu'il se produise, cela ne démontrait-il pas qu'il s'agissait d'un acte délibéré et planifié ?

19

Comprends-moi, s'il te plaît. C'était la première fois que je me retrouvais dans ce genre de situation. Si je venais te dire que ta vie est en danger, tu n'aurais aucune raison particulière d'y croire. Là, compte tenu de tout ce que j'avais sous les yeux, je me suis dit : « OK, ce message semble parfaitement légitime. Mais il ne m'est pas adressé. » Appelle ça de la naïveté, si tu veux, peut-être que ta vie a été souvent menacée, mais perso, c'est pas mon cas. L'explication la plus plausible que j'avais, à ce moment, c'est que le Sylvain Guérin qui était mort quelques heures plus tôt avait été assassiné, et qu'il n'avait pas pu se sauver parce que le message qu'on avait envoyé pour le prévenir avait atterri dans ma boîte mail. « Et comment ça se fait que dans le message suivant, il te parle de Michael, alors ? », tu vas me dire… euh… facile : quand on cherche « Sylvain Guérin » sur Internet, on tombe rapidement sur mon CV ; partant de là, c'est plutôt facile, sachant où je bosse actuellement, de savoir pour qui. Non, non, c'était bien à l'autre que ce message était adressé. En tout cas, c'est ce que j'ai décidé de croire. Et sincèrement, je pense que j'aurais repris naturellement le cours de ma journée en espérant oublier tout ça si la suite des événements n'avait pas précipité mon départ. Si tu veux mon opinion, c'est là que le plan a merdé : si le but n'était pas de me faire paniquer, m'envoyer un gorille était sans doute la dernière chose à faire. Tu t'en rends compte, quand même, non ?

20

Marion Lambert a toujours été une femme zélée, même avant d'intégrer la police. Sans être particulièrement cultivée ni même très intelligente, elle avait une vivacité d'esprit et une ténacité qui forçaient le respect. Après des études de droit et un master décroché à la sueur de son front, Marion avait réalisé qu'elle ne souhaitait pas devenir avocate, pas plus qu'elle ne souhaitait devenir la énième juriste d'une société ou d'une banque. Ça avait certes été le rêve de son père, mais cela faisait maintenant près de dix ans qu'il était décédé « d'une longue maladie », comme le dit l'expression consacrée. Une longue maladie. Voilà qui cachait bien l'horreur de ce qu'avait été la lente agonie de son père. Son diplôme en poche, Marion s'était dit qu'elle souhaitait de l'action et que, dans le même temps, elle voulait apporter autant qu'elle le pouvait à la société. Elle avait donc préparé le concours externe d'entrée à l'École nationale supérieure des officiers de la police et avait été reçue au premier essai. Après sa formation et ses stages dans les services de la police nationale, elle était devenue lieutenant de police, même si elle préférait employer le titre obsolète d'inspectrice de police.

Selon le point de vue qu'on adoptait, on pouvait considérer l'inspectrice Lambert comme quelqu'un de très efficace ou comme quelqu'un d'absolument inefficace, et c'était tout le paradoxe qui l'empêcherait sans doute de gravir les échelons de la police judiciaire, si toutefois c'était ce qu'elle souhaitait. Efficace, elle l'était, parce qu'elle ne laissait rien passer, relevait chaque détail de chaque témoignage ou rapport de chaque enquête. Chaque enquête était un défi qu'elle devait relever, quels que soient les enjeux et les chances de succès. Inefficace, elle l'était pour les mêmes raisons : un inspecteur ne peut pas passer des mois à s'occuper d'un petit délit sans aucun indice ni aucune victime ; un inspecteur est au service de la population, et doit rapidement boucler une enquête pour passer à la suivante. C'était pour cela qu'elle n'arrivait pas à intégrer une équipe, à avoir un partenaire. On lui confiait ponctuellement la responsabilité d'une jeune recrue qui, auprès d'elle, apprenait l'importance de la méticulosité, mais on la lui retirait quelques semaines après seulement, avant que ladite recrue ne se mette à penser qu'un vol de téléphone sur une terrasse de café pouvait justifier le plein-temps d'un officier de police.

Ce matin-là, Marion Lambert sirotait son thé devant son écran d'ordinateur, comme tous les matins, lorsqu'elle fut appelée dans le bureau de son capitaine. Elle savait pertinemment ce que cela signifiait, elle venait d'hériter du dernier « ramasse merdes ». Les « ramasse merdes », c'était le nom que ses collègues donnaient aux enquêtes qui n'intéressaient personne, celles qui méritaient à peine le nom d'enquête : peu d'investigations, beaucoup de paperasse, et quasiment jamais de conclusion. C'était devenu la spécialité de Marion, parce qu'elle était la seule à ne pas sembler être dérangée par la chose, et qu'elle ne dérangeait finalement personne en y passant bien plus d'heures que nécessaire. Voilà pourquoi ça tombait plus souvent sur elle que sur quelqu'un d'autre.

Et en effet, la paperasse ne la dérangeait pas, et il fallait bien que quelqu'un s'y colle. De plus, elle se disait que, d'une certaine manière, c'était une façon de respecter les désirs de justice de feu son père ; elle était en quelque sorte un commis d'office des enquêtes orphelines.

Marion but une gorgée de son thé, posa son mug sur son bureau et se leva pour aller voir son capitaine.

21

Lorsque l'homme entra dans le bureau de Sylvain, sans s'attarder sur le seuil, sans faire semblant de frapper à la porte ouverte pour signifier sa présence, Sylvain comprit immédiatement que quelque chose clochait. Même s'il ne connaissait pas son nom, il reconnaissait l'homme devant lui, c'était un agent de la sécurité. Attention, pas un agent de la sécurité qui est posté à l'entrée de l'immeuble, dans une loge, avec une lampe torche comme seule arme de défense, pas non plus un vigile qui notait les allées et venues des visiteurs. GenTech faisait partie de cette catégorie de sociétés qu'on appelle les « biotech », surnom qui décrit assez intelligemment l'objet de ces compagnies : la technologie autour du vivant. À ce titre, GenTech, comme nombre de biotechs, disposait d'un véritable service de sécurité en interne, ce qui lui permettait de protéger les secrets de ses services de recherche contre l'espionnage industriel, mais également, parfois, d'assurer la sécurité du personnel contre les risques liés à la recherche sur le vivant, et plus spécialement sur les micro-organismes, tels que les virus ou les bactéries. L'homme devant Sylvain, c'était un de ces hommes-là, qui n'était *de facto* pas du genre à plaisanter.

Instinctivement, Sylvain ferma sa messagerie et, sans dire un mot, fixa l'homme pendant de longues secondes avant de trouver la lucidité de lui demander ce qu'il souhaitait.

« Michael souhaite vous voir immédiatement », répondit l'agent, d'un ton courtois mais ferme, le genre de ton qu'on attend de la part d'un homme au passé sans doute militaire mais qui a conscience de donner un ordre à un civil, donc sans en avoir l'air. Sylvain marmonna un « bien sûr, j'arrive de suite » en jouant avec les tiroirs de son bureau, prétendant être affairé à quelque chose et espérant que l'homme serait satisfait de la réponse et sortirait du bureau, mais il n'en fit rien. Il se posta devant la porte, bien droit, les bras croisés dans le dos. *Une position militaire de repos*, se dit Sylvain, avant de conclure que l'homme ne partirait pas ; il n'était pas venu voir Sylvain pour l'informer d'aller chez Michael, il était venu pour l'escorter.

Sylvain était tiraillé : d'un côté, aller voir son manager n'était pas si inhabituel que ça, et si la présence d'un type dont le boulot s'apparentait à celui d'un mercenaire pouvait sembler intimidante, elle était parfaitement justifiée si Michael considérait qu'il y avait un risque pour la sécurité. Mais d'un autre côté, Sylvain pensait aux mails qu'il venait de lire, et une voix dans son cerveau se mit à lui hurler de ne pas y aller. Un arrière-goût amer envahit sa gorge, un goût qu'il ne reconnaissait pas pour ce qu'il était. C'était de l'adrénaline.

Car Sylvain paniquait.

22

« Marion, tu prends l'accident de ce matin sur la jonction N118/A86 », dit le capitaine en tendant à l'inspectrice un dossier. Marion l'ouvrit et se mit à le lire tandis que le capitaine poursuivait : « Le truc qu'on doit éclaircir, c'est comment un véhicule se retrouve à l'envers, en feu, sur la route, avec aucun conducteur ni passager. » En effet, se dit Marion, c'était curieux et, alors qu'elle allait poser une série de questions à son capitaine, ce dernier les anticipa et y répondit dans le même flot de paroles : « Non, personne n'est sorti du véhicule, les portes étaient verrouillées ; non, le véhicule n'a pas pu tomber d'un camion ou d'une remorque, le contact était mis sur la voiture… Globalement, quelle que soit ta question, la réponse est non : tout indique que quelqu'un conduisait cette voiture, et à moins que le conducteur ne soit magicien, il n'a pas pu sortir de là. Je voudrais un rapport d'ici deux jours, au travail ! Et… deux jours, hein ? Pas deux semaines ! »

Il était inutile d'insister, « au travail » signifiait « fin de la discussion », Marion le savait. Elle allait donc se mettre au travail, ça ne devrait pas être trop compliqué ; des affaires curieuses, il y en avait toujours eu, il y en aurait toujours, l'explication serait sans doute simple, il était inutile de se perdre en conjectures, il suffisait d'être méthodique. Tout d'abord, rechercher le propriétaire de la voiture, le dossier indiquait qu'il s'agissait d'un certain Sylvain Guérin.

23

« Il faut que je voie votre équipe dès que possible », dit Grégoire lorsque Richard eut fini son récit et, sans même lui laisser le temps de répondre, il posa la seule question qui allait déterminer la nature de sa mission : jusqu'où s'étendait le nettoyage à venir ? Richard réfléchit un instant, puis répondit simplement : « Nadja sera là d'un instant à l'autre. Ramenez Sylvain Guérin ici. Vivant. Tout le reste est accessoire. » Grégoire fixa Richard un moment, puis précisa sa question : « Et vos agents ? » ; Richard soutint le regard de Grégoire : « Tout le reste est accessoire. »

En attendant l'arrivée de Nadja, Grégoire notait sur son calepin tout ce qui lui semblait nécessaire pour accomplir sa mission qui, il le savait, tenait en deux points, et deux points uniquement : ramener Sylvain Guérin, ça c'était clair, et s'assurer de nettoyer tout ce qui pouvait mener jusqu'à GlobalViz, si cela se révélait nécessaire. S'il y avait eu des erreurs commises par Nadja ou son assistant, il faudrait les corriger. Il nota :

— Qui a organisé l'extraction si ce n'est pas GlobalViz ?

— Comment cette personne était-elle au courant des protocoles ?

— Où se trouve Sylvain Guérin actuellement ?

— Dispose-t-il de toutes les informations attendues ?

Le téléphone de Richard sonna, et lorsque ce dernier activa le haut-parleur, Grégoire entendit une voix annoncer l'arrivée de Nadja et Loïc – *Son assistant*, se dit-il. Richard lui demanda de les faire entrer, et la porte s'ouvrit.

Courrier interne du 14 avril 2014 à 11 h 57

Cher Professeur Kowalski,

Avant toute chose, permettez-moi de vous remercier pour votre réponse qui me conforte dans l'idée qu'en effet, nous tenons peut-être quelque chose avec le sujet #6-14. Nous déplorons malheureusement la perte de trois des sujets de la série numéro 6 (#6-01, #6-11 et #6-19), dont les autopsies ont révélé de sérieuses atrophies de l'hippocampe, accompagnées de la présence de gliomes. Toutefois, les examens réalisés auprès des sujets #6-13 et #6-14 ne présentent pas de telles anomalies. Le sujet #6-13 présente évidemment des similitudes avec #6-14, mais avec des résultats moins prononcés. Le fait que seuls ces deux sujets présentent de tels résultats laisse entendre que la piste génétique doit occuper toute notre attention.

Pour le cas où vous souhaiteriez en savoir plus sur ces sujets, je me tiens à votre disposition mais ne pourrai pas vous envoyer de copie complète des dossiers, pour des raisons que, je suis sûr, vous comprenez. Permettez-moi également de vous transmettre ici les salutations de mon épouse.

Bien à vous,

Docteur Fournier

24

Sylvain marchait dans le couloir, suivi de près par le garde ; dans sa tête, tout tournait au ralenti, signe que son cerveau carburait à un rythme effréné. Pour aller au bureau de Michael, il fallait prendre un des ascenseurs, monter deux étages, traverser un autre couloir, et enfin passer devant le bureau de son assistante. Et sans trop savoir pourquoi, il ne souhaitait vraiment pas s'y rendre à cet instant précis. Pourtant, il ne voyait aucune échappatoire, aucun moyen de s'enfuir ; il se doutait bien que s'il se mettait à courir, il sentirait la poigne ferme du garde sur son bras dès la première enjambée. Quelques mots du mail qu'il avait reçu restaient dans sa tête : « ce n'est pas une plaisanterie », « garde ton téléphone », mais surtout « ne va pas voir Michael » et « ne reste pas au bureau ». À ce stade, n'importe quelle opportunité de se défausser serait acceptable. N'importe laquelle.

« Ah, Sylvain, je te cherchais ! », entendit-il quelques mètres derrière lui. Une voix féminine, mais qu'il ne reconnaissait pas. Il s'arrêta et se retourna rapidement, croisant au passage le regard du garde derrière lui. Une femme marchait dans sa direction. Il l'avait déjà vue, mais ne la connaissait pas ; c'était une employée de l'équipe IT, les informaticiens qui configurent les ordinateurs pour qu'ils soient connectés au réseau, à l'imprimante, ce genre de choses. Sans doute plus encore, mais Sylvain n'en savait rien. Il savait utiliser son ordinateur, mais uniquement tant que tout fonctionnait bien.

Tandis que la femme s'approchait de Sylvain, il l'observait en tentant de se rappeler son nom ; sur son carré plongeant blond, une mèche de cheveux bleus courait le long du côté gauche de son visage, masquant partiellement un piercing sur son arcade sourcilière. Elle n'était pas belle, mais elle était jolie. Elle portait un jean et un pull à capuche sur le devant duquel un message était inscrit, un message dont il fallait sans doute appartenir à une communauté de fans quelconque pour le comprendre ; de toute façon, Sylvain ne pouvait pas déchiffrer ce message qui se terminait par le nombre « 42 » : une partie en était masquée par le bras de la femme qui tenait son badge, près de son cou, comme on serrerait dans sa main un pendentif porte-bonheur auquel on tient. *Bien sûr*, se dit Sylvain, *son badge*, sans même réaliser qu'elle le tenait bien en évidence et, comme si elle avait lu dans ses pensées, elle le relâcha juste après qu'il eut le temps de lire son nom. « Catherine... », dit-il un peu hésitant, avant qu'elle ne le coupe : « Tu vas bien ? » Elle lui fit la bise puis, sans lui laisser le temps de répondre, poursuivit : « J'ai un truc à te donner, je vais le chercher et je te l'apporte... OK ? »

Le garde dit à Sylvain : « Il faut qu'on y aille, là, vous verrez ça après » et lui fit signe de se remettre en marche. Sylvain en profita pour dire : « Je dois aller voir Michael, là », pensant qu'au moins si des témoins savaient qu'il allait voir Michael, il ne pourrait rien lui arriver de sérieux. Pendant un bref instant, il crut déceler une réaction sur le visage de Catherine mais, avant qu'il puisse l'interpréter, celle-ci fut rapidement remplacée par un large sourire alors qu'elle se mettait en marche également, à hauteur de Sylvain, en direction des ascenseurs. Elle continuait de parler, ne semblant pas remarquer le stress de Sylvain qui se demandait bien comment il pourrait lui faire comprendre que quelque chose n'allait pas. « J'ai pensé à toi, hier, j'ai enfin fini *Breath of the Wild*, les 100 %, et comme je sais que t'as passé des dizaines d'heures dessus, ça m'a fait justement penser qu'il fallait que je te rende l'autre jeu que tu m'as passé... Ça fait trop longtemps, je me suis dit : "Ça se fait pas, il te l'a prêté y a hyper longtemps", alors du coup, je l'ai pris avec moi, je l'ai dans ma voiture, et ça fait genre une semaine qu'il est dans ma caisse, dans la boîte à gants, et que j'oublie de le monter... une vraie tête en l'air. »

Mais de quoi parle-t-elle ? se dit Sylvain ; *Breath of the Wild*, il connaissait, de nom, c'était un jeu vidéo, sur Nintendo ou Playstation, mais il n'y avait jamais joué, il ne jouait pas aux jeux vidéo, et il n'y avait aucun risque qu'il lui en ait jamais prêté un : il n'en possédait pas. Le confondait-elle avec un autre ? Certainement, mais il avait peut-être là quelque chose à tenter, peut-être lui permettrait-elle d'échapper à son surveillant suffisamment longtemps pour partir. Aussi décida-t-il de jouer le jeu :

« Ah, oui, bien sûr… T'inquiète pas, ce n'est pas grave, j'en ai pas eu besoin, mais j'aimerais bien le récupérer, en effet. »

Elle sourit et reprit :

« Oh bah je suis rassurée, alors ; j'avais peur que tu m'en veuilles… C'est pas du tout mon genre de ne pas rendre les trucs qu'on me prête, mais c'est juste que si j'y pense pas, j'oublie et je passe à autre chose… Tant mieux, si ça t'a pas manqué, du coup », et elle se mit à rire.

Sylvain rit à son tour, espérant avoir l'air assez naturel pour qu'elle ne réalise pas son erreur. Catherine se tourna vers le garde alors qu'ils arrivaient près des ascenseurs et lui dit :

« Et vous, vous êtes un gamer ? Vous jouez à des jeux vidéo ? »

Le garde, pressant le bouton pour appeler un ascenseur, répondit un simple « non ». Le ton avait beau ne pas être agressif, il fit retomber immédiatement l'ambiance légère de la discussion. Un silence s'installa ; Sylvain savait qu'il n'avait que quelques secondes avant que s'ouvrent les portes de l'ascenseur, et qu'une fois à l'intérieur il serait trop tard. Il décida de tenter quelque chose et demanda à Catherine : « Le jeu est dans ton bureau ? On va le chercher ? », puis il allait se remettre en marche vers le couloir lorsqu'une main agrippa fermement son bras ; c'était Catherine qui le retenait et lui dit sérieusement : « Non, il n'est pas dans mon bureau. Je te l'ai dit. Il est dans la boîte à gants de ma voiture. » Un ascenseur s'ouvrit et tous trois y entrèrent. Catherine pressa le bouton –1 et dit : « De toute façon, je dois partir, là, donc tu m'accompagnes et je te le donne, y en a pour dix secondes. »

C'était l'occasion rêvée. Une fois le bouton –1 appuyé, l'ascenseur ne pouvait que descendre ; ils allaient devoir aller jusqu'au parking souterrain et là, il trouverait bien un moyen de rejoindre sa voiture. Alors Sylvain répondit « bonne idée » avant qu'il ne vienne à l'esprit de son garde de ressortir de l'ascenseur. Les portes se fermèrent et la cabine se mit en mouvement. Le garde tournait le dos à la porte, ce qui mettait manifestement Catherine mal à l'aise ; ça et le fait qu'il la dévisageait sans rien dire. « Vous êtes son garde du corps ? » demanda-t-elle en gloussant légèrement ; il ne répondit pas, et elle s'arrêta.

Sylvain avait un peu de peine pour elle et espérait qu'il ne lui attirerait pas d'ennui. Pour détendre l'atmosphère, il dit en riant : « Oui, c'est mon garde du corps ; il m'accompagne lorsque je dois récupérer des jeux vidéo aux emprunteurs qui tardent à me les rendre. » Elle sourit, mais le garde restait sérieux, et son regard alternait de l'un à l'autre ; il ne donnait même pas l'impression de cligner des yeux.

L'ascenseur s'ouvrit. Derrière le garde, le parking souterrain était lugubre et froid : un parking souterrain, en somme. Sylvain eut ce qui lui sembla une idée de génie en sortant rapidement de l'ascenseur avec Catherine et, se tournant vers le garde, lui dit : « Tenez la porte ouverte, j'en ai pour quelques secondes et je reviens, sinon on va attendre le prochain pendant des plombes. » Le garde hésita, puis resta dans l'ascenseur pour presser le bouton d'ouverture des portes. Sylvain suivit Catherine. Comment allait-il lui dire qu'ils devaient se diriger vers sa voiture à lui, à l'extérieur du parking ? Il réalisa qu'il n'avait pas ses clés... Pourrait-il s'enfuir en courant ? Allait-il laisser Catherine revenir seule à cet ascenseur ?

Alors qu'il se dirigeait vers la sortie, Catherine l'agrippa à nouveau par le bras : « Je suis garée là-bas », dit-elle en désignant une autre direction. Il tentait de se raisonner, il n'allait tout de même pas voler la voiture de cette jeune femme ; après tout, il n'était pas sûr d'être en danger, peut-être était-il tout simplement en train de se faire un film. Ce n'était pas normal qu'il panique à ce point.

Arrivés devant la voiture de Catherine, cette dernière ouvrit la porte du conducteur et s'installa, faisant signe à Sylvain de faire le tour. Il ouvrit la porte côté passager et se baissa. Il dit à Catherine : « Écoutez, je suis désolé, mais je pense qu'il y a erreur ; je ne me souviens pas vous avoir prêté un jeu », mais Catherine l'interrompit, et son visage avait pris une expression grave : « Monte dans la voiture. Immédiatement. » Sylvain se figea. Il commençait à ébaucher l'idée que, peut-être, le danger n'était pas là où il l'avait pensé, lorsque Catherine reprit : « C'est moi qui t'ai envoyé des messages, tu ne dois surtout pas remonter. Maintenant, monte dans cette voiture. »

Sylvain s'installa du côté passager et claqua la portière. Du coin de l'œil, il vit quelque chose bouger. C'était le garde ; il avait quitté l'ascenseur et courait dans leur direction. Catherine fit démarrer la voiture.

« C'est toi, K ? demanda Sylvain.

— Oui, K pour "Cassandre", je vais tout t'expliquer. »

Elle passa une vitesse, desserra le frein à main et accéléra. Le garde était loin derrière eux lorsque la voiture quitta le parking.

25

Henri Codat était ravi. L'événement tombait à pic. Le conseil d'administration de Nocell montrait depuis près d'un an de plus en plus de signes de défiance envers lui et ses méthodes de management dont les résultats ne démontraient pas l'efficacité. Là, il allait faire gagner des années de recherche à sa société, sans doute près d'une quinzaine. Il allait leur vendre la situation comme le résultat d'un travail acharné dont il était à l'origine ; tout le monde le regarderait d'un autre œil, et ceux qui avaient douté seraient les premiers à lui proposer une prime exceptionnelle. Il allait avoir le conseil à ses pieds et, à partir de là, tout deviendrait possible.

Il finit d'ajuster sa cravate Hermès fine gris et or, d'un nœud égyptien Pratt Shelby à la symétrie parfaitement maîtrisée, rabaissa le col de sa chemise sur mesure, à la manche gauche légèrement plus évasée que la droite pour ne pas gêner la montre-bracelet Jaeger-LeCoultre tourbillon, puis enfila la veste de son costume Ermenegildo Zeghna, sur mesure également.

Toute sa panoplie envoyait un unique message : le pouvoir.

Il était prêt pour le conseil d'administration le plus important de sa carrière. Mais il ne sortit pas de son loft. Pas encore. Il ne descendrait que lorsque tout le monde serait déjà arrivé. Et là, seulement, il ferait son entrée. Certains le regarderaient de haut, mais ça ne durerait pas. Il allait leur rappeler que c'était sa société, et pas la leur ; il allait leur prédire l'avenir, et avant de partir, tous allaient le remercier chaleureusement.

26

L'inspecteur Lambert était surprise. Vraiment surprise. Depuis l'arrivée d'Internet, mais surtout des réseaux sociaux, cela faisait partie du boulot, lorsqu'il y avait un nom, d'aller le renseigner dans Google pour voir ce qui sortirait. C'est donc assez naturellement qu'elle avait entré « Sylvain Guérin » dans le moteur de recherche, avec l'idée qu'elle tomberait sur des photos, un profil Facebook, une page LinkedIn ; bref, en quelques clics, elle aurait mis un visage sur le nom et aurait trouvé un employeur. Là, non. Plus précisément, oui, bien sûr qu'elle avait trouvé tout ça, mais elle avait trouvé plus encore. Dès les premiers résultats, dans la section « actualités », une vidéo dont la vignette montrait une voiture renversée, en feu, sur l'autoroute. Lorsqu'elle cliqua sur la vignette, la vidéo se lança ; c'était un extrait de journal d'informations qui parlait des embouteillages causés par cet accident mais surtout, et c'était là ce qu'il y avait de plus curieux, le journaliste qui présentait l'information désigna Sylvain Guérin comme « la seule victime de l'accident ». Depuis quand est-ce qu'une chaîne d'informations balançait le nom d'une personne décédée si celle-ci n'était pas une célébrité ? Et comment qui que ce soit avait pu le déclarer mort alors qu'il n'y avait aucune victime à déplorer ?

Marion arrêta la vidéo et se tourna vers ses collègues alentour : « On connaît qui, chez BFM TV ? »

27

Bon, on est d'accord, en vrai, j'avais aucune raison de croire Catherine sur parole, hein... Elle aurait voulu me tendre un piège qu'elle aurait pas eu besoin de s'y prendre autrement. J'étais naïf, c'est clair... Après tout, le seul truc qui s'était passé, c'était que mon chef voulait me voir. Le fait qu'on m'envoie un mec de la sécurité, ça voulait peut-être dire que j'avais fait une connerie et que j'allais me faire virer, mais y avait pas de raison d'en faire un truc où je voyais des gens qui voulaient me tuer. C'est juste les mails qui ont provoqué ça et, si elle avait organisé ça juste pour me faire paniquer, j'aurais été forcé de reconnaître que c'était super bien vu. J'étais naïf... mais bon... j'étais tellement différent de maintenant, aussi. Mes médicaments faisaient encore effet, déjà, et j'étais dans le flou total.

Si ça se produisait maintenant, c'est sûr, ça ne se passerait pas comme ça. J'irais droit au but, et on y perdrait moins de temps, toi comme moi... Tu peux me croire...

28

Catherine avait l'air un peu paniqué. Elle regardait constamment dans son rétroviseur, ce qui ne rassurait pas Sylvain. À cet instant, elle semblait aussi peu sûre d'elle qu'elle avait semblé maîtriser la situation quelques instants plus tôt. « Tu penses qu'ils nous suivent ? » demanda-t-elle, mais Sylvain n'arrivait même pas à penser. Ce qui se produisait était absolument lunaire ; lui qui avait une vie tellement banale, qui vivait « métro, boulot, dodo », voilà qu'il se trouvait projeté dans un film d'action sans queue ni tête. Il s'entendit simplement répondre « euh… je ne pense pas », même s'il n'en savait rien. Il eut quand même la présence d'esprit de dire à Catherine de se calmer parce qu'elle tenait un volant, et il fallut plusieurs minutes pour qu'elle se détende et roule plus prudemment. Catherine se dit qu'il serait effectivement peu judicieux de se faire arrêter en brûlant un feu rouge.

Et tandis qu'ils roulaient, Sylvain posa la question qui était aussi naturelle qu'évidente : « On va où ? » Catherine n'en savait rien ; elle n'avait pas prévu aussi loin. Lorsqu'elle avait vu

Sylvain sortir de son bureau, elle avait improvisé, et fort heureusement, Sylvain avait joué le jeu. Mais il fallait se cacher : elle était impliquée, maintenant. Elle aurait dû lui dire de prendre sa voiture, elle serait restée sur place, serait retournée à son bureau en pestant sur « ce con qui a piqué sa bagnole sans raison », et elle aurait ensuite pu reprendre le cours de sa vie. Mais elle n'avait pas réfléchi aussi loin, et il lui semblait bien qu'un retour au bureau était pour le moins compromis. Il fallait procéder méthodiquement, commencer par raconter à Sylvain tout ce qu'elle savait. Mais pour ça, il fallait se poser quelque part.

« On va chez moi » dit-elle à Sylvain. Elle sous-louait à Issy-les-Moulineaux l'appartement de sa grand-mère qui vivait désormais en maison de retraite. La sous-location, ça lui permettait de payer un loyer défiant toute concurrence, mais aujourd'hui ça lui permettrait surtout de ne pas avoir d'adresse connue ; pour son employeur, elle vivait à Combleux, à côté d'Orléans, à l'adresse de ses parents... C'était parfait. Issy-les-Moulineaux n'était pas très loin, ils y seraient dans quelques minutes.

Et pour la première fois depuis le début de la journée, Sylvain commença à sentir une légère pression dans son crâne ; les premiers signes d'une crise migraineuse... En temps normal, il prenait ses médicaments le matin et le soir, et cela suffisait, mais avec ce qu'il venait de vivre en termes de stress, il lui faudrait rapidement ses pilules.

29

Nadja parlait, et Grégoire notait. Il l'interrompait de temps en temps, lorsqu'il avait une question claire et précise, et elle répondait clairement et précisément. Grégoire appréciait le professionnalisme de Nadja, elle lui faisait une excellente première impression ; il était difficile d'en dire autant de son assistant, Loïc, qui ne semblait pas à sa place. Mais Grégoire s'en occuperait plus tard, s'il fallait s'en occuper. Pour l'instant, l'essentiel était l'état des lieux, et il commençait à avoir une excellente vision de la situation.

Il leva la main pour faire signe à Nadja de s'interrompre puis, tout en regardant ses notes, dit : « Quelqu'un m'arrête si je me trompe, mais si j'ai bien compris, personne ici n'a lancé de procédure d'extraction, pourtant si vous l'aviez déclenchée, c'est très exactement ainsi que l'extraction se serait produite ; par ailleurs, vous ne savez pas, à l'heure actuelle, où se trouve Sylvain Guérin, et pour l'instant vous n'avez pas cherché à le contacter ? » Nadja répondit : « On ne sait pas *précisément* où il est, mais on peut suivre son téléphone tant qu'il le porte sur lui, et on peut le contacter, notamment par téléphone, mais comme il ne sait pas qui on est il se méfiera de nous. » Grégoire réfléchit un instant, puis acquiesça. Il se leva et dit : « Richard, vous devriez prévenir votre client que l'extraction n'est pas encore assurée. Nadja, Loïc, vous venez avec moi, on doit retrouver Guérin et sécuriser sa position au plus vite. Manifestement, quelqu'un tente de vous doubler, ou de vous piéger… ou les deux. Il va falloir être très prudent ; allons-y ! Richard, je vous tiens régulièrement informé. » Ils allaient sortir lorsque Grégoire ajouta en direction de Richard : « Ah, et vous devriez voir directement avec votre client, il aura peut-être une idée de qui peut bien vouloir faire foirer ce projet. »

Après leur départ, Richard réfléchit un instant. Il pesait le pour et le contre. S'il était à peu près sûr que l'extraction serait rapidement un succès, il n'avait pas besoin de prévenir le client. Mais il savait également que la règle de base de la gestion de n'importe quel projet était la communication, et qu'il valait mieux avertir son client, prévenir plutôt que guérir.

Il attrapa le combiné de son téléphone, prit son courage à deux mains, et composa le numéro d'Henri Codat. Il prit la dernière cigarette de son paquet et l'alluma ; il allait au-devant d'une conversation difficile.

Courrier interne du 16 avril 2014 à 08 h 27

Cher Docteur Fournier,

Comme vous le savez, je n'ai jamais eu aucun doute sur la nature génétique de ce champ de recherche ; cependant, à l'époque de mes propres recherches, nos connaissances en la matière étaient encore balbutiantes, en conséquence de quoi je vous serais reconnaissant de bien vouloir, si vous en êtes d'accord, me faire parvenir les dossiers complets des sujets #6-13 et #6-14 qui semblent si prometteurs. Vous pourrez bien sûr compter sur ma totale discrétion.

Bien à vous,

Professeur Kowalski

30

Non loin du fort d'Issy-les-Moulineaux, Catherine et Sylvain marchaient en direction d'un immeuble. Ils ne disaient rien, et tous deux semblaient un peu perdus : dans leur tête se mêlaient des sentiments de peur, de confusion mais aussi de doute. Une fois de plus, Sylvain se demandait s'il n'était pas tout simplement en train d'exagérer, de façon monumentale, une situation qui était sans doute bien plus simple qu'il ne l'imaginait ; il avait envie de trouver tout cela ridicule et de reprendre normalement le cours de sa vie. Après tout, il n'y avait aucune raison que qui que ce soit lui en veuille, lui qui n'avait jamais causé la moindre vague. S'il faisait un point sur sa vie, il n'aurait rien à raconter qui sorte de l'ordinaire : il n'avait pas beaucoup d'amis, pas de copine, certes il participait, à son travail, à de beaux projets, mais sa participation elle-même était minime, et il savait très bien qu'il était parfaitement remplaçable. Non, vraiment, il n'avait aucune raison de croire qu'on lui en voulait, c'était allé trop loin, il avait paniqué.

Un alignement de coïncidences, et la paranoïa manifeste de Catherine, avec ses messages, voilà ce qui l'avait poussé, un instant de trop, à se croire impliqué dans une machination attentant à sa vie.

Il allait dire à Catherine qu'il partait, il allait même s'excuser lorsque, arrivée devant la porte d'un immeuble elle pressa le gros bouton sous le digicode et ouvrit. Elle se retourna vers Sylvain, l'attendant, et ce dernier vit une inquiétude sincère dans son regard. Il avait beau tenter d'être rationnel, quelque chose au fond de son esprit restait en tension. Il vit comme une image s'installer dans ses pensées : sur un bureau, un écran d'ordinateur et un dossier ouvert ; sur l'écran d'ordinateur, sa photo, des informations sur sa vie, des informations factuelles, pas intéressantes : sa date de naissance, sa taille, son poids, ses signes particuliers (aucun). Cet écran d'ordinateur contenait le genre d'informations qu'on renseignait pour obtenir une carte d'identité, un passeport. Sur le bureau, dans le dossier ouvert, les mêmes informations, imprimées sur du papier, avec un extrait de naissance, de l'état civil. Voilà l'image mentale qui se formait dans la tête de Sylvain : *Ma vie*, se dit-il, *peut quasiment être résumée à ma taille de pantalon et ma pointure de chaussures ; je n'ai rien d'intéressant, je ne suis pas intéressant*. Sylvain ne dit rien et suivit Catherine.

Ils passèrent devant ce qui devait être la loge des gardiens, et derrière la porte vitrée, masquée par un rideau, un chien aboyait, couvrant par intermittence le son, trop fort, de la télévision. Ils prirent l'ascenseur et montèrent jusqu'au sixième étage sans échanger un mot. Sortis de l'ascenseur, ils entrèrent dans l'appartement. Catherine ferma la porte et jeta ses clés sur une commode puis, sans s'arrêter ni se retourner, s'engouffra dans un couloir en disant simplement : « Je me fais du café, t'en veux ? » Sylvain avait mal à la tête, du café serait une mauvaise idée, mais il s'entendit répondre « oui », et suivit Catherine, en se demandant si tout cela n'était pas une erreur.

31

Il fallait retrouver le produit à extraire, c'était la priorité ; Grégoire le savait, Nadja le savait, et peu importait si Loïc le savait ou non. On se poserait plus tard la question de ce qui avait mal tourné, et on attendrait la dernière seconde pour attribuer les fautes. Grégoire était debout derrière Nadja, qui était postée devant l'ordinateur de son bureau. Loïc était assis, seul, à la petite table de l'autre côté de la pièce ; il soutenait le regard de Grégoire. Ce dernier connaissait bien ce regard : Loïc se sentait menacé par cette nouvelle présence qui remettait en cause leurs compétences, à lui et à Nadja, mais dans cette situation particulière, il était sans doute préférable de n'avoir à gérer qu'une seule personne à la fois, et Nadja occupait son attention.

Elle localisa rapidement le téléphone portable de Sylvain ; il était dans un immeuble d'habitations, à Issy-les-Moulineaux. Grégoire lui demanda de faire des recherches sur un lien entre ce lieu et Sylvain : s'agissait-il de l'adresse d'une copine, d'un ami ? Y avait-il la moindre raison pour laquelle il se trouvait là-bas ? Après quelques minutes, Nadja n'avait rien trouvé. Loïc se leva, prêt à s'y rendre immédiatement et à « le ramener par la peau du cul », et Nadja lui intima de se taire avant que Grégoire n'eût le temps de le faire lui-même. « On ne sait pas ce qu'il fait là-bas, ni avec qui il est ; s'il a été enlevé, il n'est peut-être pas seul, peut-être qu'on nous attend ; peut-être qu'il n'y a que son téléphone et qu'il n'est plus là depuis longtemps ; peut-être qu'il n'y a même jamais été ; alors rassieds-toi, et calme-toi. Quand il faudra bouger, on te le dira. » Loïc se rassit, penaud.

Nadja se retourna vers Grégoire, dans l'attente d'une directive. Grégoire attendait sans rien dire, elle se retourna vers son écran et commença à jouer du clavier et de la souris tout en disant : « On peut déjà voir depuis combien de temps le téléphone est sur place, et on pourra ensuite utiliser les caméras de surveillance pour déterminer si on a un visuel. Avec un peu de chance, ça nous dira s'il est bien sur place, peut-être même avec qui. » Sans rien dire, Grégoire sourit, félicitant mentalement Richard d'avoir confié la responsabilité de la mission à cette femme. Toutefois, il avait besoin, sans interrompre cette inertie, d'imposer rapidement son contrôle sur la situation. Sans quitter l'écran des yeux, il dit à Loïc de se rendre sur place et d'attendre les instructions. Si Sylvain y était, rien ne permettait de penser qu'il y resterait, et il valait mieux se tenir prêt. Nadja se figea un instant, mais ne dit rien ; Richard avait été clair, c'était Grégoire qui était désormais aux commandes, il fallait l'accepter. De plus, ce qu'il venait de proposer était parfaitement raisonnable, elle s'en voulut presque de ne pas y avoir pensé elle-même. Elle se remit au travail, et fit simplement un signe de tête à Loïc pour lui signifier « oui, vas-y ». Loïc ne se fit pas prier, se leva, fit le tour du bureau pour prendre connaissance de l'adresse, et sortit. Toujours sans quitter son écran des yeux, Nadja dit : « Il y sera dans une vingtaine de minutes. »

Grégoire recula un peu, puis proposa d'aller chercher du café ; ce qu'elle faisait prendrait plusieurs minutes, qu'il fût sur son dos ou non, sans doute moins s'il n'y était pas. Il avait besoin d'installer rapidement un climat de confiance entre elle et lui, et non d'ajouter du stress, et il n'avait pas de problème à lui signifier qu'il avait conscience qu'elle savait ce qu'elle faisait.

Nadja remonta l'historique de la position du téléphone de Sylvain jusqu'à une heure plus tôt, lorsque celui-ci se trouvait au siège de GenTech. C'était bon signe, cela laissait entendre que Sylvain était bien en possession de son téléphone, au moins à ce moment-là. Elle traça le trajet du téléphone de GenTech jusqu'à Issy-les-Moulineaux, nota les horodatages de chaque position, puis changea d'application.

Chez GlobalViz, on disposait d'accès, plus ou moins légaux, à de nombreuses applications, notamment les services de télésurveillance de la région Île-de-France. Nadja chercha les caméras sur le trajet, et en trouva une quinzaine. La première filmait un carrefour duquel on pouvait voir la sortie du parking de GenTech. De là, on ne distinguerait sans doute pas les plaques d'immatriculation des voitures, mais on pourrait déterminer sans difficulté les marques et modèles, ainsi que savoir si la peinture, à défaut d'en voir la couleur, était claire ou foncée. Sur la minute à laquelle le téléphone avait quitté GenTech, deux véhicules étaient sortis du parking. Nadja n'avait plus qu'à suivre le trajet du téléphone et se concentrer sur la voiture qui la mènerait à Issy-les-Moulineaux. Avec de la chance, elle verrait des passagers en sortir. Si Sylvain avait pris sa voiture, les choses auraient été plus simples, mais le traceur était formel, elle était toujours garée à deux pas de GenTech.

Grégoire rentra dans le bureau avec un café dans chaque main, et en tendit un à Nadja en lui demandant s'il y avait du nouveau. « Deux véhicules possibles, dit-elle. Une berline sombre, peut-être une Audi, à vérifier, et une citadine plus claire, une Twingo ou une Clio, une voiture du genre, à confirmer là aussi… mais pas de plaque pour l'instant. » Grégoire s'assit en face de Nadja et patienta, la laissant travailler. Elle allait vite, et c'était une bonne chose, mais peut-être pas assez vite pour lui. « On pourrait rechercher directement à la fin du trajet, voir si on repère une de ces deux voitures ? » demanda-t-il. Nadja s'interrompit, mais aucune réaction ne traversa son visage, elle ne fronça pas les sourcils, ne soupira pas, et se contenta d'ouvrir une nouvelle fenêtre de l'application et de rechercher une caméra proche de la destination, quelques minutes avant l'immobilisation du téléphone. Et après une minute, son visage s'éclaira subitement : « J'ai peut-être quelque chose ! » Grégoire se leva et fit le tour du bureau. Devant l'entrée d'un immeuble, une femme tenait la porte ouverte et, derrière elle, un homme ; il pouvait s'agir de Sylvain, en effet, mais ce n'était pas certain. Grégoire demanda à voir les images précédentes et suivantes ; à l'image suivante, la porte était déjà refermée ; à l'image précédente, personne devant l'immeuble. Il faudrait une autre image pour savoir s'il s'agissait bien de lui, et savoir combien de personnes l'accompagnaient. Nadja rechercha une autre caméra, pour avoir un autre cliché, pris quelques secondes plus tôt, mais déjà tira des conclusions : « Entre chaque image, il y a une dizaine de secondes. On peut déjà déterminer deux choses, s'il s'agit bien de Sylvain : d'une, il n'est pas prisonnier et, de deux, il n'est accompagné, au plus, que d'une ou deux personnes ; le laps de temps est trop court pour avoir laissé entrer plus de monde devant cette femme qui tient la porte. » Et alors que Grégoire allait la reprendre, elle compléta : « Après, on ne sait pas combien de personnes l'attendent là où il va, ils peuvent bien être cinquante dans un appartement, on ne peut pas le savoir. »

Et pendant qu'elle parlait, elle trouva une autre caméra, un autre angle, et sourit tout en montrant du doigt à Grégoire ce qu'il fallait voir : une voiture garée, une femme sur le trottoir près de la voiture, qui pouvait bien être la femme qui tenait la porte sur l'autre cliché, mais surtout un homme qui allait fermer la portière côté passager ; cet homme, il n'y avait aucun doute, c'était bien Sylvain Guérin.

Elle est vraiment douée, pensa Grégoire, se demandant réellement pour la première fois pourquoi Richard avait fait appel à lui ; il était impensable qu'il crût ses agents incompétents sans même leur laisser l'opportunité de retrouver Guérin. Pour faire appel à lui, il fallait que Richard doute de la loyauté de son équipe, ou que cette mission soit particulièrement cruciale. Ou les deux.

32

« J'allais justement me rendre au conseil pour annoncer la bonne nouvelle », dit Henri Codat à Richard d'un ton enjoué. Ce dernier soupira, patienta quelques secondes, puis prit une grande inspiration et se jeta à l'eau : « Henri, j'ai malheureusement de nouvelles informations qui posent problème ; des infos contradictoires. Nous avons des raisons de penser que l'extraction ne s'est pas déroulée comme prévu. » C'était délicat, se dit Richard, il fallait y aller progressivement, mais, dans le même temps, il ne fallait ni donner de faux espoirs, ni au contraire laisser entendre que la situation était désespérée. D'un autre côté, Henri Codat était un chef d'entreprise qui en avait vu d'autres, et qui saurait sans doute rester calme, même si Richard savait précisément à quel point sa position actuelle était inconfortable ; cela faisait partie de son travail de savoir ce genre de choses.

« Vous avez perdu le produit ? demanda Henri, manifestement inquiet.

— Non, non, rien de tout ça, rassurez-vous ! C'est juste que… il a été porté à ma connaissance que… nous n'avons pas organisé d'extraction, en réalité… Je pense que quelqu'un essaie de nous doubler. Ou de vous doubler. Ou les deux. »

Codat ne répondit pas ; il devait être sonné par cette nouvelle. Richard poursuivit :

« Nous sommes actuellement en train de localiser le produit qui, de ce que nous savons, n'a pas été extrait, et c'est la bonne nouvelle ; personne n'a extrait le paquet à notre place, on a juste voulu vous mener en bateau, ou nous mener en bateau. Mais le paquet est, à l'heure où je vous parle, en voie d'extraction… Je vous assure que c'est une question d'heures, à ce stade… Mais je préférais vous tenir informé… déjà… pour que vous soyez au courant, c'est la moindre des choses, notre relation est avant tout basée sur la confiance… mais également… pour savoir si, de votre côté, vous pourriez suspecter quelqu'un de vouloir vous voir échouer dans cette entreprise. »

Après quelques secondes de silence qui commençaient à inquiéter Richard, Henri répondit enfin :

« Vous êtes sûr que l'extraction est en cours en ce moment même, Richard ? »

Richard savait qu'il n'était pas en mesure de l'affirmer, mais il n'y avait de toute façon que deux possibilités : soit ils parvenaient à conclure l'extraction et tout irait pour le mieux, soit ils échouaient et cela signifierait, *a minima*, la fin de toute relation avec Codat et avec Nocell.

Richard n'hésita donc pas :

« Oui, je vous le confirme. Mes agents ne sont qu'à quelques heures d'intercepter le paquet, à la suite de quoi, comme je vous l'ai déjà dit, il y aura un temps pour récupérer ce que vous attendez, et nous pourrons alors conclure ce projet avec succès… Vraiment, si je vous ai contacté, c'est plus pour comprendre ce qui a pu se passer et comment quelqu'un aurait pu avoir les connaissances suffisantes pour imiter nos procédures. »

Immédiatement après avoir fini, Richard s'en voulut et se dit qu'il y avait là matière à être compris de travers :

« Richard, est-ce que vous me demandez si j'ai parlé de ce projet à quelqu'un ?

— Non, bien sûr que non, voyons… Je ne vous imagine pas, au milieu d'un cocktail, en train de raconter comment vous allez récupérer quinze ans de recherche, bien sûr que non… Mais peut-être que, pour des motifs parfaitement légitimes, vous avez dû mettre au courant un collaborateur, un de vos chercheurs, par exemple…

— Absolument pas ! Personne, vous m'entendez ? Personne ! »

Il mentait, c'était évident, pour lui comme pour Richard. Il avait nécessairement prévu la suite des événements et, pour cela, avait dû au moins laisser entendre, insinuer ou carrément raconter la situation à son directeur de recherches. Mais ce que sa réaction signifiait, c'était qu'il était impensable de douter des personnes au courant, et Richard devrait s'en satisfaire. Il avait beau savoir que personne n'est incorruptible, lui-même avait une confiance aveugle envers ses agents. Seuls Nadja et Loïc étaient au courant de l'ensemble du projet. Il fut interrompu dans ses pensées par Codat :

« OK, donc si l'extraction est en cours, vous me garantissez une livraison ? Je peux aller voir mon *board* ? »

La formule avait beau être interrogative, Richard ne s'y trompait pas : Codat ne lui avait pas demandé son autorisation. Il répondit donc la seule chose qu'il pouvait répondre :

« Oui... bien sûr, Henri... Je vous tiens au courant dès que j'ai... », mais Codat avait déjà raccroché.

Si Richard avait cru en un dieu, il l'aurait prié à cet instant pour que son équipe mette rapidement la main sur Sylvain et finalise cette extraction. Il n'était même pas certain que le paquet serait complet, mais il n'avait plus le choix et devait prendre le risque. Rapidement, il composa un nouveau numéro et, après deux sonneries, une femme répondit :

« C'est Richard, dit-il. J'ai besoin que tu me fasses un *debrief* au plus vite.

— Par téléphone ? répondit-elle. Je suis en voiture, là.

— Non… Viens me voir dès que tu peux.

— Très bien. Je serai là dans une demi-heure, environ. »

Louise raccrocha, mit son clignotant, et fit demi-tour.

33

Sylvain s'assit à la table de la cuisine et attendit que Catherine commence à parler. En l'observant, il perçut quelque chose qu'il n'avait pas vu auparavant : elle tremblait. Il comprit immédiatement ce que cela signifiait, elle-même n'avait pas l'habitude de ce genre de situation. Il ne fallait pas la brusquer, mais lui laisser le temps de respirer, de se calmer. Il se surprit à la détailler plus précisément : ses yeux verts, sa bouche fine qu'illuminait sans doute une mince couche de gloss transparent ; ses traits étaient harmonieux et son corps, caché par ce pull ample, devait être gracieux. Il la trouvait jolie. L'esprit de Sylvain accéléra et, à sa propre surprise, il se mit à émettre des hypothèses, à tirer des conclusions : elle faisait carrière dans un métier où les hommes n'acceptaient pas toujours les femmes, elle avait dû travailler plus que ses homologues masculins pour s'imposer, et dans le même temps elle affirmait, par son piercing et sa mèche de cheveux bleus, une volonté de se distinguer ; sa main qui tenait son café semblait douce, elle devait s'occuper de sa peau, mais même si les ongles étaient propres et nets, elle n'était pas manucurée.

Sylvain ne comprenait pas bien pourquoi il s'attardait à ce point sur ce genre de détails et détourna le regard avant de passer pour un pervers aux yeux de Catherine. Il regarda la pièce autour de lui, détailla le mobilier de la cuisine qui confirmait sans le moindre doute une certaine ancienneté : les façades des meubles en bois avec des décors gravés – *Du noyer*, se dit-il, *et du massif, pas du lamellé-collé*. Il cessa net ses digressions : comment pouvait-il savoir ça ? Qu'est-ce qu'il connaissait au bois ? Il eut soudain l'impression qu'une aiguille chauffée à blanc lui perforait la tempe gauche, qui partit aussi vite qu'elle était venue. Il avait dû esquisser une grimace, car Catherine lui demanda s'il allait bien.

« C'est juste une migraine, répondit-il. Ça va passer. »

Catherine avait l'air sincèrement inquiet, mais elle ne tremblait plus. Sylvain se dit qu'il était temps d'éclaircir la situation, sans trop savoir par où commencer :

« Alors, qu'est-ce que… enfin… qu'est-ce qui se passe ? »

Catherine prit un temps de réflexion, puis commença son récit :

« Je m'appelle Catherine, Catherine Rioult, et… »

Le regard de Sylvain la fit s'interrompre. Elle avait l'habitude.

« C'était le prénom de ma grand-mère, OK ? »

Elle soutint son regard quelques secondes, puis céda :

« Oh, ça va, hein, tu crois peut-être que Sylvain, c'est mieux ? »

Mais Sylvain n'avait rien dit ; elle avait dû en entendre durant sa jeunesse pour être aussi vive sur ce sujet ; il baissa les yeux et sourit le plus discrètement possible tandis qu'elle reprenait :

« Bref ! Ça fait à peu près trois ans que je travaille chez GenTech, je m'occupe de la sécurité des réseaux, des serveurs, ce genre de choses. Mais je m'intéresse aussi à la sécurité des données, d'une manière générale. Mais pas au niveau professionnel... C'est... un genre de hobby... »

Elle attendait que Sylvain comprenne, et après quelques secondes, elle reprit :

« Je suis une hackeuse. Mon pseudo, c'est K100dr, qui se prononce Cassandre, mais avec un K et un 100 au milieu, pas de "e" à la fin et... bref ! Je teste la solidité des chaînes de sécurité informatique. Je ne le fais pas pour voler les gens, je ne le fais pas pour dénoncer des injustices, je le fais... parce que je sais le faire, et que j'aime ça... C'est un challenge qui me plaît. Assez naturellement, du coup, je m'intéresse aux données et à la façon dont elles sont protégées ou pas et, chez GenTech, typiquement, ça fait partie de mon boulot de sécuriser les données des centres de recherche, les e-mails des salariés, ce genre de choses ;

mais, ce qui n'est pas de mon ressort, c'est la sécurité des communications téléphoniques, qu'il s'agisse des appels vocaux, des SMS, des applications de messagerie type WhatsApp, Telegram ou autres… Mais les protocoles en jeu, c'est un sujet qui m'intéresse. Du coup… il est possible que j'aie… comment dire ça simplement… »

Sylvain, en observant Catherine toujours sans dire un mot, comprit le sous-texte qu'offrait son attitude, son langage corporel ; elle ne cherchait pas ses mots parce qu'elle ne les trouvait pas, elle cherchait ses mots parce qu'elle ne voulait pas s'incriminer… Son visage dissimulait un peu de honte, mais aussi de la fierté. Décidément, Sylvain ne comprenait pas : avait-il toujours été capable de lire les gens ainsi, ou était-elle simplement un livre ouvert ? Afin de lui faciliter la tâche, il dit :

« Mis des téléphones sur écoute ? »

Elle eut une très brève réaction – *De l'étonnement*, se dit Sylvain – et reprit :

« Alors… pas exactement, mais oui, si tu veux… J'ai mis quelques téléphones sur écoute. En réalité, j'ai cloné ces téléphones, c'est-à-dire que je peux voir ce qui se trouve sur leurs écrans, et je peux écouter les conversations. Des téléphones de la direction, d'un commercial avec qui je suis sorti il y a quelques mois…

Voilà le sentiment de honte, se dit Sylvain.

« ... mais encore une fois, hein... le but n'était pas de faire chanter qui que ce soit ou je ne sais quoi ; le but, c'était... c'était d'avoir de l'information...

— De l'information, mais sur quoi ?

— Mais sur tout ! L'information, c'est le nerf de la guerre, et dans une boîte comme la nôtre, j'avais envie de savoir où on allait, pouvoir prévenir des licenciements, par exemple... Peut-être même qu'à la base, je pensais que j'irais voir les dirigeants pour leur dire qu'il y avait des faiblesses de sécurité, mais je me suis rapidement dit que c'était un coup à finir au chômage, voire en prison, alors je n'ai rien dit. Et puis...

— Et puis ?

— Et puis j'ai cloné le téléphone de Michael Tomlinson, ton manager ; enfin, les téléphones de Michael, parce qu'il en a deux. Et son téléphone perso, là, pour le coup, c'était un vrai challenge, il ne fait pas semblant avec la sécurité. Mais j'ai réussi... »

Et le sentiment de fierté, remarqua Sylvain.

« ... et c'est là que j'ai commencé à voir passer des messages. »

En prononçant ces mots, elle s'était levée et était sortie de la pièce dans laquelle elle revint quelques secondes plus tard un ordinateur entre les mains. Elle se rassit, l'alluma, et tourna l'écran en direction de Sylvain. Il y avait plusieurs captures qui provenaient d'une application de messagerie. Ces images montraient une conversation entre Michael et un certain « AG ».

« Ce sont les derniers messages de Michael », dit Catherine. Ce que lisait Sylvain était insensé. Mais si ces conversations étaient vraies, et à ce stade Sylvain en était convaincu, alors la situation était pour le moins alarmante.

34

« Je suis garé Promenade du Verger », dit Loïc au téléphone, attendant des instructions. C'était le moment d'aller récupérer Sylvain, mais s'il était toujours dans l'immeuble, il était impossible de savoir dans quel appartement. Nadja eut une idée : « À une vingtaine de mètres de l'entrée de l'immeuble, côté sud, il doit y avoir une voiture garée, une citadine, claire, est-ce que tu la vois ? »

Loïc sortit de son véhicule et se dirigea dans la direction mentionnée ; il vit la voiture, une Opel Corsa bleu clair. « La plaque d'immatriculation », demanda Nadja, accédant, *via* une nouvelle fenêtre de son écran, au registre des immatriculations. Elle renseigna les chiffres et les lettres que lui communiqua Loïc, et trouva une correspondance : Catherine Rioult, 26 ans, domiciliée à Combleux, dans le Loiret. Sur une autre fenêtre, Nadja fit une recherche rapide et trouva une photo : il semblait bien s'agir de la femme qui accompagnait Sylvain. Avec un peu de chance, il était parti du boulot pour s'envoyer en l'air et il n'y avait pas plus de raison que ça de s'inquiéter.

Nadja se tourna vers Grégoire : « C'est elle, mais on n'a pas de correspondance avec l'immeuble.

— Loïc, retourne à ta voiture, on n'a pas encore de correspondance, on attend », dit Grégoire, et il fit signe à Nadja de raccrocher alors que Loïc protestait. « De deux choses l'une, poursuivit-il à l'attention de Nadja, soit elle habite ici, soit c'est un lieu de rencontre auquel ils ont accès pour tirer un coup vite fait. Ce Sylvain, là, vous le connaissez mieux que quiconque, il a une maîtresse ? »

Nadja fit timidement non de la tête ; pour elle, Sylvain n'avait pour ainsi dire aucune relation personnelle, mais elle ne pouvait pas le jurer.

« Est-ce que vous pouvez lister les habitants de l'immeuble ? Peut-être qu'elle vit en colocation, peut-être que c'est l'appartement de son fiancé et qu'elle le trompe ; peu importe la raison, il faut qu'on trouve l'appartement. »

Nadja lança une série de recherches, mais ne trouva rien de particulier. Si elle avait eu le temps d'y passer des heures, elle aurait peut-être trouvé une concordance, sans doute même, mais avec une recherche rapide, cela ne donnait rien.

« Il va falloir qu'on attende qu'ils repartent, dans ce cas, dit Grégoire, espérons qu'ils n'y passent pas la journée. »

Nadja acquiesça, il n'y avait pas grand-chose à faire de plus, en attendant, que surveiller les entrées et sorties de l'immeuble.

Elle était sur le point de proposer à Grégoire de rejoindre Loïc sur place lorsque quelque chose attira son attention sur l'écran : la caméra de surveillance qui donnait sur l'entrée venait d'afficher un nouveau cliché sur lequel on voyait Loïc sur le point d'entrer dans l'immeuble.

35

Sylvain relisait les messages pour la troisième fois, comme s'il allait y découvrir un nouveau sens. Malgré les pulsations migraineuses qui allaient et venaient, il était parfaitement concentré. Les messages étaient en anglais, et il parlait couramment cette langue.

Michael *(20/05 16:34)*
Tout est prêt de ton côté ?

AG *(20/05 16:37)*
La voiture est prête, l'immatriculation est en place, BU-247-MJ

C'est mon immatriculation, se dit Sylvain.

Michael *(20/05 16:39)*
Il faut qu'elle brûle intégralement

AG *(20/05 16:41)*
Je fais le nécessaire. Niveau collatéral ?

Michael *(20/05 16:44)*
Pas de victime collatérale, si tu peux éviter. Par contre, il faut foutre la merde, et créer du chaos pour les occuper

AG *(20/05 16:47)*
À la jonction de l'autoroute, je te confirme, ça va être le chaos

Tous les messages dataient de la veille, sauf le dernier, daté de ce matin même :

AG *(21/05 05:54)*
C'est fait

Il y avait toutefois quelque chose que Sylvain ne saisissait pas : s'ils avaient cherché à le tuer, pourquoi utiliser une autre voiture ? Mais pourquoi diable voudrait-on le tuer ? Il n'était personne, il n'avait pas d'argent, ne possédait pas grand-chose ; les seules informations avec un peu de valeur dont il disposait, c'était des informations sur son travail, et Michael supervisait son travail, donc tout ce que Sylvain savait, Michael le savait mieux que lui.

Sentant venir une poussée migraineuse, Sylvain ferma les yeux et, à nouveau, mais cette fois-ci de façon plus vive, une image mentale se forma dans son esprit. Il était face à ce bureau avec l'écran et le dossier qui contenaient des informations à son sujet, mais il distinguait également un homme de l'autre côté du bureau ; un homme d'un certain âge dont il peinait à distinguer les traits, les cheveux et la barbe grisonnants, presque blancs ; il portait une blouse et disait quelque chose, mais Sylvain n'entendait pas. Il rouvrit les yeux. Catherine le dévisageait, et Sylvain comprit qu'elle attendait de lui une explication, une raison à tout cela. Elle serait déçue : il ne pouvait rien expliquer, tout cela était parfaitement absurde.

36

Le téléphone sonna dans le bureau en open-space de BFM TV.

« Laurent Géraud ?

— C'est moi, répondit une voix à l'autre bout de la ligne. »

L'inspectrice Lambert se présenta, en faisant les « politesses d'usage pour détendre » : c'était monsieur machin qui lui avait donné ses coordonnées, et comment allait-il ? Très bien, merci, je lui dirai que vous le saluez, aucun problème… À la suite de quoi Lambert entra dans le vif du sujet :

« Votre chaîne a couvert l'accident de voiture de ce matin qui a provoqué un embouteillage dingue au sud-ouest de Paris. Et vous avez annoncé à l'antenne le nom de la victime qui conduisait le véhicule. Il me semble pourtant que ce n'est pas l'usage quand la victime n'est pas une célébrité, alors j'aimerais savoir pour quelle raison vous l'avez mentionné.

— Alors… je travaille à la rédaction du journal, donc je vois bien de quel accident vous parlez, mais je n'étais pas présent à la première réunion du matin, donc ce que je peux faire, si vous voulez, c'est me renseigner et vous rappeler dès que j'aurai l'info. »

Marion lui donna ses coordonnées en le priant de rappeler dès que possible et, avant qu'il ne raccroche, elle se permit de lui poser une question subsidiaire :

« Vous êtes journaliste, vous savez comment les choses se passent… Si vous deviez deviner ce qui s'est passé… »

Géraud hésita avant de répondre, et prit tous les gants nécessaires dans sa formulation :

« Comme je vous l'ai dit, je n'y étais pas, donc je ne peux que spéculer mais, d'expérience, lorsqu'on met en avant une personne qu'on n'aurait pas mise en avant normalement, c'est pour faire une fleur à quelqu'un. En général, c'est pour faire plaisir à un cousin ou à une belle-mère de quelqu'un de l'équipe, mais là, dans le cas d'un accident… et qui plus est pour annoncer un décès… Non, je n'en ai vraiment aucune idée. »

Ils raccrochèrent.

Marion estima la réponse qu'il lui avait donnée, qui était aussi honnête et aussi complète que possible, sans invention ni mensonge. La rédaction semblait ne pas savoir qu'il n'y avait finalement pas de victime dans la voiture, et elle s'était bien gardée de le dire. Il n'y avait pas besoin de les alerter sur l'aspect insolite de cet « accident ».

En attendant que Géraud la rappelle, il fallait qu'elle avance, et elle savait exactement ce qu'elle devait faire : contacter Sylvain Guérin pour s'assurer qu'il était en vie, déjà, voir s'il savait que sa voiture n'était plus qu'une carcasse calcinée, et surtout lui demander s'il avait une idée de l'identité de la personne qui pourrait vouloir lui jouer ce genre de tours.

Elle se remit devant son ordinateur, et lança une recherche. En quelques clics, elle disposerait d'une photo récente, d'un CV et du nom de son employeur. Quelques clics de plus et elle aurait l'adresse de son domicile.

37

Loïc frappa à la porte de la loge de la gardienne, ce qui eut pour première conséquence de faire aboyer un chien, puis il entendit la voix d'une femme. Lorsque la gardienne entrouvrit sa porte, Loïc se trouva en face d'une sexagénaire en robe de chambre qui esquissa un sourire fugace et poli avant d'indiquer que la loge n'était pas ouverte le matin. Elle allait refermer lorsque Loïc lui dit d'un air inquiet qu'il avait rendez-vous avec une amie à cette adresse, mais qu'elle ne lui avait pas donné d'indications sur son appartement ; ça ne prendrait qu'une seconde de lui répondre, et il lui en serait « éternellement reconnaissant ». Elle hésita un instant, puis ouvrit la porte en grand ; Loïc vit un bichon maltais à ses pieds, qui aboyait sans discontinuer.

La femme prit un air désolé et lui dit qu'elle ne pouvait malheureusement pas lui donner d'informations sur les occupants de l'immeuble. Il insista :

« Elle s'appelle Catherine, Catherine Rioult, elle habite bien ici, n'est-ce pas ? »

Il sut immédiatement qu'elle avait reconnu le nom, c'était évident.

« Son nom n'est même pas sur les boîtes aux lettres, j'en viens à me demander si elle ne m'a pas donné une mauvaise adresse pour que je ne vienne pas ; ce n'est pas la première fois que ça m'arriverait, vous savez, je n'ai pas vraiment l'habitude des femmes… Mais j'avais vraiment l'impression qu'on s'était bien entendus ; quand elle m'a donné son adresse, je n'ai pas douté une seconde… Elle n'habite pas là, c'est ça ? »

Elle était tiraillée, il le voyait, son petit cinéma faisait effet. Peut-être lui rappelait-il son fils, ou son petit-fils, ou un amour de jeunesse ; peu importait. Ce qu'il fallait obtenir, c'était un étage, un appartement.

« Vous ne pouvez pas l'appeler sur son portable, pour qu'elle vous donne les indications ? Vous savez, je n'ai vraiment pas le droit de renseigner les visiteurs, c'est contraire au règlement de la copropriété…

— Elle ne m'a pas donné son numéro de téléphone », dit-il, et le regretta aussitôt.

Quelque chose changea subtilement sur le visage de la gardienne : de compatissante, elle était soudain devenue méfiante. Loïc s'en voulut, il aurait dû lui dire qu'il tombait directement sur sa messagerie et qu'elle ne devait pas capter là où elle était. Mais imaginer qu'une jeune femme donne rendez-vous à un ami en lui confiant son adresse, mais pas son numéro de téléphone, cela semblait louche.

« Comme je vous l'ai dit, reprit-elle, je ne peux malheureusement pas vous aider, je pourrais avoir des ennuis, je... je suis désolée », conclut-elle en baissant les yeux et en refermant la porte.

Loïc n'eut que très peu de temps pour réagir, et prit dans l'urgence la plus mauvaise décision possible : il bloqua la porte de la loge avec son pied, la rouvrit de force et s'invita à l'intérieur. Il referma derrière lui. La voix tremblante de peur, la concierge déploya tout le courage qui lui restait : « Je vous demande de vous en aller, maintenant ; sinon je vous préviens, j'appelle la police. » Loïc l'attrapa par le bras et sortit de sous sa veste un objet que la gardienne n'identifia que lorsqu'il le lui colla contre le visage : c'était un pistolet.

« Écoutez, dit-il, je ne suis pas là pour vous faire du mal, j'ai besoin d'une seule information et je vous laisse tranquille : dans quel appartement se trouve Catherine Rioult ? »

La gardienne paniquait, elle sentait son cœur s'emballer et se sentait dériver ; elle allait sans doute bientôt s'évanouir, mais elle eut l'énergie suffisante pour balbutier :

« Sixième droite... Partez, maintenant, s'il vous plaît. »

Il la relâcha et eut un peu de peine pour cette femme qui n'avait pas demandé à être mêlée à cette situation. C'était injuste. Mais la justice n'était pas invitée. Tuer ou être tué. Il présenta ses excuses à la gardienne pour son comportement, puis pressa la détente. Son visage se figea en une grimace de surprise alors que l'arrière de son crâne volait en éclats. Le Beretta 92FS 9 mm était doté d'un silencieux et n'avait pas fait trop de bruit. Loïc rengaina son arme dont l'extrémité fumait encore, et sortit en faisant le point sur la situation. Il avait sans doute laissé des empreintes un peu partout, mais au moins il avait l'information qu'il recherchait.

De toute façon, on va appeler un nettoyeur, se dit-il pour se rassurer tandis qu'il se dirigeait vers l'ascenseur. L'essentiel, pour lui, c'était de retrouver Sylvain et de le ramener, quoi qu'il en coûte. Richard avait été clair.

38

Cette fois-ci, la douleur tardait à s'estomper, et Sylvain pensa que la crise allait bientôt commencer. Les crises migraineuses étaient relativement rares, mais il savait que sans ses médicaments, elles seraient plus fréquentes ; tout comme il savait que le stress atténuait l'efficacité de son traitement. En d'autres termes, il allait vite se retrouver comme s'il n'avait pas pris sa pilule ce matin. Catherine le regardait, inquiète, lui demandant si tout allait bien...

Franchement, se dit-il, *est-ce que j'ai l'air d'aller bien ?*

La lumière du jour lui faisait mal aux yeux, aussi se les couvrit-il de la paume de la main. En temps normal, il lui aurait fallu de l'obscurité, du calme, et de l'eau. Il chercha dans sa mémoire le souvenir d'une crise passée, pour se rappeler qu'il en avait vu d'autres, et que ce n'était pas la fin du monde.

« Depuis que je suis petit, dit-il, je suis sujet à des migraines. J'ai un traitement pour ça, et il fonctionne bien, mais ça ne prévient pas toutes les crises. Notamment, en cas de stress, il n'y a rien d'autre à faire qu'attendre que ça passe. »

Tandis qu'il expliquait ça à Catherine, l'aiguille dans son crâne sembla refroidir et se retirer lentement. Il avait quelques minutes de répit devant lui.

« On devrait appeler la police, poursuivit-il, et leur raconter ce qu'on sait. »

Catherine protesta vivement ; elle ne pourrait pas expliquer comment elle savait tout ce qu'elle n'était pas censée savoir.

Il allait tenter de la convaincre lorsqu'on frappa à la porte. Tous deux se figèrent. On frappa à nouveau. Catherine fit signe à Sylvain de rester où il était, et se dirigea vers l'entrée.

Arrivée devant la porte qui, malheureusement, ne disposait pas d'un judas, Catherine demanda qui était là. La réponse fut chuchotée, ce qui la poussa à reposer sa question, mais en s'approchant plus encore de la porte. Catherine vécut les événements qui suivirent dans le désordre. Elle se retrouva au sol, quelques mètres plus loin, une vive douleur sur le côté droit du visage. La porte avait été enfoncée d'un geste aussi net que brutal qui l'avait propulsée au sol, et c'est seulement une fois à terre qu'elle reconnut le bruit qu'elle avait entendu : celui de la porte qui se délogeait de son encadrement.

Un homme se tenait sur le seuil de son appartement. Il lui parlait mais elle ne l'entendait pas ; elle se tenait le côté du visage et remarqua qu'elle saignait. Tout était si confus qu'elle n'arrivait pas à comprendre ce que cet homme lui disait, alors qu'il était clair qu'il lui parlait. Elle parvint finalement à extraire un « quoi ? » de sa gorge, ne reconnaissant pas sa propre voix, et comprit enfin : « Où est-il ? » Catherine n'avait pas particulièrement l'intention de dénoncer Sylvain, mais dans son état, le simple fait d'associer Sylvain à ce « il » lui fit tourner la tête dans la direction de la cuisine. C'était un réflexe, elle ne l'avait ni réfléchi ni décidé, mais tandis que son cerveau cherchait un sens à la question posée, c'était comme s'il avait eu besoin de lui faire tourner la tête pour se dire : *Qui ça ? Ah, lui !*

Loïc repoussa la porte pour la refermer autant que possible, son arme à la main, et se dirigea vers la cuisine. Catherine sentit la douleur irradier son visage et son bras ; elle se releva. Et alors que tout aurait dû la pousser à sortir de chez elle en courant, elle hésita. Étonnamment, ce n'était pas pour Sylvain qu'elle hésitait, mais pour son ordinateur. Le cerveau est un organe curieux qui réagit, en situation de crise, d'une façon si complexe qu'elle peut sembler incompréhensible.

Sylvain était debout, manifestement effrayé, lorsque l'intrus s'approcha. Il s'étonna du changement immédiat d'expression de cet homme qui semblait rassuré de le voir et rangea dans sa veste… *Quoi*, se dit Sylvain… *une arme ?*

« Enfin, t'es là… Eh ben mon salaud, tu nous as bien fait flipper… Viens, je te ramène ! »

Sylvain ne comprenait rien ; il ne connaissait pas cet homme, savait que Catherine était sans doute en difficulté dans le couloir, et dit en bégayant :

« Qui êtes-vous ? Je ne vais nulle part avec vous… Qu'est-ce que vous voulez ? »

L'expression de l'homme changea à nouveau du tout au tout. Sylvain n'eut aucune difficulté à l'identifier : il tentait de contenir de la rage. Loïc dégaina à nouveau son arme et la braqua vers Sylvain en lui disant :

« Bon, ça suffit les conneries, maintenant. »

Sylvain sentit sa main saisir l'arme de l'homme. D'un mouvement de rotation, il désarma ce dernier et entendit un craquement net alors que les os du poignet de Loïc se brisaient. Celui-ci émit un cri de douleur et de surprise, et Sylvain, d'une rotation de la hanche, coude en avant, lui déboîta l'épaule. Loïc mit un genou à terre ; avec son pied, Sylvain délogea d'un coup net la rotule de son autre genou puis, avec la crosse de l'arme qu'il tenait toujours à la main, l'assomma d'un coup sec derrière le crâne. C'était terminé. Le combat avait duré deux ou trois secondes à peine, et Sylvain en avait été le spectateur stupéfait. Il lâcha l'arme, et se dirigea vers le couloir tandis que l'aiguille dans sa tête grossissait. Il se tint les tempes et s'arrêta dans l'encadrement de la porte de la cuisine. Ça allait faire mal, très mal, mais ça ne durerait que quelques secondes, il le savait. Plus la douleur était vive, moins elle durait. Il ne put s'empêcher de gémir alors que, déjà, l'aiguille se retirait. Il rouvrit les yeux et vit Catherine debout devant lui, choquée, le visage en sang. L'inquiétude prit le pas sur le reste ; il lui demanda comment elle allait tandis qu'elle observait l'homme étendu au sol, inconscient. Il dut s'y reprendre à plusieurs reprises avant qu'elle ne l'entende et comprenne qu'il lui parlait :

« Ça va... dit-elle. Je crois que je me suis fait mal en tombant, mais ça va... Et toi, ça va ? »

Sylvain sentait une colère monter en lui, une colère qu'il ne se connaissait pas. Qui était cet homme ? Pourquoi pensait-il qu'ils se connaissaient ? Où voulait-il l'emmener ?

« Putain, mais qu'est-ce que c'est que ce bordel ? » lâcha-t-il enfin.

Il s'approcha de Catherine pour l'examiner, et vit une coupure au niveau du front.

« Il faut nettoyer ça, dit-il, tu as ce qu'il faut ? De l'antiseptique, des pansements ? »

Catherine fit un « oui » mécanique de la tête et répondit : « OK, on appelle la police. »

Avoir cloné des téléphones était subitement devenu un problème secondaire dans son esprit.

39

Lorsque Henri Codat entra dans la salle de conférences, tout le monde était silencieux. D'habitude, les membres du conseil d'administration avaient toujours des choses à se raconter, des petites conversations inutiles typiques des gens qui possèdent un pouvoir qu'ils n'ont pas acquis durement : ils parlaient de golf, du dernier investissement qui leur avait rapporté plusieurs millions, comme s'ils étaient responsables de ces succès. Henri savait bien que, pour eux, un investissement en Bourse n'avait pas plus de sens que choisir un numéro à la roulette, la seule différence étant qu'ils s'entouraient de gens qui comprenaient, plus ou moins bien, les rouages. Ces gens-là ne gagnaient pas d'argent, ils avaient des gens qui gagnaient de l'argent pour eux, ils avaient de l'argent qui faisait de l'argent pour eux. Et ils regardaient Henri de haut, assis sur leurs tas de millions, comme s'il était l'homme qui venait faire le ménage, ils le regardaient comme les aristocrates regardent les nouveaux riches, sans même réaliser qu'ils n'ont aucun mérite à avoir simplement hérité de leurs parents. La seule chose qu'ils avaient jamais accomplie, se disait Henri, était d'avoir survécu à leurs parents.

Mais aujourd'hui, la salle était silencieuse. Il faut dire qu'Henri avait ménagé ses effets : réunir le conseil en urgence, sans préciser pourquoi, ça allait les faire réagir. Ces gens détestaient ne pas savoir ; l'argent, par son abondance, avait si peu de valeur pour eux qu'ils payaient régulièrement des sommes totalement folles pour avoir un peu plus d'informations que leur voisin.

Ils étaient tous dans le noir ; aucun ne savait pourquoi ils étaient réunis, et Henri se disait qu'une bonne partie d'entre eux espérait qu'il allait leur présenter sa démission. *Ils vont être déçus*, se dit-il, *mais pas longtemps*.

40

Nadja était en train d'essayer de contacter Loïc et tombait directement sur sa messagerie ; il avait sans doute coupé son téléphone pour être sûr que personne ne l'empêcherait de régler le problème seul. Elle pestait intérieurement et faisait son possible pour ne pas lever les yeux vers Grégoire qui la fixait sans dire un mot. Elle raccrocha et fit simplement « non » de la tête. Grégoire réagit immédiatement :

« On y va », dit-il en se dirigeant vers la porte.

Nadja se levait lorsque quelque chose attira son attention sur son écran ; un clignotement. Il y avait de l'activité sur l'une des fenêtres qu'elle avait ouvertes. Elle cliqua sur l'onglet pour la mettre au premier plan puis, ayant vu ce qui se passait, se rassit immédiatement tout en interpellant Grégoire :

« Le téléphone de Sylvain, il est en train de passer un appel !

— On peut l'écouter ? »

Il entendit la tonalité du téléphone en guise de réponse ; Nadja vit le numéro affiché, le 112. *Bon sang,* se dit-elle, *qu'est-ce que Loïc a bien pu faire comme connerie ?* Quelqu'un décrocha :

« Les urgences ?

— Bonjour, je m'appelle Sylvain Guérin, et... je crois que quelqu'un vient d'essayer de me tuer !

— Calmez-vous, Monsieur ; avant toute chose, êtes-vous actuellement en sécurité ?

— Euh... oui... mais je ne sais pas si ça va durer.

— Quelle est votre adresse ? J'envoie immédiatement une patrouille, et ensuite vous m'expliquerez... »

« Coupez immédiatement la ligne », ordonna Grégoire. Nadja ne se fit pas prier ; en deux clics, elle avait désactivé le téléphone de Sylvain.

« Est-ce qu'ils peuvent le retrouver en localisant le téléphone ? demanda-t-il.

— Plus maintenant », répondit Nadja ; *mais nous non plus,* pensa-t-elle. S'ils perdaient la trace de Sylvain, ils seraient aveugles.

« À votre avis, il a fait quoi, votre gars ? »

Nadja réfléchit avant de répondre ; c'était difficile à dire. Pour elle, il y avait deux possibilités : soit Loïc n'avait pas trouvé l'appartement, soit il l'avait trouvé. Dans le premier cas, cet appel n'avait aucun sens ; plus curieux encore, dans le second cas, Sylvain n'aurait eu aucune chance face à Loïc. Loïc était un combattant, et Sylvain... Sylvain était un simple employé de bureau, sans hobby particulier, il n'avait pas d'aptitude particulière au combat.

« Je ne sais pas, répondit prudemment Nadja, mais si Loïc est HS, ça signifie que Sylvain a eu de l'aide, sinon il ne fait pas le poids. »

Grégoire demanda à Nadja de prendre son arme, ils allaient rejoindre Loïc et, le cas échéant, régler ce qui devrait l'être.

« En combien de temps peut-on y être ?

— Si on se presse... un quart d'heure. »

Nadja débrancha son ordinateur portable de l'écran et le rangea dans une housse en expliquant à Grégoire qu'elle en avait besoin pour accéder aux caméras de surveillance. « Il y a un risque qu'il ne prenne pas son téléphone avec lui, maintenant qu'il est désactivé. Sans son téléphone, les caméras sont notre meilleure chance. »

41

« Ça a coupé, je n'ai plus de réseau », dit Sylvain, déplaçant son téléphone autour de lui comme un bâton de sourcier à la recherche d'un signal. Catherine lui prit le téléphone des mains pour vérifier les paramètres ; en quelques secondes à peine, elle comprit : « Ton tel est désactivé ; il ne peut plus se connecter au réseau. Même pour les appels d'urgence. Comme quand un téléphone est déclaré volé, c'est une…

— Ton téléphone ! lui dit-il.

— Oui, on peut utiliser le mien… mais pas d'ici. On ne sait pas qui a coupé le tien, ni comment. Si c'est sur une base géographique, ils n'auront aucune difficulté à couper le mien aussi, et puis… » Elle observa le corps affalé de Loïc à terre, dont une jambe était pliée avec un angle inhabituel. « … Je n'ai pas envie de rester à côté de lui, là.

— On peut aller chez moi », suggéra Sylvain, tout en se disant que, non, ils ne pouvaient pas. S'ils avaient réussi à le trouver chez Catherine, ils savaient où il habitait, et sans doute y avait-il même déjà quelqu'un qui l'attendait sur place. Mais il fallait bouger ; ils devaient trouver un endroit tranquille où ils pourraient se poser, où Catherine pourrait se soigner de sa chute, où Sylvain pourrait laisser passer sa migraine et… ses pensées furent balayées par une autre, plus vive : ses médicaments. Il se tourna vers Catherine qui s'affairait de son côté. Elle avait retiré son pull ensanglanté, laissant place à un T-shirt à l'effigie d'un Stormtrooper de *Star Wars*. Elle pressa son front avec le pull, puis le laissa tomber au sol. Elle sortit de la pièce en lançant : « Je prépare quelques affaires ! » Lorsqu'elle reparut, elle tenait un sac à dos ouvert à l'intérieur duquel Sylvain vit l'ordinateur, son chargeur, ce qui semblait être un kit basique de premiers soins, et quelques vêtements. Sylvain était épaté par cette femme qui n'avait pas hésité un instant à l'idée de partir de chez elle, et il se disait qu'elle ne méritait pas d'être mêlée à tout ça.

« Écoute, lui dit-il calmement, je te remercie vraiment pour tout ce que tu as fait pour moi, mais il n'y a pas de raison de…

— Non ! » Et la discussion était close.

Elle avait bien compris ce qu'il avait l'intention de lui proposer, et elle avait fait son choix. Elle était prête à partir. Sylvain jeta un regard à l'homme au sol, ne comprenant pas ce qui s'était produit. Il observa le pistolet, hésita quelques instants à le prendre avec lui puis se ravisa ; il détestait les armes et, de toute façon, il ne savait pas s'en servir. « On ne peut pas le laisser là, comme ça, dit-il. Tu as une ceinture ? »

Quelques instants plus tard, Catherine en donna une à Sylvain. Il attacha comme il pouvait les mains de l'homme dans son dos ; avec un poignet brisé, c'était compliqué, et ça ne tiendrait sans doute pas longtemps, mais il ne partirait pas bien loin avec une jambe cassée. Et dès qu'ils seraient suffisamment loin, ils appelleraient la police, de toute façon. Perdu dans ses pensées, Sylvain ne se rendit même pas compte qu'il fouillait le corps, et en extirpa des clés de voiture et un téléphone, éteint. Il le jeta au sol et le piétina pour le briser. Il garda les clés. Catherine le regardait faire et, lorsque Sylvain croisa son regard, il déchiffra immédiatement le fil de ses pensées : comment avait-il mis ce molosse hors d'état de nuire, comment savait-il faire tout ce qu'il faisait depuis quelques minutes, lui qui, une heure auparavant, semblait ne pas être capable de faire du mal à une mouche ? Sylvain aurait aimé savoir quoi lui répondre… Ils quittèrent l'appartement.

Quand ils furent arrivés dans le hall de l'immeuble, Sylvain remarqua, à l'entrée de la loge, des empreintes de pattes de chien, ensanglantées, en bas du rideau derrière la porte. Il ne dit rien à Catherine ; quand ils téléphoneraient à la police, ils demanderaient des secours pour la gardienne.

Une fois la porte franchie, Catherine commençait à se diriger vers sa voiture lorsque

Sylvain la retint ; il pressa le bouton de déverrouillage des portes de la voiture de l'homme qu'il avait assommé, et entendit un « bip » un peu plus loin dans la rue. « On prend la voiture du gars, dit-il, on s'éloigne d'ici et on la larguera quelque part. On avisera à partir de là. » Catherine ne s'y opposa pas. Sylvain donnait maintenant l'impression de parfaitement maîtriser la situation.

Le véhicule était un SUV aux vitres teintées : c'était parfait. Catherine sortit de son sac un spray antiseptique et des pansements. Elle descendit le pare-soleil devant elle pour en utiliser le miroir. Sylvain l'observait sans rien dire et, quand elle s'en rendit compte, Catherine s'arrêta et lui sourit. Sylvain sourit à son tour. *Elle va bien,* se dit-il, rassuré. Il fit démarrer la voiture. Ils devaient se fondre dans la masse le temps de trouver un lieu sûr, aussi se dirigea-t-il vers le périphérique. Dans Paris, ils seraient sans doute moins facilement repérables.

42

« Il avait l'air plus que content, il était totalement euphorique, je ne l'ai jamais vu comme ça. »

Louise faisait son rapport à Richard. Henri Codat se doutait qu'elle lui rendait des comptes, c'était, en quelque sorte, un geste commercial de la part de GlobalViz pour remercier un très bon client, une recette vieille comme le monde des affaires. Mais Codat avait toujours payé, il n'avait jamais considéré Louise comme un cadeau que Richard lui aurait offert. De son point de vue, c'était une forme de respect qu'il montrait à cette femme dont il vénérait et honorait le corps dès qu'il le pouvait. Il se doutait qu'elle ne s'appelait pas Erika, elles ne donnaient jamais le prénom qu'utilisaient leurs parents, mais il n'avait jamais cherché à en savoir plus.

Pour Louise, la situation était claire : elle couchait pour de l'argent, et rendait des comptes pour de l'argent. Elle n'en était pas particulièrement fière, mais elle savait qu'elle ne devait pas en avoir honte non plus ; elle faisait le nécessaire. Elle remarqua que Richard était tendu et elle pressentait que c'était à cause de son rapport. Elle travaillait depuis plus de trois ans pour lui, avait toujours fait ce qu'on attendait d'elle, c'était dans sa nature ; elle n'aurait pas su expliquer si c'était à cause de son éducation ou pour une autre raison, mais elle recherchait en permanence la reconnaissance de Richard. Il était, à sa manière, comme un père pour elle et, fait notable, il ne lui avait jamais manqué de respect, n'avait jamais tenté de profiter d'elle, alors qu'elle savait très bien que, compte tenu de sa situation, elle ne se serait jamais permis de résister. Richard l'avait toujours respectée, et Louise ne l'avait jamais considéré comme son *mac*.

Richard, de son côté, réfléchissait. Son cerveau moulinait à pleine allure ; si Henri avait déjà vendu la peau de l'ours, il était inconcevable que l'ours ne soit pas tué. GlobalViz n'avait pas droit à l'échec. Richard devait couvrir ses arrières et, malgré toute la confiance qu'il avait en Grégoire, il ne supportait pas de rester dans l'attente, inactif ; il ne pouvait accepter l'idée que la situation lui échappe. Aussi décida-t-il qu'il fallait au moins envoyer quelqu'un chez Sylvain, dans le cas improbable où il rentrerait chez lui. Et Louise serait parfaite pour ce job. Avec quelques ajustements. Richard fit appeler par son assistant un des laborantins du docteur Fournier pour accompagner Louise à son examen médical ; elle appréciait que Richard prenne autant soin d'elle.

Lorsque le jeune homme en blouse sortit du bureau suivi de près par Louise, Richard la regarda partir et se sentit d'un coup nostalgique. Il l'aimait bien, Louise, et il allait devoir s'en séparer. Au moins temporairement. Parce que ce que Louise ignorait, c'est qu'elle ne travaillait pas pour Richard depuis trois ans, qu'elle lui avait souvent offert son corps par le passé, et qu'elle ne s'appelait pas Louise.

43

Michael *(21/05 11:37)*
Tu les as toujours ?

AG *(21/05 11:39)*
Avec ton appli, je ne risque pas de les perdre. Sans indiscrétion, il s'est passé quoi ? Il était pas censé être avec toi ?

Michael *(21/05 11:43)*
Mon gars sur place s'est fait balader comme un débutant

AG *(21/05 11:44)*
Je t'ai toujours dit que c'étaient des guignols, les gars de ta sécurité

Michael *(21/05 11:46)*
Après, je lui avais dit de ne pas insister. Ils font quoi, là ?

AG *(21/05 11:49)*
Ils sont en bagnole, ils roulent vers Paris

Michael *(21/05 11:50)*
Tu les suis de loin, surtout, pas en visuel.
Pas besoin que tu te fasses repérer.

AG *(21/05 11:53)*
Oui maman ^^ Tu m'expliqueras comment ton appli les suit à la trace, comme ça ? Parce que c'est impressionnant, quand même !

Michael *(21/05 11:58)*
Un jour, je t'expliquerai. Si t'es sage

44

Le lieutenant Lambert venait de raccrocher. Laurent Géraud avait été efficace ; elle lui avait promis que tout ce qu'il lui révélerait ne finirait pas dans un rapport, et il lui dit ce qu'il avait découvert : un journaliste – ou peut-être une journaliste, avait-il insisté – avait été contacté(e) ce matin même, quelques minutes après l'accident, par un de ses contacts sur place – un pompier, un ambulancier, un policier, il ne savait pas. Mais c'était une personne que ce journaliste connaissait par ailleurs. Celle-ci prétendait lui offrir un scoop : la victime de l'accident était inconnue du grand public, mais elle était liée à une histoire bien plus complexe qui ne serait pas révélée avant longtemps. Le ou la journaliste avait là une opportunité d'être en premier sur le coup, avait confiance en ce contact et avait pris le nom de la victime. Avec la plaque d'immatriculation du véhicule accidenté, il ou elle avait pu vérifier l'identité du propriétaire, et la décision avait été prise de la révéler.

Lambert avait écouté, elle avait tenu son engagement et n'avait pas cherché à avoir plus de détails sur ce qui s'était passé à la rédaction. La seule question qu'elle avait posée portait sur la manière dont le ou la journaliste avait été contacté(e). Par SMS, avait répondu Géraud.

Lambert avait ensuite fait un point sur la situation : un journaliste était contacté par SMS par un contact usuel qui lui promettait un scoop ; l'hypothèse était valide, mais Lambert savait qu'un numéro de téléphone pouvait être usurpé – c'était une technique appelée *spoofing*, et accessible assez facilement à n'importe qui. Quoi qu'il en fût, le fait était qu'il n'y avait pas eu de victime. Si le contact avait été sur place, il s'en serait rendu compte ; par conséquent, soit il avait été manipulé, soit c'était lui qui manipulait. Dans tous les cas, il y avait vraiment quelque chose qui ne sentait pas bon.

Lambert alla remettre de l'eau bouillante dans son mug, attrapa un sachet de thé et le fit infuser. Debout devant son bureau, elle observa les différents papiers qu'elle y avait disposés en éventail : des informations sur l'accident, sur la voiture, sur Sylvain Guérin… D'abord, l'accident, elle en était convaincue, n'en était pas un. Il n'y avait pas de caméra de surveillance à l'embranchement où la voiture avait pris feu, mais il y en avait plus haut sur l'A86. Elle avait déjà requis les images de plusieurs caméras successives sur la demi-heure précédant l'accident, et n'aurait sans doute pas de réponse avant plusieurs heures. Ensuite, la voiture. C'était intéressant, parce qu'on avait manifestement soigné la ressemblance avec le véhicule dont Sylvain Guérin était propriétaire, mais pas au point de tromper la police, sinon on aurait limé le numéro de série du moteur ; ainsi la police aurait-elle sans doute fini par réaliser qu'il ne s'agissait pas du même véhicule, après des jours, voire des semaines, en imaginant qu'elle consacre ses ressources assez longtemps. Mais le numéro de série du moteur n'avait pas été effacé, pas même estompé, si bien qu'elle savait déjà qu'il ne s'agissait pas du même véhicule, mais de ce que, dans le jargon, on appelait une « doublette » : même marque, même modèle, mêmes plaques minéralogiques, mais véhicule différent.

Une théorie germait dans l'esprit de l'inspectrice ; elle se demanda si on n'avait pas fait le nécessaire pour que la police découvre que quelque chose clochait. Plus elle avançait, et plus les indices semblaient pointer dans la même direction : même si elle ne savait pas encore précisément comment l'accident s'était produit, il avait nécessité une grande organisation, une importante planification. Pourtant, aucun corps dans une voiture facilement identifiable comme une « doublette », c'était un travail bâclé, purement et simplement… ou alors c'était délibéré.

Marion continua de survoler les différents documents devant elle en buvant une gorgée de son thé bien trop chaud et son regard se porta sur les informations dont elle disposait au sujet de Sylvain Guérin. Si elle le trouvait, il pourrait peut-être lui apporter des réponses. Mais son instinct lui disait que lui-même semblait… elle ne trouva pas le mot qu'elle cherchait ; celui qui s'en rapprochait le plus, sans pour autant être le bon, c'était « factice ». Oui, c'est ça, il avait l'air un peu factice. Pas dans le sens où il n'avait pas l'air d'exister réellement, elle avait sa photo sous les yeux, mais dans le sens où elle n'avait rien trouvé à son sujet qui ne sorte de son état civil ou de son travail ; pas de page Facebook, en tout cas pas à son nom ; une page LinkedIn qui n'affichait que son CV, avec très peu de liens ; pas de photo de classe au primaire, au collège ou au lycée. Que dalle. Les seules photos qu'elle avait trouvées étaient des photos d'identité, des portraits simples sur fonds unis. En général, quand elle se renseignait sur quelqu'un, même si elle veillait à ne pas avoir de préjugé, elle se créait tout de même une image mentale de la personne ; là, la seule image qu'elle avait était sous ses yeux. Elle n'avait rien trouvé d'autre : soit Sylvain Guérin était un des hommes les plus ennuyeux du monde, soit tout ce qu'elle avait trouvé était… factice.

Elle soupira. Au moins, se dit-elle, elle avait une adresse. Elle pourrait s'y rendre en début de soirée, ce serait sa meilleure chance qu'il soit sur place. Elle avala une gorgée de son thé, et fut distraite par un bip provenant de son écran d'ordinateur. Elle avait fait une recherche sur Sylvain Guérin sur les bases de données de la police, et n'avait pas interrompu la requête. Elle savait que les bases étaient volumineuses et que ces recherches pouvaient parfois prendre des heures. Sur son écran, un nouveau résultat était apparu, et ce qui attira immédiatement le regard de l'inspectrice, c'était l'horodatage : la donnée extraite était datée de quelques minutes à peine. Elle s'assit et cliqua pour afficher le détail. C'était un rapport du service téléphonique des urgences, le 112. Apparemment, un homme avait appelé et s'était présenté sous le nom de Sylvain Guérin, il avait indiqué qu'on avait essayé de le tuer, qu'il n'était pas en situation de danger immédiat, et avant que l'opérateur obtienne une adresse, la communication avait été coupée. Dans l'esprit de Marion Lambert, une théorie commençait à se dessiner.

45

Jérôme Vernon n'avait jamais aimé son prénom. Mais, en grandissant, on lui avait appris qu'on ne choisit pas son prénom, et qu'il faut l'accepter comme on accepte son nom de famille. Pourtant, lorsqu'il avait rencontré ses frères, sa « vraie famille », sa « seule famille », ils l'avaient encouragé à se trouver son propre nom, un nom qui voudrait dire quelque chose pour lui, un nom qui le sortirait d'un héritage qu'il ne revendiquait pas au profit d'une histoire dont il se voulait un acteur. Et peu importait ce que ses parents en auraient pensé ; de toute façon, ils ne comprendraient pas. Peu des gens de son passé comprendraient, il en avait conscience. S'il revenait chez lui, on le traiterait de fou ; dans le meilleur des cas, on l'internerait et le ferait voir à des psychiatres et, dans le pire des cas, on le jetterait dans une cellule de prison dont on chercherait à égarer la clé. Ses frères, c'était sa seule famille, sa seule communauté, ils étaient ses frères d'armes et ses frères de sang. Il était loin de chez lui, et ça n'avait pas été facile ; il avait dû apprendre à parler la langue, mais il avait été accompagné par des gens bienveillants qui allaient l'aider à s'accomplir, à faire quelque chose d'important de sa vie, à améliorer le monde en combattant l'oppression et l'impérialisme qui se camouflaient bien en faisant croire aux populations que ce qui comptait était la liberté et l'égalité, alors que lui et ses frères savaient bien les réelles motivations de ces pays, de ces sociétés, de ces hommes impies : l'argent et le pouvoir. Tout ce qui les intéressait, c'était avoir du pouvoir, et avoir de l'argent pour acheter encore plus de pouvoir. Peu importaient les morts et les victimes, tant que les nantis avaient ce qu'ils désiraient.

Le monde le débectait jusqu'à ce jour où il avait rencontré celui qui deviendrait son parrain, qui l'accompagnerait dans son périple jusqu'à cette région... de l'Afghanistan ? du Pakistan ? C'était difficile à dire précisément, et de toute façon ces frontières ne signifiaient rien. Elles étaient le résultat de conquêtes menées par des hommes qui voulaient toujours plus, jamais satisfaits de ce que le Saint – béni soit-il – avait placé sur leur chemin. Pour certains, ce n'était pas leur faute, il fallait se montrer miséricordieux ; lui-même, s'il n'avait pas eu la chance de rencontrer ses frères, qui peut dire ce qu'il serait devenu ? C'est pour cette raison qu'au moment de sa *renaissance*, il avait pris le nom de Walid, le « nouveau-né » ;

il était nouveau-né, et serait le premier de ses descendants. On lui avait présenté sa femme, il en était reconnaissant à ses frères ; lui qui, quelques années plus tôt à peine, passait ses soirées à s'enivrer dans des boîtes de nuit, en faisant boire des femmes, des conquêtes d'un soir dont il *voyait* maintenant qu'elles ne se respectaient pas assez pour ne pas être dociles, il avait désormais une femme qui n'avait connu que lui et ne connaîtrait que lui, et celle-ci attendait de lui un enfant. Il n'y avait plus aucun doute dans son esprit : il avait trouvé une place dans une communauté qui l'appréciait et reconnaissait sa valeur, alors qu'auparavant personne n'aurait voulu de lui dans sa vie.

Et cette reconnaissance qu'il ressentait, il y pensait très fort en ces temps difficiles : il avait appris qu'on ne doit pas douter de la volonté du Saint – béni soit-il –, qu'il n'était pas légitime de demander pourquoi un malheur nous arrive alors qu'on ne demande jamais pourquoi un bonheur nous arrive. Dieu donnait, et Dieu reprenait à sa guise, Sa volonté nous échappait et il était blasphématoire de la remettre en cause. Et tandis qu'il vivait la période la plus heureuse de sa vie, dans le même temps, sa communauté vivait une épreuve difficile. Le deuil faisait partie de la vie, il le savait et l'acceptait, mais tout le monde était attristé par la perte qu'ils venaient de subir, une perte qui, semblait-il, ne rimait à rien. Tous ici, ses frères, leurs épouses, leurs enfants, tous remettaient leur sort entre les mains divines, tous espéraient s'accomplir de leur vivant, permettre à leurs frères de marcher ne serait-ce que d'un pas dans la direction d'un monde meilleur, plus juste à leurs yeux, et tous étaient prêts à offrir leur vie ou la vie de leurs proches à ce dessein. Tous les sacrifices étaient des épreuves, et sans épreuve, il était facile pour n'importe qui de prétendre être prêt à tout ; mais c'est bien dans le sacrifice qu'on montrait à ses frères que la foi ne cédait pas devant la peur, la menace ni même la mort.

Pourtant, le père de cette communauté venait d'être affligé d'une peine immense, il avait, dans la même semaine, perdu ses deux fils aînés, dont il était si fier, et qui n'avaient pas pu, jusque-là, montrer l'étendue de leur amour pour leur père. À seulement 7 et 9 ans, ils n'avaient tout simplement pas eu le temps. Et tout s'était passé si vite ! Ils étaient tombés malades quasiment en même temps, et tout le monde avait prié pour leur guérison. Mais lorsque le Saint – béni soit-il – vous a désigné de Son doigt miséricordieux, qui êtes-vous pour prétendre l'ignorer ? Il les avait choisis pour être à ses côtés, et il fallait embrasser cette décision comme toutes les décisions venues du ciel. Il était écrit que ses deux enfants ne combattraient pas, il fallait se satisfaire de leur court passage auprès des hommes. Mais Walid avait quand même beaucoup de peine pour celui qui les guidait, et dont on disait qu'il avait été si affligé par cette perte que sa propre santé, également, se détériorait rapidement.

Rapport Operation ALTHAMAS	Sujet #11
Vecteurs de transmission	1/1
Cibles atteintes	1/1
Collateraux	2
Statut	**SUCCES**

46

Les locaux de GlobalViz ne payaient pas de mine de l'extérieur, mais c'était avant tout parce qu'on ne voyait pas l'ampleur du bâtiment. L'accès se faisait par une porte cochère qui donnait sur un hall puis sur une cour intérieure, mais on ne se rendait pas immédiatement compte du fait que tous les bâtiments autour de cette cour appartenaient à GlobalViz. Et tandis que Richard désespérait d'avoir des nouvelles dans son bureau de l'aile nord, le laborantin qui avait accompagné Louise à son examen médical déambulait rapidement dans un couloir de l'aile est, au troisième étage. Un dossier à la main, il frappa à la porte d'un bureau et entra sans attendre. Il déposa le dossier sur le bureau et attendit une instruction.

Le docteur Fournier attrapa les documents. C'était un homme dont l'âge était difficile à définir : une chevelure encore dense mais quasiment blanche, un peu hirsute, une barbe poivre et sel, un visage marqué par de nombreuses rides, mais partiellement masqué par une épaisse monture de lunettes, on pouvait le trouver fatigué et lui donner cinquante ans ou en pleine forme et lui en donner soixante-dix. Le laborantin observait le docteur sans rien dire, et ce dernier restait silencieux ; seuls quelques légers froncements de sourcils témoignaient d'une réaction à sa lecture. Quelques minutes plus tôt, on avait accompagné Louise à son contrôle médical de routine, qui consistait en un examen tout ce qu'il y avait de plus classique, comprenant une prise de sang et une analyse d'urines. Cependant, et comme c'était la procédure en fin de mission, même si Louise l'ignorait, parce qu'elle ne pouvait *que* l'ignorer, il y avait eu en plus, cette fois-ci, une IRM de son cerveau. Louise avait une totale confiance en l'équipe du docteur Fournier qui s'était toujours très bien occupée d'elle, et s'ils souhaitaient faire des examens complémentaires, c'est qu'ils avaient une bonne raison.

Fournier, le rapport du scanner sous les yeux, n'était pas surpris ; il avait espéré que le processus serait plus long, mais il faisait cela depuis suffisamment longtemps pour en connaître l'issue. Les clichés étaient sans appel, et les conclusions inévitables : Louise ne pourrait plus effectuer qu'une ou deux très courtes missions, après quoi les symptômes prendraient le dessus. Fournier n'était ni surpris, ni même déçu ; il pensait simplement avoir plus de temps.

Il referma le dossier et le tendit au laborantin en lui disant de l'archiver avec le reste et, alors que ce dernier sortait, il prit son téléphone et appela le bureau de Richard ; il devait le mettre au courant.

47

Michael, dans son bureau, souriait. Il s'amusait même comme un petit fou. Il faut dire qu'il n'avait pas souvent l'occasion de s'amuser autant ; la plupart du temps, son travail était aussi long, monotone et rébarbatif que nécessaire. Mais il avait eu là l'occasion de jouer un peu avec les nerfs du camp d'en face, comme il les appelait, et il semblait bien que tout se passait comme prévu. Pourtant, il en avait pris, des risques. Ce n'était pas un coup à trois bandes, mais à trois cents bandes, un énorme *gambit*. Cela lui faisait penser à un truc que lui avait un jour avoué un ami prestidigitateur : certains tours nécessitent d'opérer des mouvements subtils, complexes, sans que le public s'en rende compte, mais dans le même temps, une fois ces mouvements opérés, le prestidigitateur n'a plus rien à faire alors que, pour le public, le tour n'a pas encore commencé. C'est dans ces cas-là que cet ami magicien prend le plus de plaisir à voir les gens tenter de comprendre, de ne pas lâcher les cartes ou les pièces du regard, de ne pas cligner des yeux, certains qu'ils vont saisir ce qui se passe, alors que tout est déjà joué.

Michael ressentait précisément cela à cet instant. Il attendait le moment où ça allait vraiment partir dans tous les sens ; les fourmis allaient s'exciter, courir tous azimuts, mais, à la fin, c'est bien lui qui tiendrait tout ce petit monde au creux de sa main.

Certes, il n'avait pas prévu que Sylvain foutrait le camp, et encore moins qu'il serait accompagné. Catherine Rioult, du service technique. Était-elle sa petite amie ? Il semblait pourtant à Michael que Sylvain n'avait pas eu d'interaction avec elle, il s'en serait rendu compte, il y aurait eu un café, un déjeuner, quelque chose. Il surveillait Sylvain depuis longtemps, c'était même pour ça qu'il était devenu son manager.

Donc, oui, Sylvain Guérin et Catherine Rioult avaient pris la poudre d'escampette, mais Michael les suivait à la trace – un de ses tours de magie à lui –, et pas besoin d'un traceur GPS sur une voiture, ou d'un téléphone portable : la technologie à sa disposition permettait de faire des miracles. Sur l'écran de son ordinateur, il suivait leur position. Ils étaient toujours ensemble, étaient manifestement en voiture, ou en bus, en taxi... Bref, ils étaient sur la route, et venaient d'entrer dans Paris par la porte de Vanves. Il avait donné accès à l'application à AG, et lorsqu'il le souhaiterait, il lui dirait d'aller les cueillir. Mais pas encore ; il fallait donner un peu d'espoir à ceux d'en face, leur chute n'en serait que plus violente.

48

Arrivés dans le hall de l'immeuble, Nadja et Grégoire s'étaient dirigés naturellement vers la loge de la gardienne, et avant que Grégoire ne frappe à la porte Nadja lui avait fait remarquer les traces de sang sur le rideau. Il pressa la poignée. La porte s'ouvrit. Depuis le seuil, ils virent immédiatement au sol le corps d'une femme auprès de laquelle un petit chien se lovait en couinant doucement. *Qu'est-ce que tu as foutu*, pensa-t-elle, se doutant bien que c'était l'œuvre de Loïc. Pas besoin d'une boule de cristal pour comprendre qu'il l'avait menacée pour trouver l'appartement et qu'il s'était ensuite tout simplement débarrassé d'elle. Grégoire entra et, prenant soin de ne rien toucher, observa l'orifice d'entrée, entre les deux yeux. Du 9 mm. C'était une exécution nette, mais sans doute pas nécessaire. Loïc allait devoir lui rendre des comptes. Ils ressortirent et fermèrent la porte. Grégoire se dirigea vers l'ascenseur, l'appela, et en l'attendant dit à Nadja :

« Il y a six étages, une douzaine d'appartements, donc sans doute deux par palier, on les vérifie tous en partant du sixième.

— On fait ça comment, on frappe aux portes ?

— Si l'appel de Sylvain au 112 était sérieux, je pense qu'on sera vite fixés. »

Les portes de l'ascenseur s'ouvrirent. Ils n'eurent pas à chercher longtemps car, arrivés au sixième, ils virent immédiatement la porte enfoncée, tenant à peine sur ses gonds. Ils dégainèrent leur arme et pénétrèrent en silence dans l'appartement. Tandis que Grégoire sécurisait chaque pièce, Nadja vit Loïc étendu dans la cuisine ; il était éveillé, mais mal en point, et ce n'était pas rassurant. Malgré tous ses défauts, Loïc n'était pas un novice, et pour se retrouver dans un tel état, il avait dû rencontrer une sacrée résistance. Elle dénoua la ceinture qui contraignait ses bras et comprit aux grognements de Loïc que son poignet était cassé, mais c'est quand elle tenta de le redresser qu'elle s'aperçut que son épaule était déboîtée, et son genou… *Pas franchement à sa place*, se dit-elle. Elle l'aida toutefois à s'asseoir sur une chaise et lui apporta un verre d'eau. Elle allait tenter de le mettre à l'aise pour comprendre ce qui s'était passé, lorsque Grégoire entra dans la cuisine et, l'air grave, dit à Nadja que l'appartement était vide puis, sans autre forme de préambule, pressa Loïc :

« Il s'est passé quoi, ici, exactement ?

— J'ai mis la femme hors d'état de nuire simplement en enfonçant la porte ; mais lorsque je me suis approché de Sylvain, j'ai à peine eu le temps de comprendre qu'il ne me reconnaissait pas que je me suis retrouvé au sol avec le bras pété et le genou en rideau... »

Loïc se tourna vers Nadja :

« On ne nous a jamais dit qu'il savait se battre ; ce qu'il m'a fait, c'était précis, sec... et vif, putain ! »

49

Bon, à ce stade de mon histoire, j'étais plus vraiment moi-même, ou alors pas encore, j'en sais rien... Mais les idées commençaient à se placer correctement dans ma tête, à s'ordonner bien gentiment, l'une après l'autre. Alors, oui... Naturellement j'ai commencé à prendre de plus en plus de bonnes décisions d'affilée... Au final, ça n'aura pas changé grand-chose, comme tu peux le constater, mais j'ai arrêté, au moins un temps, de me faire victimiser. Mais bon, je m'égare ; tu veux savoir ce qui s'est passé, tu veux que je te fasse un rapport, c'est ça ? Alors, OK, je continue... Là, on est en voiture avec Catherine, elle a l'air calme, mais je sais qu'en réalité, elle est en « état de choc ». Du coup, il faut que je fasse pour elle ce qu'elle a fait pour moi plus tôt dans la matinée : je dois assurer pour nous deux. Et, comme je te l'ai dit, mes idées se rangent dans l'ordre qu'il faut dans ma tête : on doit larguer la voiture, mais pas à l'endroit où on va ; il va nous falloir de l'argent, aussi, mais je n'ai pas de cash, ce qui veut dire que je dois utiliser ma carte bleue… Mais pas à l'endroit où on va ; enfin, et pas le truc le moins important, l'endroit où on va… eh ben il nous en faut un. Et ça tombe bien, j'ai précisément ce qu'il faut.

50

« Il faut qu'on largue la voiture quelque part », dit Sylvain à Catherine légèrement hébétée. Elle semblait subir de plus en plus la situation, elle qui avait fait preuve de tellement d'aplomb à peine quelques heures plus tôt. D'un autre côté, il semblait à Sylvain que cela faisait des semaines, alors c'était peut-être également le cas pour elle. Ils étaient tous les deux épuisés par le stress, mais impossible de se reposer pour l'instant. Sylvain savait où il désirait se rendre, et ils n'étaient plus très loin, aussi chercha-t-il un endroit pour se garer, suffisamment approprié pour que cela ne choque personne, mais suffisamment gênant pour que la voiture soit vite enlevée. Il chercha une place handicapée, ou de livraison, ou de transport de fonds, mais n'en trouva pas de libre, et un arrêt de bus était exclu : avec les voies bien séparées par un terre-plein, ils se feraient bien trop remarquer. Après avoir tourné quelques minutes, il dut se rabattre vers une place de stationnement certes interdit, mais dont il n'était pas sûr qu'elle gênerait suffisamment :

devant une porte cochère sur laquelle était fixé un panneau d'arrêt interdit ainsi que deux plaques d'immatriculation, celles des véhicules qui *avaient le droit* de stationner, Sylvain monta sur le trottoir et coupa le moteur. Au moins, il s'était vraiment mal garé, en diagonale, ce qui aiderait sûrement à faire enlever la voiture plus rapidement.

« Qu'est-ce qu'on fait ? » demanda Catherine qui semblait émerger d'un rêve. Pour toute réponse, Sylvain détacha sa ceinture de sécurité et regarda Catherine tout en pointant quelque chose de l'index. Elle suivit la direction qu'il indiquait et ne comprit pas directement ce qu'elle devait voir : elle avait devant elle la tour Montparnasse. Le regard de Catherine allait de Sylvain, qui venait de sortir du véhicule, à cette tour, et c'est seulement après plusieurs allers-retours qu'elle comprit ce que Sylvain avait désigné : près de la tour, il y avait un autre bâtiment sur la façade duquel était écrit en lettres capitales devant une immense baie vitrée « Gare Montparnasse ». Elle détacha sa ceinture et sortit de la voiture.

Sylvain jeta la clé dans un égout. « On va aller à Bordeaux, dit-il. On va se trouver un hôtel où se poser sans se faire remarquer le temps de démêler toute cette situation. Ma mère a travaillé des années à la mairie, elle a sûrement des contacts sur place, des gens qui pourront nous aider. » Catherine n'avait pas franchement confiance dans les services publics ; même sans douter de la sincérité des gens qui les composaient, il y avait trop de bureaucratie, de demandes officielles, d'attente de documents. Si ça avait peut-être été le cas par le passé, ce n'était plus adapté au monde dans lequel ils vivaient désormais. À l'heure du numérique et de la fibre optique, elle pouvait trouver n'importe quelle information en quelques secondes ; sans doute savait-on également faire ça à la police, mais il fallait envoyer un formulaire, attendre deux jours ouvrés pour obtenir une réponse, faire contresigner le récépissé de la réponse, etc. Mais elle n'avait pas envie d'y penser à cet instant, elle avait besoin de ne penser à rien, et elle était ravie de voir que Sylvain prenait des décisions. Bordeaux n'était qu'à deux heures de train ; ils s'éloigneraient assez sans pour autant disparaître à l'autre bout du monde. En sortant de ses pensées, elle s'aperçut qu'ils s'étaient arrêtés : Sylvain était en train de retirer de l'argent à un distributeur ; c'était malin, mais si elle avait été un peu plus lucide, elle lui aurait dit que retirer de l'argent si près de la gare était une erreur.

51

L'auditoire était totalement figé, et cet instant, qui sembla durer une minute entière, laissa peu à peu la place à une excitation tangible, presque palpable ; exactement comme Henri Codat l'avait prévu. Eux, qui avaient tant douté de ses capacités à diriger Nocell, venaient d'être propulsés dans les hautes sphères du XXIe siècle. Son service recherche et développement avait atteint les objectifs qu'il leur avait fixés, et une technologie qui, quelques minutes plus tôt seulement, semblait totalement inconcevable était soudain devenue une réalité. C'eût été un euphémisme de dire qu'ils allaient s'enrichir ; ils se regardaient les uns les autres pour être certains qu'ils avaient bien compris.

Le président du conseil d'administration se mit à applaudir la présentation de Codat, vite rejoint par d'autres membres ; tous se levèrent et lui firent une ovation. *Des moutons*, se dit-il. Il avait suffi que *môssieur* le président lui concède cette victoire pour que tout le monde change son fusil d'épaule. Henri aurait dû être parfaitement satisfait de l'effet qu'il venait d'obtenir, mais deux choses l'en empêchaient. D'abord, il était en colère contre ce conseil si cyniquement incapable de savoir ce qu'il voulait : ces gens n'avaient aucun principe, ils étaient donc capables de vous détester puis, l'instant d'après, de vous aimer, si vous leur apportiez fortune et gloire. Et le deuxième nuage qui venait assombrir son succès, c'était un membre du conseil, un seul : Raymond de Bonneval.

C'était un homme dont le succès se résumait aux deux hauts faits qu'on pouvait lui attribuer honnêtement : il était né, et il n'était pas mort. Vestige d'un temps depuis longtemps révolu, il avait hérité la fortune de son père qui l'avait lui-même héritée du sien. Bonneval était assis, et il n'applaudissait pas. Son regard était perdu au loin. Henri connaissait bien la personnalité de chaque membre du conseil, et il savait ce qui chagrinait le riche héritier. Bonneval avait beau être un aristocrate dans le sang, un oligarque convaincu, c'était un idéaliste : certes, pour lui, le peuple n'était pas apte à décider de son avenir de façon éclairée, mais il était primordial que les dirigeants aiment et protègent la population. Ce qu'Henri avait annoncé, pour Bonneval, représentait une horreur absurde. Henri ne s'en offusquait pas, il se disait que tout le monde ne pouvait pas avoir sa clarté d'esprit et une aussi bonne vision de l'avenir que lui, mais il était frustré que l'homme reste assis, à contempler le vide, au lieu de l'acclamer avec les autres. Henri espérait une victoire totale, et il avait trop subi la pression de ces gens-là pour se satisfaire de ce qu'il n'avait obtenu qu'en partie : dans la liste mentale des gens à qui il en voulait, il souligna deux fois le nom de Raymond de Bonneval.

52

« Vous auriez dû me dire qu'il avait été formé au combat », dit Grégoire à Richard. Grégoire avait besoin de toutes les informations pour pouvoir travailler correctement, et quand la mission consistait à attraper un fuyard, savoir que ce dernier avait des compétences militaires ou assimilées n'était pas superflu. À l'autre bout du fil, Richard ne comprenait pas. Il tenta de se souvenir des missions précédentes de Sylvain, mais aucune ne comprenait la moindre formation au combat et, quand bien même, cela n'aurait rien dû changer. Il ne pouvait pas répondre qu'il ne savait pas que Sylvain savait se battre, et, de toute façon, il n'avait pas à se justifier.

« Sylvain Guérin n'a aucune formation au combat…

— À votre connaissance ! l'interrompit Grégoire.

— Ni à ma connaissance, ni à n'importe quelle autre. Sylvain ne sait pas plus se battre que le zig moyen. Qu'est-ce qui s'est passé ?

— Il a désarmé votre gars, Loïc, lui a brisé le poignet et lui a démis l'épaule et le genou en quelques secondes. »

En effet, c'était surprenant, se dit Richard. Loïc n'était pas un intellectuel, loin de là, mais c'était un guerrier impeccablement formé et qui ne s'en laissait pas conter. Il devait bien peser au moins trente kilos de plus que Sylvain, et chacun de ces kilos était essentiellement constitué de muscles.

— Grégoire, je compte sur vous. Vous n'avez qu'un seul objectif : ramener Sylvain *vivant*. Démerdez-vous. »

Il alluma une cigarette, tira une bouffée qu'il exhala lentement, puis reprit :

« Je vais essayer de tirer au clair cette histoire de combat, mais il y a forcément une explication logique ; Loïc ne s'attendait pas à se faire cogner, et Sylvain a dû paniquer. La mission ne change pas.

— Il nous faut une équipe de nettoyage, dit Grégoire. La gardienne de l'immeuble…

— Ne dites rien, je ne veux pas en savoir plus. Vous savez ce qu'il vous reste à faire, n'est-ce pas ?

— Bien sûr, répondit Grégoire en regardant Loïc.

— Donnez-moi l'adresse, je vous envoie une équipe. »

Lorsque Grégoire raccrocha, sans dire un mot, il attrapa le Beretta de Loïc encore au sol, mit la sécurité, en inspecta la chambre et le chargeur puis, dans le même mouvement et toujours sans dire un mot, retira la sécurité, mit Loïc en joue et pressa trois fois la détente : une fois au cœur, deux fois au visage. C'était terminé.

Nadja sursauta, mais aucun son ne sortit de sa bouche. Elle ferma les yeux, attendant son tour. Toutefois, après une interminable attente, elle entendit un bruit sourd et rouvrit les yeux : Grégoire venait de poser l'arme sur la table. « Enlève ta veste et ta chemise, lui dit-il en défaisant le nœud de sa cravate, on va le mettre dans la salle de bains. »

Il venait de la tutoyer, ce qui confirma à Nadja que la situation venait de changer, ça, et le fait qu'il venait d'abattre de sang-froid son coéquipier. Nadja connaissait les règles : Loïc avait désobéi et avait décidé d'agir en solo, c'était un pari. S'il avait réussi, les choses seraient bien différentes, mais il avait échoué, et venait d'en payer le prix. Sans la présence de Grégoire, elle aurait sans doute pu agir autrement, mais... Ce que Loïc n'avait pas compris, c'est que Grégoire n'était pas là pour lui donner des ordres, il était là pour boucler le sujet.

Nadja retira sa veste en cuir et son holster puis commença à déboutonner sa chemise. Elle tentait de faire preuve d'autant de calme que possible, elle ne voulait surtout pas que Grégoire s'imagine qu'elle allait devenir hystérique ou poser le moindre problème.

Il l'avait à l'œil depuis le matin, elle en était bien consciente, mais si elle n'avait pas eu de raison de s'en inquiéter jusqu'alors, elle savait désormais qu'il était prêt à lui loger une balle dans la tête au moindre faux pas.

53

Décidément, les emmerdes s'amoncellent, pensa Richard. Il venait de signer l'arrêt de mort de Loïc, et le coup de fil du docteur Fournier lui avait donné une raison d'accentuer son stress. Le doc avait été formel : Louise pourrait effectuer encore une mission, peut-être même deux, mais il ne pourrait même pas garantir son intégrité durant cette éventuelle seconde mission. Richard ne comprenait pas toujours les implications physiologiques dont le doc lui faisait part, mais il savait que Fournier avait passé l'essentiel de sa vie dans la recherche autour de ce sujet précis, qu'il en avait une compréhension plus qu'encyclopédique – les encyclopédies ne savent rien de ce domaine de recherche –, et que si Fournier disait que son agent était au bout de sa course, c'était qu'elle était au bout de sa course.

Richard tenta d'oublier qu'il s'était senti comme un père d'adoption, ou un genre de mentor, pour cette femme, ne serait-ce que pour ne pas avoir à réfléchir à des implications incestueuses à son sujet, mais il ne put s'empêcher de se dire que c'était du gâchis, même sur le plan professionnel. Louise avait toujours été parfaite dans son rôle d'escort-girl, ce qui avait été un avantage considérable dans ses missions. Elle avait reçu la meilleure formation possible et avait toujours tenu cet équilibre extrêmement précaire de la femme-enfant qui résistait aux hommes de pouvoir tout en étant suffisamment docile pour ne pas les faire douter de leur puissance. Il avait lui-même « testé la marchandise », se dit-il en regrettant immédiatement cette vulgarité ; il avait goûté à cette femme, se corrigea-t-il, et c'est vrai qu'elle était parfaite. Comment envisager meilleure prostituée que celle qui lui racontait ensuite ce qu'elle avait fait et qui oubliait tout dans la foulée ?

Fournier était un magicien, avait souvent pensé Richard, mais le docteur avait toujours été extrêmement clair à ce sujet : « On n'a rien sans rien. » De telles capacités avaient un prix, et Louise allait bientôt recevoir l'addition.

Richard avait convenu avec Fournier qu'une dernière mission suffirait, une courte mission, sans risque et sans stress, avant de la laisser partir. Le docteur lui avait demandé s'il avait quelque chose en tête ; « oui », avait simplement répondu Richard. Avec toutes les emmerdes de cette journée, il avait besoin de se détendre auprès d'elle une dernière fois. « Quelque chose en particulier ? » avait alors demandé Fournier, sans que son ton ne trahisse le moindre jugement. Après une longue hésitation, Richard avait finalement répondu du bout des lèvres, un peu honteux : « Faites-en une jeune fille au pair, innocente, mais prête à tout pour faire plaisir. » Ce n'était pas précisément ce qu'il souhaitait, mais c'était un fantasme qu'il pouvait assumer. En plus de l'arsenal technologique à sa disposition, le professeur pouvait, par suggestion, implanter n'importe quelle idée dans la tête d'un sujet, surtout sur une courte durée. Il aurait sans doute eu du mal à en faire la fille ou la belle-fille de Richard, elle aurait inconsciemment résisté par la suite, mais une fille au pair, cela passerait sans problème.

54

Le train venait de quitter Paris. Catherine et Sylvain s'étaient enregistrés sous deux faux noms, en première classe, à bord du TGV de 12 h 52. Ils arriveraient à la gare de Bordeaux-Saint-Jean deux heures plus tard et, de là, organiseraient la suite. Pour l'instant, Sylvain avait besoin de repos ; il n'avait rien dit à Catherine, mais il avait l'impression qu'une mèche de métal en fusion lui vrillait la tempe gauche. De plus en plus d'images mentales se formaient dans sa tête, et à mesure qu'elles apparaissaient, elles semblaient avoir de moins en moins de sens.

Il vit des appartements qu'il ne reconnaissait pas, mais dont les murs étaient ornés de photos de lui ; il se vit côtoyer des personnes qu'il n'avait jamais vues ; tout cela lui semblait aussi familier qu'étranger, et il devait produire un effort considérable pour ne pas dériver dans ces hallucinations aux airs de faux souvenirs.

Catherine lui prit la main et les images s'évanouirent ; il se recentra immédiatement.

« Je vais nous réserver une chambre d'hôtel à Bordeaux, dit-elle. T'es OK si on ne prend qu'une chambre ? Ça m'évitera d'avoir à utiliser deux cartes bleues volées, et on passera sans doute plus facilement inaperçus ainsi. »

Encore vaseux, Sylvain comprit le sens général de ce qu'elle lui disait, et acquiesça plus pour lui faire plaisir que parce qu'il était d'accord. Elle sentit que quelque chose n'allait pas

« Ça va ? Je peux faire quelque chose ?

— Il me faut mes médicaments, lui répondit-il. Je suis sujet à des migraines depuis mon adolescence, et elles sont plus violentes en situation de stress. »

Il ne put s'empêcher de rire en finissant sa phrase.

« J'aurais dû repasser par chez moi », poursuivit-il, tout en sachant que c'était bien sûr impossible. S'il avait pris son flacon de pilules avec lui, les choses auraient été plus simples, mais il le laissait toujours chez lui.

« On s'arrêtera à une pharmacie quand on sera arrivés », proposa Catherine. Il lui fallait récupérer une ordonnance et donc contacter son médecin référent. Il le suivait depuis cinq ans, c'était le seul à avoir décelé précisément la nature du problème et à avoir proposé un traitement qui fonctionnait sans l'abrutir. Il fallait le contacter ; il pourrait peut-être envoyer une copie de l'ordonnance par e-mail.

« Bonne idée, rétorqua Catherine. Je m'occupe de faire la demande, il a ton e-mail ? »

Sylvain fit simplement oui d'un signe de tête. Il était épuisé, et avait vraiment besoin de dormir ; deux heures ne suffiraient pas à faire passer sa crise, mais ce serait mieux que rien.

« C'est quoi son nom ? demanda Catherine à Sylvain qui se sentait partir.

— Fournier..., dit-il dans un souffle avant de s'endormir. Docteur André Fournier. »

55

Catherine a été d'une aide incroyable. Je suis vraiment inquiet à son sujet, j'aimerais beaucoup que tu me dises qu'elle va bien, mais je sais bien que ce n'est pas comme ça que ça marche, hein, tu pourrais bien me dire n'importe quoi... Toujours est-il que, pendant que je dormais, elle a trouvé les coordonnées de Fournier et l'a appelé. Elle a fait tout ce qu'elle pouvait pour m'obtenir cette ordonnance. Elle avait beau être aussi paranoïaque qu'un hackeur doit l'être, elle n'avait pas senti venir le fait que mon médecin travaillait pour les gens qui nous couraient après... enfin... certains des gens qui nous couraient après, si tu vois ce que je veux dire... Ouais parce qu'on est d'accord qu'à ce stade de l'histoire, toi, tu sais que j'ai d'autres personnes à mes basques ; sans doute que ça te fait marrer, même ; mais Catherine et moi, là, on se dit que ça y est, on est bons... et c'est dans ces moments-là qu'on relâche sa garde.

56

Richard était assis à son bureau et tentait de faire le vide. S'il s'était un peu senti coupable, la sensation avait disparu et laissé place à une excitation qui montait en lui, tandis que sous son bureau Louise était affairée à le satisfaire. Elle s'interrompit un instant pour reprendre son souffle et, tandis qu'elle entretenait d'une main la tension chez lui, lui demanda : « Comme ça, c'est bien ?

— C'est parfait, lui répondit-il, mais ne t'arrête pas. Si tu veux faire ça bien, il faut le faire jusqu'au bout, sans t'arrêter. »

Elle se remit à l'ouvrage et, au fond d'elle, espérait qu'elle faisait cela *comme il fallait* ; lorsque Richard jouit, elle ressentit un grand soulagement en le sentant exploser dans sa bouche. Elle avait fait du bon travail, elle avait été *comme il fallait*.

Après quelques instants, elle sortit de sous le bureau, s'essuya discrètement la bouche et demanda à Richard s'il avait besoin d'autre chose : « Pas dans l'immédiat », lui répondit-il en remettant son pantalon en place. Il fit ensuite un effort pour ne rien laisser paraître lorsqu'il lui demanda d'aller chercher un dossier chez le docteur Fournier. Elle reboutonna le haut de son chemisier et se dirigea vers la porte. Avant de sortir, elle se tourna une dernière fois vers Richard. Elle le remercia. C'était la dernière fois que Richard voyait Louise. Fournier abrégerait ses souffrances de la façon la plus digne, la plus rapide et la plus indolore possible ; il effectuerait son autopsie et emporterait ensuite sa dépouille au crématorium pour son dernier voyage. Il n'y aurait pas d'enterrement, pas de pierre tombale ni de plaque commémorative ; et elle n'avait déjà plus de compte en banque ni de numéro de Sécurité sociale. C'était la part obscure du travail qu'effectuait Richard au quotidien, mais une part nécessaire, à moins que Fournier ne découvre ce qui causait les dégradations cérébrales de ses agents.

57

Nadja jeta sur le sol de la salle de bains la serviette humide qu'elle avait utilisée pour nettoyer son cou et son visage du sang de Loïc. Elle faisait ce qu'elle pouvait pour garder son calme, mais elle devait se rendre à l'évidence : c'était un cauchemar. Elle connaissait les risques de son métier, les enjeux de ses missions, mais il y avait une différence entre ce savoir théorique et le fait, tout à fait pratique, d'éponger le sang de son coéquipier sur sa poitrine en vérifiant devant un miroir qu'on avait bien tout enlevé tandis que, dans la baignoire, au coin de l'œil, gisait le corps tiède de ce dernier, le visage arraché par les balles qui l'avaient traversé. Elle sortit de la salle de bains sans rien dire, se rendant compte qu'elle n'avait pas éteint la lumière parce que Loïc était encore à l'intérieur ; cette réflexion provoqua une grimace entre rire et larmes qu'elle réprima aussitôt. Dans la cuisine, Grégoire était en train de remettre sa chemise. Il l'avait jugée durant toute l'opération, et elle n'avait aucune idée de sa sentence ; elle attrapa son chemisier, l'enfila et se mit à le boutonner, en veillant bien à ne pas croiser son regard.

Il rompit le silence :

« Je suis désolé pour ton partenaire, dit-il. Mais c'est précisément pour ce genre de décisions que Richard m'a demandé de vous rejoindre. Cependant, je veux que tu saches que je n'ai rien à te reprocher. Si on veut finir cette mission, il faut qu'on se fasse confiance, toi et moi. Je n'ai pas besoin que tu me dises quoi que ce soit maintenant, c'est trop frais, pour l'instant ; mais je veux que tu saches que j'ai confiance en toi. »

Elle allait finir cette mission, se dit-elle, à la suite de quoi elle partirait, loin de tout cela. Comment pouvait-il imaginer qu'elle puisse lui faire confiance, après ce qui venait de se passer ? Elle prêta intérieurement un certain nombre de serments, sur ce qu'elle lui ferait, ce qu'elle dirait à Richard, ce qu'elle ferait ensuite et où elle irait. Elle n'avait pas saisi que Grégoire comprenait très bien tout cela. C'est précisément pour cette raison qu'il n'attendait pas de réponse immédiatement ; il savait qu'il lui faudrait du temps pour encaisser et, même si rien ni personne n'aurait pu convaincre Nadja à ce moment, elle allait se calmer, jauger la situation pour ce qu'elle était, reconnaître que Loïc avait fait foirer ce qu'ils entreprenaient depuis le matin, et elle allait lui offrir sa confiance. Mais pour l'instant, c'était trop frais.

« On va s'installer ici en attendant les nettoyeurs, dit-il en s'asseyant. Prends ton ordinateur. Notre priorité, c'est de retrouver leur trace au plus vite. Il ne faut pas oublier qu'on n'est pas les seuls sur le coup, et je ne sais pas ce qui se passera si ceux qui ont organisé l'accident de ce matin tombent sur Sylvain avant nous. »

Sans un mot, Nadja attrapa sa sacoche, en extirpa son ordinateur et s'assit en face de Grégoire sans se douter que, quelques dizaines de minutes auparavant, Sylvain et Catherine se trouvaient au même endroit dans la même configuration.

58

Sylvain n'aimait pas ses activités. Il était assis sur une chaise métallique, devant une table métallique, dans une pièce froide à l'éclairage artificiel parfaitement contrôlé, des néons derrière des plaques métalliques diffusaient la lumière ; il n'y avait pas de fenêtre. De l'autre côté de la table, un homme en blouse blanche tenait un calepin et lui posait tout un tas de questions. Sylvain ne comprenait pas ce que l'homme disait, il parlait dans une langue étrangère ; de l'allemand, peut-être… Sylvain était confus et regardait ses mains qu'il frottait nerveusement l'une contre l'autre ; elles étaient si petites, il devait être très jeune. Sans trop savoir comment, il répondit à l'homme : « *Ich versuche es, Onkel, aber ich schaffe es nicht*[1]. » Sylvain se fit successivement trois réflexions : *D'une, d'après ma voix, je ne dois pas avoir plus de sept ou huit ans ; de deux, apparemment, je parle allemand ; donc, de trois, il est vraisemblable que tout ceci ne soit qu'un rêve.*

1. « J'essaie, tonton, mais je n'arrive pas. »

Il se réveilla brusquement alors qu'une voix annonçait dans le wagon que, dans quelques minutes, le train arriverait en gare de Bordeaux-Saint-Jean. Il lui fallut quelques secondes pour reprendre ses esprits, et il constata d'un mouvement de tête que Catherine dormait. Il se sentit soudain angoissé, submergé par la gravité de leur situation. D'un geste doux de la main, il réveilla Catherine en dégageant la mèche bleue de cheveux qui lui masquait les yeux. « On est arrivé », lui dit-il. Elle étira les bras au-dessus de sa tête en émettant un léger son de satisfaction, puis se tourna vers Sylvain et lui dit qu'elle avait eu le cabinet de son médecin au téléphone et que l'hôtel était réservé.

« J'ai réservé une chambre pour deux au nom de Sylvie Moreau ; c'est le nom de la fille qui était à côté de moi au primaire. L'hôtel est juste en face de la gare. On se pose dès qu'on arrive, et si on a l'ordonnance, j'irai te chercher tes médicaments dans la foulée. Comment tu te sens ? »

Les maux de tête de Sylvain avaient disparu ; le sommeil lui avait fait beaucoup de bien. Maintenant qu'il était bien réveillé, il se sentait plus vif, bien plus vif, presque… clairvoyant.

59

AG *(21/05 14:01)*
Leur train arrive à Bordeaux. Je te dis s'ils descendent

Michael *(21/05 14:01)*
Dis-moi au moins que t'es dans le train aussi...

AG *(21/05 14:01)*
Pas du tout, je suis en train de me taper ta mère

Michael *(21/05 14:03)*
Parfait, tu l'embrasses de ma part ^^

AG *(21/05 14:06)*
Ils sont descendus, je reste dans la gare le temps qu'ils bougent, pour pas me faire repérer

60

Nadja avait eu besoin de temps, mais elle avait trouvé un paquet d'informations : sur les caméras de surveillance, elle avait vu Sylvain et Catherine prendre la voiture de Loïc – cela lui avait facilité la tâche, les véhicules de GlobalViz étaient tous dotés d'un traceur GPS. La voiture s'était arrêtée rue de l'Arrivée, dans le 15e arrondissement de Paris. Sylvain avait retiré de l'argent à un distributeur dont la caméra permettait à Nadja de prendre un cliché net, et elle réussit à les suivre jusqu'au niveau 2 de la gare Montparnasse ; ils s'étaient dirigés vers les quais, et Nadja n'avait rien trouvé de plus. Peut-être étaient-ils sortis à pied de la gare quelques minutes plus tôt, mais elle ne pourrait pas s'en assurer : il y avait trop de caméras, trop de sorties et surtout beaucoup trop de monde à cette heure-là.

Nadja pensait qu'ils avaient pris un TGV et qu'ils étaient désormais loin de Paris. Mais où étaient-ils allés ? Ils pouvaient aussi bien se rendre à Nantes, Bordeaux, Toulouse, voire Irun et, de là, en Espagne.

Pendant qu'elle cherchait, Grégoire était occupé avec l'équipe de nettoyage qui avait commencé par la loge de la gardienne ; ils avaient piqué le chien ; ils s'étaient débarrassés du corps de la gardienne, avaient nettoyé la loge et mis en place un panneau indiquant son absence pour la journée. Puis ils étaient montés au sixième, avaient bricolé une fermeture de fortune pour la porte, et avaient commencé à débiter le corps de Loïc dans la salle de bains. L'équipe se faisait passer pour des déménageurs et sortait Loïc, morceau par morceau, dans des sacs plastiques hermétiques placés dans des cartons. En assistant à tout ça, Nadja pensait qu'elle n'y arriverait pas, qu'elle craquerait à cause du bruit de la scie à os, en imaginant des hommes affairés à trancher le bras ou la jambe de son équipier, mais elle s'était concentrée sur ses tâches et avait réussi à faire le vide autour d'elle.

Grégoire vint se rasseoir en face d'elle pour lui indiquer que les nettoyeurs auraient bientôt fini et lui demanda où elle en était. Elle lui fit un rapport succinct. Il réfléchit un instant.

« Ils connaissent quelqu'un dans le sud-ouest de la France ? Des parents, des amis ? »

Nadja s'en voulut de n'y avoir pas pensé ; voilà plusieurs minutes qu'elle tournait en rond sans savoir comment les retrouver, tandis que Grégoire n'avait eu besoin que d'une seconde de réflexion pour faire cette suggestion. Et comme si ce dernier avait lu dans ses pensées, il dit : « C'est toujours plus facile, avec un nouveau regard. On est face à deux possibilités : soit ils sont partis totalement au hasard, et on est mal, soit ils cherchent un refuge quelque part et ils vont se diriger vers un lieu où ils se sentent en sécurité. La situation est assez flippante pour qu'ils n'aient pas le réflexe de totalement disparaître ; si je devais parier, je dirais qu'ils sont partis chez les grands-parents de l'un ou de l'autre. »

Pendant que Grégoire parlait, Nadja avait effectué des recherches et n'avait trouvé qu'une possibilité : la mère de Sylvain avait une adresse à Bordeaux.

« Il est retourné chez sa mère, dit Grégoire en buvant une gorgée de son café. J'ai bien fait de ne pas parier.

— S'il va voir sa mère, il risque d'avoir une grosse surprise, répondit Nadja.

— Pourquoi ça ? »

Nadja ne sut pas quoi répondre à Grégoire ; Richard ne lui avait donc pas tout dit à propos de Guérin. Et s'il ne lui avait pas tout dit, c'est qu'il devait avoir une bonne raison.

61

Richard avait couru dans les couloirs ; Richard ne courait jamais. Lorsqu'il arriva devant le bureau du docteur Fournier, il prit un temps pour retrouver son souffle. Il avait douté, ça avait été fugace, mais il avait bel et bien douté et, n'étant pas en mesure de résoudre le problème par lui-même ni de le faire simplement avancer, il avait laissé ce doute pourrir son esprit. Il avait alors décidé d'aller voir Fournier pour s'assurer qu'il s'était fait une montagne de rien. Il reprit son souffle un instant, ferma les yeux et inspira longuement, frappa à la porte et, dans le même mouvement, l'ouvrit. Lorsqu'il entra, il eut une brève décharge d'adrénaline, paniquant à l'idée de revoir Louise, mais cette inquiétude disparut vite : elle était déjà au sous-sol et un assistant était en train de lui raser les cheveux en attendant que le docteur vienne lui ouvrir le crâne pour disséquer son cerveau.

Assis derrière son bureau, André Fournier leva les yeux de son écran et vit chez Richard un mouvement de recul, bref mais bel et bien réel.

« Tout va bien ? » lui demanda-t-il en désignant un fauteuil devant lui. Richard s'assit et le rassura. « Je ne sais plus quand vous êtes venu dans mon bureau pour la dernière fois, mais ça doit bien faire plusieurs mois ; je peux vous offrir quelque chose à boire ? » Il s'apprêtait à décrocher son téléphone, mais Richard l'interrompit d'un geste de la main.

« André, il s'est passé quelque chose que j'ai du mal à m'expliquer ; ce n'est sans doute rien, mais j'ai besoin de votre expérience sur le sujet. » Il fit une pause et se réajusta dans son fauteuil. Face à lui, Fournier ne disait rien, il attendait la suite. « Comme vous le savez, continua-t-il, Sylvain Guérin est en mission chez GenTech depuis deux ans et, au moment où je vous parle, nous sommes en train d'organiser son extraction ; mais il y a eu un… un incident ». Fournier ne réagissait toujours pas ; Richard pesa rapidement ce qu'il allait raconter ou non, et décida de s'en tenir au strict minimum : « Guérin a physiquement agressé un de nos agents, d'après ce qu'on m'en a dit, il l'aurait même maîtrisé sans peine. André… »

Le docteur Fournier bascula sur l'arrière de son siège, comprenant très bien où Richard voulait en venir, tandis que celui-ci poursuivait :

« Guérin n'a jamais reçu de formation militaire, n'est-ce pas ? »

— Non. Aucune formation au combat, ni militaire ni dans un service d'ordre. À ma connaissance, il n'a même pas fait du judo lorsqu'il était enfant.

Un silence se fit. Le regard du médecin croisa celui de Richard, et, sans échanger le moindre mot, chacun sentait bien qu'il y avait là un gros problème. Richard reprit la parole en premier :

« Pouvez-vous me sortir son dossier complet ? Avec toutes ses anciennes missions ? Je ne pense pas avoir de problème de mémoire, mais j'aimerais tout de même m'assurer que…

— C'est impossible, le coupa Fournier. Ce que vous envisagez est tout simplement impossible, Richard. De plus, vous savez comme moi qu'il n'a jamais eu de mission qui nécessitait de telles compétences… physiques.

— André, reprit Richard en marquant une pause pour signaler à son interlocuteur qu'il s'agissait là d'un ordre, je veux voir son dossier complet. »

Fournier comprit qu'il n'avait pas le choix :

« Bien sûr, Richard. »

Richard espérait découvrir quelque part dans ce dossier qu'on avait enseigné à Sylvain le krav-maga, le ju-jitsu ou n'importe quelle autre forme de combat. Il fallait en avoir le cœur net ; parce que soit Sylvain Guérin avait eu beaucoup de chance face à Loïc, soit c'était autre chose, et Richard n'avait vraiment pas envie de considérer cette alternative.

62

Lorsque Richard sortit du bureau, le docteur Fournier resta immobile quelques instants, contemplant la masse de problèmes auxquels il allait être confronté si Sylvain retrouvait sa mémoire.

Il avait sans doute bien fait de ne pas parler à Richard du coup de fil qu'il avait reçu une heure plus tôt ; une femme l'avait appelé de la part de Guérin pour faire renouveler son ordonnance. Elle avait refusé un rendez-vous pour une consultation puisqu'ils étaient dans un train et ne seraient pas de retour sur Paris dans les prochains jours. Il avait accepté d'envoyer une copie de l'ordonnance sur la boîte mail perso de son patient.

Richard lui avait donc menti. L'extraction ne pouvait pas être imminente si Sylvain n'était plus à Paris, et de nombreuses questions se bousculèrent dans sa tête : qui était cette femme ? Que faisait-elle avec Sylvain ? Comment Sylvain avait-il pu se retrouver à devoir se battre avec un agent de Richard ? La seule explication plausible, c'est qu'il avait dû y avoir un problème d'extraction. Fournier espéra de toutes ses forces que Sylvain Guérin n'était pas en fuite ; parce que si tel était le cas et que la mémoire lui revenait, alors ils ne le retrouveraient jamais.

Fournier sortit le dossier de Sylvain et demanda à son assistante de le faire porter au bureau de Richard puis attrapa un bout de papier sur son bureau, sur lequel il avait noté un nom et un numéro de téléphone.

Il composa le numéro.

« Allo ? Bonjour, ici le docteur Fournier. Catherine, c'est ça ? »

63

Sortis de la gare, Sylvain et Catherine n'avaient eu aucune difficulté à trouver leur hôtel, juste en face, de l'autre côté des voies du tramway. Sylvain s'était occupé de récupérer la clé de la chambre tandis que Catherine s'était rendue à la pharmacie avec une copie de l'ordonnance – elle avait accès à la boîte mail de Sylvain depuis plusieurs jours, déjà. Lorsque ce fut son tour, elle montra l'ordonnance, indiquant bien qu'il s'agissait d'un renouvellement ; sans carte Vitale, il ne serait pas possible de se faire rembourser tout de suite et, avait ajouté la pharmacienne, elle ne devrait normalement même pas délivrer de produits dans ces conditions. Mais lorsqu'elle avait vu le détail de la préparation qu'elle avait à faire, elle avait compris que c'était important et qu'il valait mieux faire un écart. En revanche, il lui faudrait quelques heures pour que les pilules soient prêtes : acétylcholine, catécholamine, lithium… sans être totalement inhabituelle, la liste inspirait la gravité. Catherine avait donc passé commande et était en train de se diriger vers l'hôtel lorsque son téléphone avait sonné ; sous le numéro qui s'était affiché, on pouvait lire : « peut-être : Cabinet Docteur Fournier ». Catherine savait bien comment le téléphone pouvait faire cela, et ça ne l'enchantait guère. Elle décrocha :

« Allo ? Bonjour, ici le docteur Fournier. Catherine, c'est ça ?

— Oui, c'est moi.

— Je me permets de vous rappeler parce que je crains de ne pas avoir été très clair tout à l'heure. Il est primordial que Sylvain suive son traitement.

— Je sors justement de la pharmacie.

— Très bien, je vous en remercie. Il faut absolument qu'il prenne ses pilules matin et soir, sinon…

— Sinon il aura d'énormes maux de tête, le coupa-t-elle.

— En effet, reprit-il, mais son traitement ne vise pas uniquement à prévenir ses migraines. »

Le docteur Fournier resta silencieux un instant.

« Que se passera-t-il s'il arrête son traitement ?

— Sans ses médicaments, il pourrait devenir agressif sans raison, avoir des accès de violence. Il peut aussi être sujet à ce que nous appelons des réminiscences hallucinatoires. Mais je ne veux pas vous inquiéter, dit-il d'un ton qui se voulait rassurant, avec son traitement, il n'y a aucun danger. »

Fournier était satisfait de sa réponse, elle justifierait sans problème le comportement de Sylvain.

« Des… réminiscences hallucinatoires ? Qu'est-ce que c'est ? Des hallucinations ?

— C'est un peu plus subtil que ça. Par exemple, si vous me dites qu'en ce moment même une licorne est en train de trotter devant vous, c'est une hallucination ; mais si vous me dites que vous vous rappelez avoir vu une licorne trotter devant vous hier, ça c'est une réminiscence hallucinatoire.

— Ah oui, quand même… Mais pas d'hallucinations, donc ?

— Voilà ! La bonne nouvelle, c'est qu'il n'y a pas d'hallucinations, pas de phases délirantes ; la mauvaise nouvelle, c'est qu'il est difficile de réaliser qu'un souvenir halluciné est un faux souvenir. »

Catherine était arrivée devant l'entrée de l'hôtel.

— Je dois vous laisser, docteur. Merci pour votre appel. Je vais faire en sorte que Sylvain prenne ses médicaments. »

Lorsque Sylvain lui ouvrit la porte de la chambre, il avait l'air en forme. Bien plus qu'elle. Ils avaient beaucoup de réponses à trouver cet après-midi mais, avant toute chose, il fallait se poser et s'éclaircir les idées. Sylvain prit une douche tandis que Catherine configurait Internet dans la chambre *via* un VPN pour sécuriser son accès ainsi que pour masquer sa position ; elle en profita pour rechercher des informations sur leur disparition, mais il n'y avait rien ; même l'accident de voiture avait, sur Twitter, disparu sous des sujets plus importants, tels que le dernier sketch en date de Jimmy Fallon ou un quiz qui permettait de savoir quel personnage de *Harry Potter* on était. Puis ce fut à son tour à elle de prendre une douche, une longue douche bien chaude pour se sortir de l'esprit la matinée qu'ils venaient de passer. Cette douche lui ouvrit l'appétit. Ils quittèrent la chambre et allèrent déjeuner dans une brasserie du quartier, après quoi ils avaient prévu de rendre visite à la mère de Sylvain qui pourrait, peut-être, contacter quelqu'un à la mairie pour les aider. Quand ils furent rassasiés, Sylvain paya en espèces et ils se dirigèrent vers le tramway. Une image mentale se forma alors dans son esprit ; il n'avait pas vingt ans, et, à côté de lui, se tenait une jeune femme pour qui il avait spontanément beaucoup d'affection. Ils étaient tous deux en blouse d'hôpital, dans le même genre de lieu froid et mort que dans ses autres images mentales. Elle lui disait quelque chose qu'il comprenait, alors qu'il s'agissait d'une langue étrangère ; *du russe,* pensa Sylvain, avant de se dire : *OK, je parle russe, donc.* Il lui répondait, dans un russe impeccable, de ne pas s'inquiéter, qu'elle se faisait sans doute du souci pour rien, et qu'il ne laisserait personne lui faire du mal. Il ressentit soudain une grande tristesse, sans pouvoir se l'expliquer. L'image s'estompa. Il tourna la tête vers Catherine qui lui dit :

« Alors ?

— Euh, alors quoi ?

— Ça fait combien de temps que tu n'as pas vu ta mère ?

— Je ne suis pas retourné à la maison depuis plusieurs années. Mais on se parle régulièrement au téléphone, et parfois elle vient me voir à Paris. La dernière fois, ça doit remonter à trois ou quatre mois. »

64

Dans son bureau, Henri Codat peinait à gérer les affaires courantes ; il attendait des nouvelles de Richard et se retenait de l'appeler toutes les trente secondes. Il était inquiet. Avec tout ce qu'il venait de raconter au conseil, il ne pouvait plus faire machine arrière. « Sans audace, pas de gloire », se disait-il. Il faut savoir prendre des risques, parfois. Et, plus encore, c'était une question d'ego : c'était à Richard de se démener et de revenir vers lui avec de bonnes nouvelles.

La sonnerie du téléphone retentit. Faux espoir, c'était son assistante qui lui signifiait que Raymond de Bonneval voulait le voir. Henri lui répondit de le faire entrer dans son bureau.

Raymond de Bonneval avait clairement été éduqué selon des règles traditionnelles centenaires ; chacun de ses mouvements, chacune de ses postures ou de ses attitudes semblait relever d'un protocole inconnu qui faisait systématiquement passer ses interlocuteurs au mieux pour des gens mal élevés, au pire pour des gros ploucs. Henri ne voulait pas se laisser impressionner par tout ce décorum, ne se leva pas pour l'accueillir et, d'un simple geste de la main, fit signe à son visiteur de s'asseoir de l'autre côté du bureau, en face de lui. Bonneval avait l'air particulièrement grave ; plus grave qu'à l'accoutumée, et encore plus grave que lors de la réunion quelques heures plus tôt.

« Que puis-je faire pour vous, Raymond ? » demanda-t-il d'un ton faussement solennel.

Raymond de Bonneval se tenait bien droit dans son fauteuil, et hésitait. Il ne savait pas par où commencer ; ses rapports avec Henri Codat étaient houleux depuis plusieurs mois, comme ça avait été le cas avec la plupart des membres du conseil d'administration ; il craignait de braquer son interlocuteur, rendant toute discussion impossible. Aussi prit-il le soin de mettre autant de formes que possible à ce qu'il allait dire. Il prit la parole en s'affaissant petit à petit sans s'en rendre compte, ce qui le faisait ressembler de plus en plus à un enfant tentant de justifier une bêtise commise plus tôt, il prit la parole :

« Henri, vous le savez, par le passé nous avons eu de nombreux désaccords. Toutefois vous avez toujours bénéficié de la pleine confiance du conseil d'administration de Nocell, même si vous avez pu croire le contraire. Je constate que nous ne pouvons que nous en féliciter compte tenu des annonces que vous venez de nous faire. Cependant, je m'en voudrais de ne pas partager avec vous certaines incertitudes dont j'ai préféré vous parler directement, j'espère que vous apprécierez ma démarche. »

Codat lui fit un signe de tête pour notifier que c'était le cas. Il sentait bien que son interlocuteur prenait des gants.

« Ce n'est peut-être pas grand-chose, poursuivit Bonneval, mais plus qu'une incertitude, le nouvel horizon que vous avez dessiné me pose un problème de principe… ou plutôt un problème moral. »

Il fit une pause, espérant qu'Henri reprendrait la parole, ayant parfaitement identifié la nature du problème, et qu'il y apporterait une réponse. Mais Henri ne dit rien et se contenta d'attendre la suite.

« Dans l'absolu, la technologie que vous nous avez décrite a le potentiel de devenir un des plus grands bonds jamais effectués par l'humanité, et dans l'intérêt de l'humanité : être capable de cibler aussi précisément des individus sur des caractères génétiques, cela pourrait bien signifier la fin de nombreuses maladies ; toutefois… »

Il cherchait manifestement ses mots, l'heure n'était plus à la flatterie mais à la diplomatie ; chaque terme devait être méticuleusement pesé.

« … toutefois, nous savons vous et moi que l'intérêt de l'humanité n'est pas notre priorité, et que l'opportunité de faire du profit peut nous entraîner dans des voies plus… militaires. Je ne remets pas en cause le fait que vous souhaitez générer du profit ; nous ne sommes pas une œuvre caritative, et nous sommes ravis de nous enrichir. À titre personnel, je suis même en mesure de fermer les yeux sur certaines méthodes lorsqu'il est question de gagner de l'argent ; mais là… il y a tout de même matière à faire faire à l'humanité un de ses plus grands bonds technologiques, certes, mais dans le domaine de la guerre. »

Il se tut. Il en avait fini avec son introduction et attendait désormais une réponse de Codat. Celle-ci ne se fit pas attendre.

65

Faute d'une meilleure idée, Nadja avait proposé à Grégoire qu'ils se rendent au domicile de Sylvain ; il y aurait peut-être laissé des informations, quelque chose permettant de le retrouver, ou peut-être même une partie du paquet à extraire.

Grégoire conduisait la voiture, Nadja était assise à ses côtés, silencieuse et pensive. Ils avaient envoyé un agent à Bordeaux pour surveiller le domicile de la mère de Sylvain, mais avec l'ordre de ne pas intervenir ; s'il voyait Sylvain, il devait les prévenir immédiatement.

L'objectif était clair : retrouver Sylvain et effectuer l'extraction. Même si elle le suivait depuis deux ans, elle n'avait aucune idée de la nature des informations dont il disposait. Seule certitude, compte tenu des sommes en jeu, il devait s'agir de quelque chose d'aussi important qu'illégal. Mais pour que la situation dégénère à ce point en à peine quelques heures, elle ne put s'empêcher de se demander, pour la première fois : « Après quoi court-on, exactement ? » Nadja ne vit qu'une possibilité : si les gens auxquels ils avaient affaire voulaient tuer Sylvain, ils l'auraient simplement tué. S'ils connaissaient si bien les procédures d'extraction, c'est qu'ils ne cherchaient pas à récupérer Sylvain pour ce qu'il valait, mais pour ce qu'il valait pour GlobalViz. Ou pour le commanditaire. *Voilà pourquoi Grégoire est sur le coup*, se dit Nadja. Richard avait bien compris qu'il ne s'agissait pas ici d'une course à la victoire avec un concurrent agressif ; l'accident du matin était une déclaration de guerre, et cette guerre ne durerait que le temps d'une seule bataille, qu'ils n'avaient pas le droit de perdre.

« On n'est pas les seuls sur le coup, ceux contre lesquels on se bat n'en ont pas après Sylvain. Ils en ont après nous ; ce n'est pas normal qu'ils connaissent aussi bien nos méthodes. Tant qu'on ne sait pas qui ils sont, on aura toujours un coup de retard. »

Grégoire réfléchit en silence, et Nadja lui laissa ce temps sans l'interrompre. Après quelques secondes, il semblait avoir compris où elle voulait en venir, lâcha un « merde » dans un soupir, puis fit brusquement demi-tour. Ce n'était pas chez Sylvain qu'ils devaient se rendre, mais chez GlobalViz ; il fallait qu'il parle de toute urgence à Richard. Et pas au téléphone. En face à face. Il devait le regarder dans les yeux pour s'assurer que, cette fois-ci, il ne lui mentirait pas.

66

Le lieutenant Lambert n'était pas facilement frustrée. Elle connaissait parfaitement les procédures de son institution et savait que l'inertie était son plus grand défaut : tout prenait un temps fou, la moindre demande devait passer par un circuit officiel, et il y avait dans ce circuit des goulots d'étranglement. Lorsqu'une demande atterrissait sur un bureau, elle y rejoignait des dizaines d'autres demandes, toutes aussi urgentes les unes que les autres ; mais c'est à ce prix-là qu'on évite les vices de procédure. Marion le savait et l'acceptait. Ça, c'était en temps normal, mais là, son instinct lui disait que cette affaire était différente, et elle se fiait toujours à son instinct.

L'accident était une mise en scène, ça ne faisait plus l'ombre d'un doute, et une telle mise en scène nécessitait une grande préparation et beaucoup de moyens. Sylvain Guérin devait être vivant quelque part ; peut-être était-il en fuite, peut-être avait-il été kidnappé, ou peut-être était-il lui-même responsable de la situation. Il lui fallait plus d'informations. Elle allait tenter sa chance le soir même chez Sylvain, mais en attendant elle n'allait pas rester les bras croisés. Elle n'allait pas attendre qu'on lui dise, sous 24 à 48 heures, comment la voiture avait été télécommandée sur la route ; elle n'allait pas attendre qu'on lui dise, sous 3 à 5 jours, qu'on avait si peu d'informations au sujet de Sylvain que c'était comme s'il n'existait que depuis deux ans. Aussi avait-elle décidé de se rendre chez son employeur, GenTech. Cela ne donnerait peut-être rien, mais Marion savait depuis longtemps qu'éliminer les fausses pistes n'est jamais inutile ; le travail d'enquête consiste plus souvent à réduire le faisceau des possibles qu'à suivre un parcours d'indices.

Elle gara sa voiture à quelques mètres de l'entrée de l'immeuble moderne et vitré qui abritait la société américaine. Elle se dirigea vers l'entrée et son regard fut attiré par quelque chose d'étrange et qui n'avait rien à faire là. *C'est impossible,* se dit-elle tout en s'approchant d'un véhicule garé un peu plus loin. Elle regarda la plaque d'immatriculation : BU-247-MJ. Elle compara ce numéro avec celui qu'elle avait inscrit dans son carnet ; c'était bien la voiture de Sylvain Guérin. Elle en fit le tour, regarda à l'intérieur, mais ne remarqua rien de particulier ; la voiture était vide. *Pas de papier qui traînait, pas de mallette, pas même un gobelet ou une pièce de monnaie sur le tapis de sol. Qu'est-ce que ça signifie ?* se demanda-t-elle. Était-il possible que Sylvain Guérin soit tout simplement à son travail ? Elle observa l'immeuble, tenta de mettre de l'ordre dans son esprit, et jugea qu'elle devait, plus que jamais, s'en tenir à ce qu'elle avait prévu : en savoir plus sur l'activité de Sylvain Guérin. Elle passa une porte tambour et entra dans le hall d'accueil.

À la réception, elle se présenta en s'identifiant immédiatement comme étant de la police nationale, puis demanda à voir Sylvain Guérin ; l'hôtesse d'accueil fit une recherche sur son ordinateur, composa un numéro, échangea quelques secondes avec l'assistante de Sylvain, puis raccrocha.

« Monsieur Guérin n'est pas à son bureau, mais son manager a été prévenu et il descend ; vous pouvez l'attendre ici », dit-elle en désignant des fauteuils à proximité.

67

Sylvain et Catherine étaient descendus à la station Quinconces, sur les rives de la Garonne, et poursuivaient leur route à pied sous un soleil qui annonçait déjà une période estivale particulièrement chaude. Ils déambulaient dans les rues piétonnes, la place de la Bourse et le miroir d'eau derrière eux. Sylvain connaissait bien le vieux Bordeaux et se sentait enfin à nouveau chez lui. À chaque coin de rue il avait une anecdote à raconter à Catherine : son premier baiser, sa première cuite, ses soirées entre amis. Et il s'y dirigeait sans hésitation, prenant par la rue Sainte-Catherine pour ensuite bifurquer rue Margaux ; ce serait plus rapide, avait-il dit. Et au bout de la rue Margaux qui était devenue la rue Molière, ils tournèrent à gauche. Ils y étaient presque.

En arrivant au pied d'un immeuble ancien, Sylvain pressa le bouton d'un des interphones à l'entrée et Catherine lut le nom : « Lacombe ?

— Son nom de jeune fille, répondit-il. Mylène Lacombe. Ne t'inquiète pas, ça va bien se passer. »

Une sonnerie indiqua que la porte d'entrée de l'immeuble était déverrouillée. Sylvain entra le premier et se dirigea à travers un escalier étroit et irrégulier jusqu'au premier étage. Il frappa à la porte tandis que Catherine arrivait à l'étage. Après un instant, la porte s'ouvrit sur une femme d'environ 70 ans, aux cheveux bouclés gris et arborant un large sourire. Sylvain eut un léger mouvement de recul que Catherine eut le temps de saisir, et il dit en hésitant :

« Bonjour madame, je viens voir Mylène. Elle n'est pas là ?

— C'est moi, répondit la femme sans perdre son sourire. Et vous êtes ? »

Courrier interne du 25 avril 2014 à 08 h 53

Cher Docteur Fournier,

J'ai bien pris connaissance des dossiers que vous m'avez fait parvenir, et je vous en remercie. Comme vous le savez, la piste génétique semble la plus prometteuse pour ce qui est de vos recherches ; cependant, je vous invite à prélever régulièrement des cellules sur vos sujets de la sixième série, sur les sujets 13 et 14 comme sur les autres. J'ai toujours pensé que le nœud du problème résidait dans la détermination précise du moment où l'organisme ne répond plus correctement. Mon hypothèse a toujours été que l'apparition des gliomes comme des autres symptômes était la conséquence du problème, non la cause. Lors de mes recherches, je pensais qu'il fallait chercher au moment de la réplication cellulaire, mais je pense aujourd'hui qu'il faut chercher du côté de l'activation d'un gène. Les progrès des dernières années en matière de rétrovirus et d'optogénétique devraient vous permettre d'identifier précisément le coupable.

Tenez-moi au courant, s'il vous plaît.

Bien à vous,

Professeur Kowalski

68

Richard lisait le dossier de Sylvain pour la troisième fois d'affilée. Rien, dans ses missions précédentes, n'avait justifié la moindre formation au combat. Il en était déjà convaincu avant, mais il en avait à présent le cœur net. Cependant, quelque chose le tracassait ; il y avait des incohérences dans ce dossier. Tout d'abord, le nombre et la durée des missions qu'il avait effectuées auraient déjà dû causer sa mort. Jusqu'à présent, Richard avait toujours considéré ce fait comme une bonne nouvelle sur laquelle il ne fallait pas s'attarder, et le docteur Fournier lui avait bien précisé que chaque individu réagissait différemment au traitement. Cependant, force était de constater que tous les autres agents réagissaient de façon similaire, Louise étant la dernière en date. Il y avait donc quelque chose de spécial chez Sylvain Guérin. Et c'était là le deuxième souci que Richard avait avec ce dossier : il ne contenait aucune information sur Guérin avant sa première mission ; rien sur son recrutement, rien sur son âge ni sur son origine. Que dalle.

Comment une telle chose avait-elle pu se produire, et surtout, comment est-ce que cela avait pu lui échapper ?

Le processus de recrutement des agents pour les « missions spéciales » était relativement simple, et bien rodé : *via* des annonces d'emploi banales, GlobalViz réunissait entre vingt et cinquante candidats pour un poste de cadre au sein d'une entreprise fictive. Ces candidats remplissaient des formulaires et ceux qui ne correspondaient pas aux critères recherchés étaient exclus. Tous devaient être célibataires, sans famille proche, originaires d'une autre ville que celle de la mission, sans attache locale particulière, et âgés d'au moins 20 ans mais pas de plus de 30 ans. Les candidats sélectionnés suivaient ensuite une série d'examens médicaux, et le docteur Fournier était seul juge pour estimer lesquels conserver et lesquels rejeter. Il avait acquis une maîtrise parfaite de ce processus, et même s'il n'était pas à l'origine des travaux sur lesquels il s'appuyait, Richard se disait souvent que personne au monde ne connaissait ce sujet mieux que le docteur André Fournier.

Dans le dossier de Sylvain, il n'y avait rien sur son recrutement chez GlobalViz. Il pouvait donc aussi manquer les archives des premières missions de Sylvain, même si Richard était convaincu de se rappeler chacune d'entre elles. Et le fait que les dossiers de ses agents étaient conservés par Fournier et non par lui-même ne lui posait aucun problème : le docteur avait besoin de pouvoir les consulter plus souvent que lui, et surtout il lui accordait une confiance aveugle. Mais là, il devait en avoir le cœur net.

Il était en train de décrocher son téléphone pour appeler Fournier lorsque la porte de son bureau s'ouvrit brusquement. Grégoire entra, suivi de près par Nadja qui, avec moins d'assurance, referma derrière elle.

« Qu'est-ce qui se passe ? demanda Richard.

— Richard, répondit Grégoire alors que Nadja s'asseyait à ses côtés, je ne peux pas travailler correctement si vous ne me donnez pas tous les éléments nécessaires. »

Richard regarda Nadja, cherchant à déceler chez elle un indice sur ce qu'il pouvait bien vouloir insinuer, mais ne déchiffra rien.

« J'ai deux questions qui m'empêchent d'avancer, poursuivit-il. D'abord, nous avons des raisons de penser que Sylvain Guérin s'est rendu à Bordeaux pour aller voir sa mère, et je vois bien à votre tête que je suis le seul dans cette pièce à ne pas comprendre les problèmes que cela pose. Ensuite, qui pourrait connaître suffisamment bien les procédures d'extraction de GlobalViz pour les imiter à la perfection ? » Richard cherchait ses mots ; il ne savait pas par où commencer, ces deux questions lui avaient fait perdre en quelques secondes tout le contrôle qu'il pensait encore avoir sur la situation. Il paniquait. Grégoire s'en rendit parfaitement compte, se pencha en avant et l'attrapa par l'épaule : « Richard, il faut que vous m'écoutiez. Je ne pense pas que qui que ce soit en ait après Sylvain. Je pense que c'est après vous qu'on en a, et que Sylvain est une diversion pour tous nous occuper. Je peux sans doute encore vous aider, mais il faut que vous me parliez. »

Grégoire se repositionna sur son fauteuil et attendit.

Richard réfléchit un instant, puis dit sans assurance :

« Sylvain ne doit surtout pas rencontrer sa mère à Bordeaux... »

69

« Connaissez-vous l'histoire de Fritz Haber, le scientifique allemand ? » Raymond de Bonneval aurait pu s'attendre à tout de la part d'Henri Codat, il n'avait même pas exclu l'idée de se prendre son poing dans la figure, mais il n'aurait jamais parié sur une leçon d'histoire. Non, il ne connaissait pas cette personne. Henri raconta alors cette anecdote qui le fascinait :

« Fritz Haber est un scientifique allemand d'origine juive né au XIXe siècle. C'était un chimiste patriote qui, dans les premières années du XXe siècle, avait senti les signes avant-coureurs d'une guerre. Comme il savait qu'il était essentiel de disposer de nitrates pour la fabrication des bombes, il mit au point un procédé de synthèse de l'ammoniac que la société BASF exploita à partir de 1909 ou 1910 ; avant cela, on ne savait pas fabriquer artificiellement de l'ammoniac. »

Codat marqua une pause, observant l'absence de réaction de son interlocuteur qui ne comprenait manifestement pas où il voulait en venir. Il poursuivit :

« Le truc, c'est qu'à l'aube du XXe siècle, de nombreux scientifiques pensaient qu'une catastrophe sans précédent était sur le point de se produire ; l'explosion démographique laissait entrevoir le fait qu'on ne serait pas capable de nourrir la population mondiale, et que des famines sans précédent allaient conduire le monde entier à la guerre. Or ce qu'il faut pour produire plus de nourriture, ce sont des engrais. Des nitrates. Fritz Haber, avec son procédé, a permis une augmentation de la production agricole mondiale telle qu'on n'en avait pas connu depuis l'invention de l'agriculture. Il a eu le prix Nobel pour ça. Juste après la fin de la Première Guerre mondiale, en 1918. En cherchant à permettre à son pays de fabriquer des bombes, il a littéralement sauvé l'humanité tout entière. »

Raymond de Bonneval allait intervenir lorsque, d'un signe de la main, Henri lui fit comprendre qu'il n'avait pas terminé.

« Lorsque les nazis sont arrivés au pouvoir, Haber a vu nombre de ses collègues juifs être renvoyés de leur poste ; lui-même était protégé dans ses fonctions parce qu'il était un héros de guerre. Oui, j'ai oublié de mentionner, Haber est l'inventeur des gaz de combat de la Grande Guerre, le gaz moutarde, notamment. Cependant, après quelques années et grâce à l'insistance de certains de ses amis, il décida de se retirer de ses fonctions pour se consacrer à des recherches moins subversives. Durant cette période, il a notamment mis au point un insecticide volatil très puissant qui permettait un meilleur rendement des récoltes ; ce produit puait au point qu'aucun humain ne s'en serait approché sans immédiatement comprendre le danger. Lorsque les nazis apprirent l'existence de cet insecticide, ils en retirèrent les molécules odorantes et en modifièrent la concentration, passant de l'indice A à l'indice B. C'est ainsi que le Zyklon B est né, c'est ce gaz qui allait causer la mort de millions de personnes, juives, tsiganes, homosexuelles, handicapées, communistes... Lorsque Fritz Haber a voulu produire des explosifs, il a sauvé l'humanité ; et lorsqu'il a voulu protéger les récoltes, ses inventions ont causé des millions de victimes.

« Je comprends vos inquiétudes, Raymond, mais vous ne devez pas prêter d'intention au progrès scientifique : la science n'a pas d'intention, ni bonne, ni mauvaise. Les avancées que j'ai annoncées tout à l'heure permettront peut-être d'éradiquer des maladies, ou peut-être permettront-elles d'en finir une bonne fois avec le terrorisme. On ne le sait pas encore, et personne ne peut le savoir. Ce qu'on *peut* savoir, en revanche, ce qu'on *doit* garder à l'esprit, c'est que si ce n'est pas nous qui portons ce projet, ce sera quelqu'un d'autre, dont les intentions ne seront pas plus lisibles que les nôtres.

— Henri, reprit Raymond, je ne cherche pas à avoir avec vous une discussion philosophique. Je comprends parfaitement les enjeux des découvertes effectuées par notre service de recherche. Je dis simplement qu'il est évident que c'est un sujet qui va intéresser l'armée avant d'intéresser les laboratoires pharmaceutiques, et que ce serait une erreur, à mon sens, de céder à l'appât du gain facile pour de mauvaises raisons. »

Henri bouillonnait ; qui était-il, ce Raymond de Bonneval, pour remettre en cause ses décisions ? Quelle expérience avait-il du monde pour croire qu'on pouvait se permettre de choisir qui allait ou non bénéficier de ces découvertes ? Préférait-il attendre que les États-Unis, la Russie ou la Chine arrivent aux mêmes résultats ? Aurait-il été de ces hommes qui voulaient interdire la fabrication de la première bombe atomique ? Savait-il que, sans elle, la guerre aurait duré beaucoup plus longtemps, au moins jusqu'à ce que l'Allemagne elle-même s'en dotât ?

Oui, Henri était furieux, mais il n'en montra rien. Il se contenta de sourire et de répondre à Raymond en se levant :

« J'imagine qu'on ne pourra pas régler ce désaccord dans l'immédiat. Cependant, comme vous l'avez noté, le reste du conseil m'appuie sur la direction à suivre et je vous assure que le temps lèvera vos inquiétudes. »

Il le raccompagna à la porte de son bureau et le congédia poliment. Dans la liste mentale des gens à qui il en voulait, Henri passa le nom de Raymond de Bonneval en gras et l'entoura en rouge.

70

Sylvain était figé, il ne comprenait pas. Il ne s'était pas trompé d'adresse, ni même de palier, et pourtant la femme qui se tenait sur le seuil de l'appartement dans lequel il avait grandi lui était totalement inconnue. Il se tourna vers Catherine, espérant de sa part une réaction quelconque, mais elle l'observait sans rien dire. Lorsqu'elle comprit qu'il n'avait aucune idée de ce qu'il fallait faire, elle prit l'initiative et dit à la femme :

« Vous êtes Mylène Lacombe ?

— Oui, répondit la femme pour la seconde fois, avec un ton quasiment interrogatif.

— Vous avez un fils qui s'appelle Sylvain, n'est-ce pas ? »

Soudain, le sourire de cette femme s'évanouit, et son visage entier se ferma. Dans un sanglot, elle claqua la porte. Sylvain n'insista pas. Il regarda Catherine puis, sans dire un mot, le visage figé par la colère, fit demi-tour et s'en alla.

Un peu plus loin, dans une rue adjacente, deux hommes étaient en train de se battre ; plus précisément, un homme était en train d'en tuer un autre qui se démenait pour sa survie. La rue était déserte et ces deux professionnels ne faisaient aucun bruit. Pourtant l'un des deux pressait un couteau de sa main gauche contre la poitrine de l'autre. Lorsque la lame finit par traverser le tissu et pénétra la peau, la victime ne put contenir un cri de douleur qui ne dura pas : le couteau avait perforé le poumon. Alors qu'il sentait sa vie le quitter, l'homme qui avait été envoyé par GlobalViz pour surveiller l'appartement de Mylène Lacombe n'avait pas eu le temps de signaler l'arrivée de Sylvain. Il avait pris son téléphone pour appeler lorsqu'il avait senti un bras se poser sur son épaule. Et puis tout avait été très vite : quelques coups furent échangés sans aucune espèce de sommation, puis son agresseur s'était retrouvé derrière lui. La douleur était si intense qu'il était presque soulagé de se sentir partir. L'homme qui le poignardait le tira entre deux véhicules et le relâcha. La dernière chose qu'il distingua était la main de son agresseur qui retirait le couteau de la plaie, le condamnant définitivement à l'agonie ; sur le dos de cette main courait un tatouage qui remontait sous la manche de sa chemise. Alors qu'il était pris d'une quinte de toux, simple réflexe pour dégager ses voies respiratoires, il entendit uniquement un faible gargouillis sortir de sa gorge ; il était en train de se noyer. La panique prit le dessus, et il n'eut aucune conscience de ce qui se passa ensuite. Sa mort fut rapide.

AG essuya rapidement la lame de son couteau contre la chemise du cadavre, la replia et quitta la ruelle comme si de rien n'était. D'un geste sûr, il sortit son téléphone de la poche intérieure de sa veste, composa un numéro et, lorsque son interlocuteur décrocha, dit d'un ton sûr :

« Ils avaient de la compagnie, je l'ai épuisée dans une rue attenante, j'espère que tu n'y vois pas d'inconvénient.

— Tu as bien fait, répondit Michael. Tout le monde a besoin d'un peu de repos, pas vrai ?

— Si c'est ta façon de m'offrir des vacances, ça me va.

— Pas encore, pas encore… mais bientôt… promis ! »

Michael raccrocha alors qu'il se tenait devant une femme qui venait de se lever de son fauteuil et, dans un français impeccable mais dont l'accent trahissait ses origines américaines, il dit :

« Madame Lambert, bonjour, je suis Michael Tomlinson, le manager de Sylvain ; en quoi puis-je vous aider ? »

71

« Donc ce n'est pas sa mère ? » demanda Grégoire qui avait du mal à saisir ce que lui avait raconté Richard. Ce dernier soupira puis reprit :

« La mère de Guérin n'existe pas, c'est un personnage fictif ; il y a, chez GlobalViz, quelqu'un qui se fait passer pour elle, qui l'appelle de temps en temps, qui va le voir deux ou trois fois par an, mais c'est tout. La femme à Bordeaux n'est pas sa mère, nous avons juste créé le personnage de sa mère sur les bases d'une personne existante.

— Mais comment Sylvain ne le sait-il pas ? »

Richard regarda Nadja ; elle semblait vouloir lui dire de tout expliquer, mais il rechignait. Peu de gens savaient de quoi il retournait, et cela avait toujours été très bien ainsi. La cuisine interne de GlobalViz devait rester secrète. Mais le temps n'était plus à la prudence. S'il n'expliquait pas la situation à Grégoire, celui-ci ne pourrait pas conclure le dossier, et peut-être même déciderait-il de s'en aller.

« Ce que je vais vous dire, commença-t-il, seule une poignée de personnes le sait. »

Il prit une longue inspiration, alluma une cigarette, et commença son récit.

« Après la Seconde Guerre mondiale, les Russes et les Américains se sont arraché les scientifiques nazis comme on s'arracherait une bouteille d'eau dans le désert. L'idée était de leur éviter une condamnation pour crime de guerre ou crime contre l'humanité. Les cerveaux scientifiques allemands étaient une ressource pour les deux puissances qui voyaient se dessiner à l'horizon ce que le monde appellerait ensuite la guerre froide. On pourrait dire que tout cela a été causé par l'explosion de la première bombe atomique, mais on n'aurait que partiellement raison. Les Américains exfiltrèrent ainsi près de 1 500 scientifiques allemands issus du complexe militaro-industriel nazi, le plus célèbre d'entre eux étant sans conteste Wernher von Braun, lequel permit aux États-Unis d'entrer dans la conquête spatiale. Chez les Soviétiques, il y eut également des opérations du même ordre, l'opération Osoaviakhim étant celle de la plus grande envergure, qui déplaça près de 15 000 personnes en URSS.

« Les Américains et les Russes cherchaient de la technologie, de l'économie rapide à mettre en œuvre, mais ce qu'ils cherchaient avant tout, c'était des armes secrètes, qu'elles soient déjà opérationnelles ou non. Parmi les recrues amenées en Russie se trouvait un neurologue allemand nommé Andreas Feuerhart ; on a perdu sa trace vers 1950 du côté de Novossibirsk, en Sibérie occidentale. Ça, c'est quand on ne sait pas ce qu'on cherche. »

« Quand on sait ce qu'on cherche, en revanche, on voit apparaître au même moment et au même endroit un scientifique russe du même âge et avec les mêmes spécialités ; il n'y a aucun doute que Feuerhart a été naturalisé et qu'on lui a donné une nouvelle identité, celle du docteur Andrei Moltchaline. On lui confie au tout début des années 1960 la direction d'un centre de recherche sur la mémoire. Personne ne sait précisément quelles découvertes il avait faites avant de changer d'identité, mais quand on voit le pont d'or que lui ont offert les Russes, il est évident qu'elles devaient être exceptionnelles.

« Donc, dans ce centre au fin fond de la Sibérie, on étudiait tous les mécanismes de la mémoire, avec tout ce qu'on peut imaginer qui va avec : dissection de souris, étude de cobayes plus ou moins volontaires… tout et n'importe quoi, en réalité. C'était une sorte de paradis pour apprentis sorciers. Les Américains, eux, avaient lancé le projet MK-Ultra, qui avait pour but de développer chez des agents de la CIA la capacité de lire dans les esprits, de contrôler les gens, voire des objets, uniquement par la pensée. C'était une académie Jedi, si vous voulez, sauf qu'on bourrait les sujets de LSD… et que ça n'a jamais fonctionné. Les Russes avaient plusieurs centres qui faisaient des choses analogues… enfin… qui tentaient des choses analogues, mais avec aussi peu de succès.

« Moltchaline, de son côté, était discret, mais il avançait. L'objectif qu'on lui avait confié était simple : la Russie avait connu son lot de révoltes et de révolutions, et les dirigeants soviétiques se pensaient les dirigeants d'une utopie. Mais ils savaient qu'on ne peut jamais empêcher une révolution, même lorsque tout va bien. Leur idée était donc de mettre au point un système permettant de contrôler ou de modifier la mémoire d'une certaine partie de la population afin de lui retirer du crâne la notion même de subversion ou de rébellion. »

Richard fit une pause pour prendre une bouffée de sa cigarette, l'exhala lentement.

« Celui qui a le contrôle du passé a le contrôle du futur. »

Grégoire avait déjà entendu ça quelque part, mais ne savait plus où. Il se tourna vers Nadja qui buvait également les paroles de Richard ; si elle en savait plus que Grégoire, elle découvrait manifestement toute cette partie de l'histoire.

« Les dirigeants soviétiques avaient lu Orwell, hein, et certains en avaient même fait un mode d'emploi. »

Richard était perdu dans ses pensées ; il observait, sur le mur, un tableau mettant en scène des joueurs de poker à tête de chien.

« C'est une reproduction, évidemment, leur dit-il en désignant le tableau. Un tableau de Coolidge. À l'origine, c'était une pub pour des cigares. Alors, je sais bien qu'en plus d'être totalement kitsch, ce tableau est un pur cliché de bureau de détective privé, mais est-ce que vous savez pourquoi je l'ai sur mon mur ? Pourquoi j'ai besoin de le voir à mon travail chaque putain de jour ? »

Il marqua à nouveau une pause. Grégoire espérait que Richard allait revenir à son histoire.

« Ce tableau faisait beaucoup rire mon père ; c'était un homme simple, avec des goûts simples : "Regarde, disait-il, ces chiens qui jouent au poker comme si c'étaient des humains..." »

Il écrasa sa cigarette, puis marqua une nouvelle pause, plus longue, sans quitter le tableau des yeux. Il répéta pour lui-même « ces chiens qui jouent au poker comme si c'étaient des humains... », et il se mit à rire doucement.

72

Sylvain errait dans les rues de Bordeaux, silencieux, et Catherine, ne voulant pas le presser, attendait qu'il parle. Dire qu'il était confus aurait été un euphémisme : il était totalement perdu, de nombreux souvenirs se présentaient à lui à chaque coin de rue, et il les repoussait machinalement ; il avait besoin de faire le vide dans sa tête. Il sentait qu'une aiguille à l'arrière de son crâne commençait à chauffer. Il finit par remarquer la présence de Catherine à ses côtés et en fut presque surpris. Il s'arrêta et lui dit :

« Je suis désolé. Je ne comprends pas ce qui se passe, il faut que tu me croies. Cette femme… cette femme n'est pas ma mère… je suis très inquiet… parce que si ceux qui en ont après moi s'en sont pris à ma mère, je ne me le pardonnerai jamais. »

Catherine lui caressa la joue pour le calmer, et lui proposa de rentrer à l'hôtel. Elle chercherait des informations sur sa mère, sur lui ; elle fouillerait des bases de données et finirait bien par trouver la preuve qui permettrait ensuite de faire s'écrouler comme un château de cartes la machination en œuvre contre lui ; elle lui en fit la promesse. Il en fut reconnaissant. Ils se remirent en chemin, et Catherine lui prit la main. C'était idiot, et un peu enfantin, mais Sylvain se sentait en sécurité au contact de cette femme.

Quelques dizaines de mètres derrière eux, AG marchait tranquillement en les observant. Il sortit son téléphone de la poche intérieure de sa veste, et vérifia sur une application qu'ils étaient bien, tous deux, parfaitement localisés, avant de les laisser le distancer. AG changea de direction au carrefour suivant et se rendit à son hôtel. Il suivrait leur cheminement depuis sa chambre. Il avait lui aussi mérité un peu de repos. Et un verre. Michael ne le contredirait pas sur ce point.

73

Michael fit ouvrir la cafétéria de l'immeuble pour accueillir l'inspectrice Lambert. Il lui expliqua que l'activité de la société GenTech dépendait en grande partie d'inventions brevetées dont les secrets de fabrication étaient la priorité absolue ; il espérait qu'elle ne se vexerait pas d'avoir cet entretien dans la cafétéria plutôt que dans son bureau mais, garantit-il, le café était de toute façon bien meilleur ici. Lambert dit qu'elle comprenait parfaitement, et demanda un thé. Lorsqu'ils furent tous deux servis, Michael demanda à la serveuse de les laisser seuls. Une fois celle-ci partie, il demanda : « Que puis-je faire pour vous ? »

Lambert profita de ce qu'elle faisait infuser son thé pour observer l'homme qu'elle avait en face d'elle. La quarantaine bien marquée, sans doute proche de la cinquantaine, un visage anguleux et rasé de près, élégant, la version « adulte » du jeune cadre dynamique. Elle avait cette image des Américains au goût vestimentaire aléatoire, ce n'était pas le cas de cet homme ; il portait impeccablement son costume. Ses yeux noisette étaient fixés sur elle, mais sans paraître le moins du monde agressif ; il semblait sincèrement curieux de savoir ce qui amenait la police chez GenTech. Elle reposa le sachet de thé sur la soucoupe de sa tasse et, tandis qu'elle attrapait une cuillère, elle répondit comme elle savait le faire, comme une inspectrice, en rappelant immédiatement qui posait les questions :

« Sylvain Guérin travaille pour vous, n'est-ce pas ? »

Michael sembla réfléchir un instant : « Euh... oui, oui, il fait bien partie de mes effectifs ; je crois qu'il n'est pas là cet après-midi, mais si je peux vous aider, ce sera avec plaisir.

— Vous savez où je peux le trouver ?

— Là, maintenant ? Non, je ne sais pas.

— Parce que son véhicule est garé dehors, c'est pour ça que je me disais qu'il était sûrement quelque part dans vos locaux.

— C'est à cause de l'accident, n'est-ce pas ? »

Michael avait réussi à la surprendre ; sa réaction avait été fugace, mais il ne l'avait pas manquée. Il contint un sourire et attendit de voir comment elle allait répondre, maintenant ; mais elle ne répondit pas. Elle se contenta d'attendre la suite. *Habile,* se dit-il, avant de poursuivre :

« L'accident de ce matin ? À la télé, on a même annoncé sa mort ; mais il s'agit d'un autre Sylvain Guérin. Le nôtre, de Sylvain Guérin, il était ici ce matin, mais il est parti assez tôt avec quelqu'un.

— Vous savez avec qui il est parti ? »

Elle prit son carnet de notes.

« Il faut que vous compreniez : ici, j'ai une méthode de management qu'on pourrait qualifier de "cool" ; les gens qui travaillent avec moi peuvent aller et venir comme bon leur semble, je n'impose aucun horaire. La contrepartie est qu'ils doivent tous respecter leurs deadlines, leurs délais, comme vous dites en français ; quand quelqu'un rate une échéance dans mon équipe, il sait que ça n'arrive qu'une seule fois, pas deux... »

Il sourit à cette évocation et, le regard à nouveau sur l'inspectrice, constata qu'elle ne souriait pas ; elle attendait, le stylo à la main. Il reprit :

« Du coup, je ne note pas les allées et venues de mon staff. Mais je sais que Sylvain était là ce matin, son assistante l'a vu. Quant à savoir où il est en ce moment... »

Michael semblait hésitant. Marion décela quelque chose dans son attitude : il semblait se sentir un peu coupable de ce qu'il allait dire. Elle ne broncha pas et attendit la suite :

« ... Je ne veux pas donner l'impression de surveiller mes employés, de les "fliquer" comme vous dites, pas d'offense, j'espère... Je crois qu'il a une liaison avec une de nos informaticiennes... Je peux vous donner son nom si vous insistez, mais j'espère que ça ne lui causera pas d'ennuis.

— Vous pensez que Sylvain a des ennuis ?

— Je pense que vous cherchez un Sylvain qui a des ennuis ; je pense qu'il ne s'agit pas de notre Sylvain mais, si c'était le cas, je ne voudrais pas attirer d'ennui à cette femme. Elle s'appelle Catherine Rioult. »

Marion lui fit épeler le nom tandis qu'elle le notait ; avait-il une adresse ? Sans doute, oui, mais il ne pouvait pas la donner sans une raison officielle.

Marion but une gorgée de son thé, donna l'impression de se mettre un peu plus à l'aise, comme si la partie « travail » de cet entretien était désormais terminée. *Décidément,* se dit Michael, *cette femme sait ce qu'elle fait.* Il n'était pas dupe, et il en faudrait bien plus pour qu'il baisse sa garde, se dit-elle. Tous deux souriaient. L'inspectrice regarda tout autour d'elle et demanda : « Qu'est-ce que vous faites vraiment, ici, à GenTech ? »

Elle s'attendait à ce qu'il réponde que c'était confidentiel, mais peut-être sentirait-il un peu de pression et son visage montrerait-il une pointe d'inquiétude.

Au contraire, le visage de Michael s'illumina et son sourire fit apparaître deux rangées de dents aussi blanches que parfaitement alignées :

« Ah, ici, nous travaillons à améliorer le monde ! C'est un peu *cliché* de le dire ainsi, mais c'est ce que nous faisons. C'est assez technique, et il y a beaucoup de choses qui sont brevetées dont je ne peux pas parler, mais en gros, notre boulot, c'est de fabriquer les médicaments de demain ; on est à la pointe de la génétique, et on fabrique des médicaments adaptés précisément à un malade ; on espère pouvoir un jour éradiquer les maladies génétiques, et héréditaires. »

Il avait l'air passionné, peut-être allait-elle obtenir quelque chose. Sans attendre, elle intervint :

« Et Sylvain Guérin, il fait quoi dans votre équipe ? C'est un chercheur ?

— Ah, non, dans mon équipe, il n'y a pas de chercheur, pardon. Je dirige une équipe d'analystes : ils reçoivent des données, beaucoup de données, et ils les traitent ; on a des logiciels qui nous permettent de… enfin bref, comme je vous l'ai dit, c'est très technique. Mais Sylvain ne passe pas ses journées avec une blouse et des éprouvettes à la main », dit-il en riant.

Il attrapa son café et en but une gorgée en regardant au loin, curieux de savoir comment elle allait poursuivre alors qu'il venait de lui couper l'herbe sous le pied. Il se dit qu'elle ne pouvait plus lui parler que de Catherine et, effectivement, elle demanda ce que faisait cette Catherine Rioult.

« Elle fait partie de l'équipe IT, répondit-il. C'est l'informatique interne, les gens qui installent nos ordinateurs, qui connectent nos imprimantes, ceux qu'on appelle quand on a perdu son mot de passe… »

Marion regardait son carnet de notes, mais sans rien écrire. *Elle n'a finalement pas trouvé grand-chose*, se dit Michael. Pour autant, il savait bien qu'elle ne se contenterait pas de si peu. Aussi décida-t-il de tenter sa chance et de renverser la vapeur :

« Si je peux me permettre, et dites-moi si ça ne me regarde pas... Sylvain a des ennuis avec la police ?

— Je ne pense pas, répondit-elle. C'est surtout par sécurité que je suis venue ; pour m'assurer qu'il n'y avait rien d'inhabituel ou de suspect.

— Ah, très bien... tant mieux... »

Elle n'avait pas mordu à l'hameçon, il allait falloir être un peu plus directif ; c'était bien sûr plus risqué, mais s'il parvenait à l'aiguiller dans la bonne direction, ce serait du bonus, la cerise sur le gâteau qu'il préparait aux *gens d'en face*...

« Il n'est pas en danger, au moins ? »

Lambert se raidit ; c'était subtil, mais évident.

Cette remarque, en revanche, n'est pas subtile, se dit Marion :

« Et pour quelle raison serait-il en danger, selon vous ? »

Bingo, se dit Michael qui répondit, un peu gêné :

« Euh, non... pour rien... je ne sais pas... Vous savez, une entreprise comme la nôtre... Il y a beaucoup de gens qui souhaiteraient en savoir plus sur nos projets. Nos concurrents, même s'ils ne sont pas nombreux, savent que nous avons une avance considérable, techniquement ; c'est pourquoi nous avons un service de sécurité sur place 24 heures sur 24. Certains de nos employés les plus sensibles bénéficient d'une protection... mais ce n'est pas le cas de Sylvain... comme je vous l'ai dit, il fait partie d'une équipe qui compte une vingtaine d'analystes comme lui ; il n'a rien de spécial. Je pensais plutôt à des soucis qu'il pourrait avoir personnellement, je ne sais pas... des soucis d'argent, par exemple... mais peut-être que je regarde trop les séries à la télé ! »

Michael savait très bien que cette dernière phrase sonnerait faux. Il espérait que l'inspectrice irait creuser du côté de la concurrence ; et en effet, elle n'était pas nombreuse, surtout en Île-de-France. Il allait poursuivre lorsqu'un bip retentit. « Excusez-moi », dit-il en extirpant son téléphone de sa poche. Il débloqua l'interface et répondit au message qu'il venait de recevoir d'AG.

AG *(21/05 16:23)*
Ils sont retournés à l'hôtel. Des instructions ?

Michael *(21/05 16:23)*
Laisse-les tranquilles. Tant qu'ils ne décident pas de revenir à Paris, tout va bien

Lorsqu'il rangea son téléphone, il constata que Lambert s'était levée :

« J'imagine que vous ne pouvez pas me montrer son bureau...

— Si ça ne tenait qu'à moi, ce serait avec plaisir... mais là, je ne peux pas. Bien sûr, si vous revenez avec un mandat, je me ferai un plaisir de vous faire visiter. »

Il la raccompagna vers la sortie, pensant qu'elle repartait sans aucune information cruciale. De son côté, Marion se dit qu'elle n'était pas venue pour rien.

74

Richard alluma une nouvelle cigarette et reprit son récit :

« Moltchaline dirigea son centre jusqu'en 1979, année durant laquelle un incendie a détruit le bâtiment. Il y trouva la mort, ainsi qu'une bonne partie de son équipe. Fort heureusement, le destin a voulu que quelques années avant cette tragédie, il avait participé à un séminaire en Pologne au cours duquel il avait rencontré Andrzej Kowalski, un professeur polonais dont le cœur des recherches était le traitement des victimes de traumatismes. C'était un gars qui avait étudié la psychologie et la neurologie ; il était persuadé que si l'on pouvait supprimer chez une victime le souvenir de son traumatisme directement dans le cerveau, au niveau de ses neurones, alors il serait guéri. Les deux hommes se sont évidemment entendus et ont entretenu une longue correspondance jusqu'à la mort de Moltchaline.

« Dans les années 1980, donc, Kowalski reprend les travaux de Moltchaline pour compléter ses propres recherches, et c'est alors qu'il commence à obtenir des résultats qui vont nous intéresser. Je ne connais pas tous les aspects techniques, mais, en gros, ce que Kowalski a réussi à faire, ce n'est pas de supprimer un souvenir, mais de l'écraser avec un autre souvenir, le souvenir de quelqu'un d'autre. Autre problème, il ne pouvait pas choisir spécifiquement le souvenir à effacer. »

L'expression sur le visage de Grégoire était suffisamment explicite pour que Richard comprenne qu'il avait besoin de clarifier son propos.

« Imagine que tu as vécu un accident traumatisant. Ce que Kowalski cherchait à faire, c'était de supprimer ce traumatisme. Mais il était confronté à deux problèmes : d'une part, il n'arrivait pas à identifier spécifiquement et uniquement l'accident en question, parce qu'il y a trop de ramifications et d'enchevêtrements dans la mémoire, et d'autre part il ne pouvait pas simplement effacer du contenu, il était obligé de le remplacer. En gros, ce qu'il arrivait à faire, c'était remplacer les souvenirs d'une période complète de la vie d'un sujet avec des souvenirs d'une période équivalente provenant d'un autre sujet.

« Du coup, la chose était assez inutile en ce qui concerne le traitement des traumatismes. C'était comme devoir supprimer un an de souvenirs pour effacer le souvenir d'un accident de voiture, mais c'était une avancée considérable qui allait intéresser un autre scientifique, le docteur André Fournier. Celui-là même qui travaille dans l'aile est de ce bâtiment. »

D'un coup d'œil à Nadja, Grégoire comprit qu'elle connaissait mieux cette partie de l'histoire et, pour la première fois depuis que Richard avait commencé son récit, Grégoire se posa la question majeure : quel rapport tout cela pouvait-il avoir avec Sylvain ? Il était suspendu aux lèvres de Richard, et s'attendait à quelque chose d'énorme. Il n'allait pas être déçu.

« En s'appuyant sur les travaux de Kowalski, Fournier a réussi à mettre au point un protocole qui permet d'enregistrer l'ensemble des souvenirs d'une personne, de les stocker sur un disque dur, et de les enregistrer dans le cerveau d'une autre personne, en écrasant toute sa mémoire. Avec les années, il a même réussi à affiner la procédure pour limiter les souvenirs extraits sur une période donnée. Alors ce n'est pas magique, mais il peut récolter vos souvenirs sur une dizaine d'années, par exemple ; selon le sujet, ce sera neuf ans, dix ans, onze ans et demi, mais ça fonctionne. Évidemment, ce genre de recherches prend beaucoup de temps et nécessite un matériel très coûteux. C'est pour cette raison que Fournier a dû chercher des financements privés, et c'est ainsi qu'il a intégré GlobalViz. Nous, on le laisse faire ses recherches, et lui, il constitue son équipe comme il le souhaite – sous réserve que ses recrues passent nos critères de sécurité, bien sûr. En échange, il prépare nos agents qui partent en mission auprès d'autres sociétés...

— Comme Sylvain... dit Grégoire à demi-mot.

— Comme Sylvain », répéta Richard.

75

Sylvain sentait les pulsations de son cœur jusque dans ses tempes ; la sensation n'était pas inconfortable ni désagréable. *Pas encore, en tout cas,* se dit-il. Catherine était concentrée sur l'écran de son ordinateur, où plusieurs fenêtres étaient ouvertes : elle cherchait tout ce qu'elle pouvait trouver sur Mylène Lacombe ainsi que sur Sylvain. Cette rencontre l'avait perturbé, elle l'avait bien vu et le comprenait sans peine. Elle était inquiète pour Sylvain qui sentait une nouvelle crise migraineuse arriver et avait appelé la pharmacie pour savoir si sa préparation était prête. Malheureusement, elle ne pourrait la récupérer que le lendemain. Il faudrait prendre son mal en patience. Elle s'était alors jetée sur son ordinateur pour trouver quelque chose, des informations qui permettraient à Sylvain de mieux comprendre la situation ; elle espérait qu'il se sentirait mieux et qu'il arriverait à dormir. Car il fallait d'abord qu'il se repose. Elle se leva sans faire de bruit et se rendit dans la salle de bains ; une fine couche de buée recouvrait le miroir. De la vapeur émanait du bain qu'elle lui avait fait couler.

Elle retourna dans la chambre et dit à Sylvain d'une voix douce que son bain était prêt. Il la remercia et se redressa doucement, les yeux mi-clos. Assis au bord du lit, il commença à déboutonner sa chemise, mais s'interrompit pour se tenir les tempes. On le piquait à vif de part et d'autre de sa tête ; la douleur était très forte mais très brève, si bien qu'il parvenait à la supporter. Mais elle l'épuisait. Catherine s'agenouilla devant lui et lui dit : « Laisse, je vais le faire. » Elle l'aida à déboutonner sa chemise et à la retirer. Il ouvrit les yeux et croisa son regard, sans rien dire. Il était fatigué, mais elle aussi, et il admirait Catherine qui, depuis ce matin qui semblait si lointain, ne s'était pas plainte une seule fois du fait que sa vie volait en éclats à cause de lui.

Lorsqu'elle eut jeté la chemise sur un fauteuil au pied du lit, elle se retourna vers lui et leurs regards se croisèrent.

Dans la pénombre, éclairée à contre-jour par la lumière légère de la salle de bains, le contour du visage de Catherine était cerclé d'un halo ; Sylvain dégagea la mèche bleue de ses cheveux blonds ; elle lui retint la main et s'approcha doucement pour l'embrasser. Une sensation étrange l'envahit, qu'il n'aurait pu décrire que comme un *frisson chaud*. Son mal de crâne s'estompait et il ferma les yeux. Ils s'embrassèrent. D'abord doucement. Puis passionnément. L'instinct de survie est un puissant aphrodisiaque.

Tandis que Sylvain retirait le T-shirt de Catherine, qui avait les bras tendus au-dessus de sa tête, une image mentale se forma dans son esprit. Il marchait dans le couloir d'une clinique aux côtés d'une jeune infirmière qui lui plaisait beaucoup. Elle le savait, elle en jouait un peu mais lui avait dit que rien ne pourrait se passer entre eux, que ce serait contraire au règlement. Il lui avait pris la main, et elle avait attendu un instant de trop avant de retirer la sienne. Ce délai trahissait le fait qu'elle n'était pas hostile à ses avances. Elle lui dit : « *Nie mogę, to zabronione* » et il fut déçu de cette réponse. « Je ne peux pas, c'est interdit », et Sylvain se dit qu'il parlait aussi le polonais.

Les bras de Catherine se refermèrent autour du cou de Sylvain, l'extirpant de cette vision ; ils basculèrent sur le lit et explorèrent leur corps. Durant les heures qui suivirent, plus rien n'eut d'importance, et tandis qu'ils faisaient l'amour de la façon la plus douce qui fût, le bain eut le temps de refroidir, et l'ordinateur de Catherine émit quelques bips à chaque résultat de recherche découvert. Ils ne l'entendaient pas. Ils s'endormirent aux premières lueurs du jour, épuisés mais satisfaits, et leur sommeil fut profond.

À quelques centaines de mètres de là, dans un autre hôtel, dans une autre chambre, AG se réveillait. Il avait peu dormi, comme à son habitude, et avait passé une partie de la soirée devant la télévision à regarder une émission de téléréalité sur la pêche au thon à la ligne, tout en suivant, sur l'écran de son téléphone, les déplacements de deux points sur une carte. Ces deux points se déplaçaient peu, et AG n'avait eu aucune difficulté à comprendre de quoi il s'agissait. Ils étaient dans leur chambre en train de s'envoyer en l'air. AG était content pour eux ; vu ce qui les attendait, ils avaient bien mérité un peu de réconfort.

76

Wang Wei était furieux. Un observateur distrait aurait pu ne pas s'en rendre compte, puisque le ministre chinois des Affaires étrangères était resté stoïque, mais il y a des signes qui ne trompent pas.

Certes, les Chinois ne sont pas particulièrement sanguins, qui plus est lorsqu'ils sont diplomates, mais la réunion s'était mal passée et Wang Wei avait perdu la face. C'était une réunion discrète mais prévue de longue date au cours de laquelle il devait amorcer des négociations avec son homologue américain. Il savait à quoi il devait s'attendre, l'arrogance américaine n'était une nouveauté pour personne. Mais il comprenait précisément les forces en présence et savait qu'il n'avait rien à céder : le *Secretary of State* devait voir les choses en face et accepter les conditions telles qu'elles étaient posées sur la table. Oui, les Chinois faciliteraient le commerce d'automobiles américaines à condition que leur fabrication soit réalisée en Chine, au moins partiellement, et de son côté l'Amérique allait revoir sa politique de taxes à l'import de produits chinois.

Mais rien ne s'était passé comme prévu.

Déjà, quelques heures à peine avant la réunion, Wang Wei avait reçu l'appel du chef de cabinet du Premier ministre du Conseil des affaires de l'État, et ce dernier lui avait demandé de faire preuve de souplesse ; peut-être pouvait-on laisser les Américains taxer quelques produits, ou peut-être pouvait-on les laisser importer des véhicules prêts à la vente. Wei n'aimait pas cela ; il avait pris des engagements auprès du Président en personne et n'allait pas laisser qui que ce soit d'autre lui dicter sa conduite. Si le Premier ministre avait des *desiderata*, il n'avait qu'à prendre lui-même son téléphone. Alors Wei n'avait rien cédé, et l'entretien avait été de courte durée.

Lorsque les points de négociation avaient été évoqués, le ministre américain avait semblé sincèrement surpris ; s'attendait-il à ce que cela se passe autrement ? Y avait-il déjà eu un tour de négociations auxquelles Wang Wei n'avait pas été invité ? L'Américain s'était levé et avait tendu la main à son homologue chinois pour la lui serrer avant de partir. Manifestement, Wei était passé à côté de quelque chose. Et il était furieux. Si, comme il commençait à le comprendre, des décisions avaient été prises sur le sujet sans qu'il en soit informé, il venait de se ridiculiser auprès du gouvernement américain, et par là même sans doute de ridiculiser également son propre gouvernement. Il devait rentrer en Chine dès que possible pour tirer cela au clair. Si, comme il le pensait, il avait été écarté des négociations, il n'aurait pas d'autre choix que de présenter sa démission.

Tandis que l'avion qui le transportait amorçait sa descente vers l'aéroport international de Pékin, Wang Wei sentit une gêne au niveau de sa trachée. Il se racla la gorge à plusieurs reprises, mais la sensation persistait. Il se mit à tousser.

Lorsque l'avion atterrit en urgence moins de vingt minutes plus tard, Wang Wei était en détresse respiratoire et une ambulance était prête à l'accueillir, au bout de la piste d'atterrissage.

Rapport Operation ALTHAMAS	Sujet #17
Vecteurs de transmission	0
Cibles atteintes	1/1
Collateraux	0
Statut	SUCCES

77

L'inspecteur Lambert arriva au commissariat quelques heures à peine après le lever du jour. Lorsqu'elle avait quitté les locaux de GenTech, elle avait demandé qu'une patrouille vérifie de temps en temps si quelqu'un venait chercher le véhicule de Sylvain Guérin ; cela ne servit à rien, la voiture resta à sa place toute la nuit. Elle s'était rendue à l'appartement de Sylvain, le gardien l'avait menée jusqu'au palier, mais il n'y avait personne et le gardien n'avait pas la clé. Elle était rentrée chez elle, s'était douchée rapidement, avait décongelé un plat tout prêt qu'elle avait mangé à même la barquette, puis était allée se coucher ; « la nuit porte conseil », s'était-elle dit en éteignant la lumière. Mais cette nuit n'avait rien porté du tout. Elle ne comprenait pas plus la situation ce matin que la veille.

Elle sortit son carnet de notes et fit mentalement le tour de ce qu'elle savait : Sylvain Guérin, âgé de 41 ans, né à Gradignan en banlieue de Bordeaux, a été annoncé mort à la télévision la veille dans un accident de voiture spectaculaire qui n'a pas fait d'autre victime. D'ailleurs, cet accident n'a en réalité fait *aucune* victime. Fait curieux, on a annoncé son nom à la télévision alors qu'il n'est pas célèbre et sans même savoir s'il était effectivement décédé. Un journaliste de la rédaction avait été contacté par un SMS lui indiquant qu'il s'agirait d'un scoop. *Pourquoi ?* Marion nota sur une nouvelle page de son carnet :

« Pourquoi l'annonce à la télé ? »

Elle reprit le fil de ses pensées : le véhicule accidenté était vide et verrouillé. Il était sans doute impossible de le quitter alors qu'il était en feu pour, ensuite, en verrouiller les portes. Il n'y avait pas de caméra de surveillance sur le lieu de l'accident ; *était-ce un hasard, ou un choix ?* Elle nota dans son carnet :

« Circonstances de l'accident / Caméras ? »

La voiture était une doublette, une copie, donc on n'en voulait sans doute pas directement à Sylvain Guérin ; s'il s'agissait effectivement d'une mise en scène, quel en était le but ?

Marion allait inscrire une nouvelle ligne dans son carnet lorsqu'elle s'interrompit ; elle aurait pu jurer entendre un déclic dans sa tête lorsqu'elle prit conscience d'une réalité qui, jusqu'alors, avait été masquée par la présomption d'urgence de la situation. C'était un message. L'annonce à la télévision n'était pas destinée au public, mais à un public bien particulier ; quelqu'un devait croire que Sylvain était mort. Mais qui, et pourquoi ?

Marion nota sur son carnet :

« Mise en scène : message ? destinataire ? »

Elle but une gorgée de thé et déverrouilla son ordinateur. Au moins quelques-unes des formalités qu'elle avait déclenchées la veille auraient déjà abouti. Après quelques secondes, en effet, sa boîte mail la notifia d'une dizaine de nouveaux messages. Parmi ceux-ci, le rapport préliminaire d'expertise de la voiture. En substance, le document indiquait qu'il faudrait du temps pour avoir plus de détails, mais qu'on pouvait déjà observer que divers mécanismes avaient été installés pour pouvoir conduire la voiture à distance. *C'était donc bien une mise en scène*, se dit-elle.

Elle pensa immédiatement à GenTech : l'accident était-il une menace qu'on leur envoyait ? Ce n'était pas à exclure, mais elle en doutait ; Michael Tomlinson ne pensait pas un seul instant que Sylvain Guérin était mort : il avait été vu le matin même, quelques heures après l'accident, à son bureau. GenTech pouvait-elle alors avoir organisé l'accident ? C'était possible, mais dans quel but ? Pour quelle raison se donnerait-on autant de mal à simuler la mort de quelqu'un sans pour autant s'assurer au moins que le véhicule de cette personne, celui qui était censé avoir causé sa mort, disparaisse ? La voiture de Sylvain était garée à la vue de tous, devant son lieu de travail.

Tant qu'elle ne disposerait pas de plus d'informations sur l'accident, tant qu'elle n'aurait pas épluché les images des caméras de surveillance alentour, elle n'avancerait pas. L'accident était le nœud du sujet, elle en était persuadée.

En attendant d'en savoir plus, elle décida de se concentrer sur une autre piste, celle que Tomlinson lui avait servie sur un plateau. Elle prit son carnet de notes et tourna quelques pages en arrière jusqu'à retrouver un nom qu'elle avait souligné. Elle ouvrit une nouvelle application sur son ordinateur et, dans la barre de recherche, inscrivit le nom : « CATHERINE RIOULT. »

78

Catherine se réveilla la première ; elle s'assit sur le bord du lit et s'étira en émettant un petit son de satisfaction qui sortit Sylvain de son sommeil. Les yeux à peine ouverts, il distinguait ses longues courbes gracieuses ciselées par la lumière qui traversait le rideau de la chambre. Le matin était en train de s'achever et Sylvain, alors qu'il se frottait la tête pour émerger, tentait de démêler dans ses souvenirs ce qui pouvait n'avoir été qu'un rêve ; avait-il vraiment rencontré une femme qu'il croyait être sa mère sans qu'ils se reconnaissent l'un l'autre ? Avait-il vraiment fui son bureau avec une femme qu'il connaissait à peine ? Était-ce arrivé seulement hier ? Un homme l'avait-il menacé avec une arme ? Il se rappelait vaguement être un photographe professionnel, spécialisé dans les mariages, mais dans le même temps ce souvenir s'estompait comme un rêve, sans toutefois disparaître vraiment. Non, quelque chose n'allait pas.

Catherine se recoucha près de lui et l'embrassa, chassant de son esprit toutes ces questions. Elle éclata de rire.

« Quoi ? demanda-t-il.

— Je n'aime pas être désagréable au réveil, dit-elle en lui couvrant la bouche après avoir marqué une pause. Alors disons qu'on devrait se brosser les dents avant d'envisager de recommencer à... voilà... »

Elle se leva d'un bond et se dirigea vers la salle de bains toujours allumée, la baignoire pleine d'une eau désormais froide dont elle ouvrit immédiatement la bonde. Du sac qu'elle avait rapporté de la pharmacie la veille, elle extirpa deux brosses à dents. Elle avait pris pour elle une brosse à dents classique et, pour Sylvain, une brosse pour enfant dont le manche représentait un lapin jaune. Elle s'était dit que ça le ferait sourire et que ça calmerait un instant sa migraine. Tandis qu'elle se brossait les dents, elle pensa qu'elle avait finalement trouvé mieux qu'un bain pour le détendre, et se détendre aussi dans la foulée... d'une pierre deux coups.

Lorsque Sylvain la rejoignit, il avait enfilé son boxer et attrapa, après une légère pause, sa brosse lapin ; il souriait, ce qui fit rire Catherine. Lorsqu'elle sortit de la salle de bains, elle enfila une culotte et un T-shirt, puis s'assit devant son ordinateur ; elle avait trouvé des résultats. Sylvain attrapa sur le bureau la bouilloire électrique pour la remplir d'eau ; une fois celle-ci branchée, Catherine entendit la douche couler. Elle commença la lecture des résultats de sa recherche.

De son côté, Sylvain, sous l'eau brûlante, était partagé : d'un côté, les événements qu'il vivait depuis vingt-quatre heures étaient sans conteste les plus traumatisants de sa vie, et d'un autre côté il ne pouvait s'empêcher d'être heureux de sa rencontre avec Catherine. Ils se connaissaient peu, c'était un fait, et sans doute l'adrénaline avait compté pour beaucoup dans leur rapprochement soudain, mais il ressentait pour cette femme quelque chose que, lui semblait-il, il n'avait pas ressenti depuis des années. Ce n'était pas un coup de foudre, c'était sans doute plus profond que ça et, dans le même temps, il se sentait comme un adolescent. Voilà. C'était ça, il se sentait comme un adolescent qui a demandé pour la première fois à une fille de l'accompagner à un rencard au moment où celle-ci lui dit « oui » en lui souriant. Il ressentait une excitation d'adolescent, et cela ne lui ressemblait pas.

Il sortit de la douche, s'enroula une serviette autour de la taille et s'aspergea de déodorant – *Catherine a pensé à tout*, se dit-il – avant de sortir de la pièce, prêt, comme elle l'avait mentionné, à « recommencer à... voilà... ».

Lorsqu'il se retrouva dans la chambre, Catherine lui tournait le dos. Il s'approchait d'elle lorsqu'elle referma brusquement son portable ; comme elle se retournait vers lui, il vit que sa mine était grave. Pire que cela, elle semblait avoir peur.

« Qu'est-ce qui se passe ? lui demanda-t-il.

— Tu connais une femme nommée Élise Guibert ? » À l'évocation de ce nom, des souvenirs le giflèrent si violemment qu'il eut un mouvement de recul...

« Élise Guibert, répéta-t-il pensivement... bien sûr que je connais Élise. On était ensemble au collège et au lycée, c'était mon premier grand amour. On est sortis ensemble pendant tout le lycée. » L'évocation de cette relation imprima un sourire nostalgique sur ses lèvres. Ils s'étaient séparés comme on se sépare à cet âge, pour des raisons essentielles alors mais qu'on a totalement oubliées depuis. « Pourquoi tu me parles d'Élise, soudainement ? Je veux dire... si après 24 heures t'en es déjà à enquêter sur mes ex, c'est flatteur, hein... mais c'est un peu flippant aussi, quand même. »

Mais Catherine ne souriait pas :

« Depuis hier soir, je fais des recherches sur toi et sur ta mère, pour essayer de comprendre ce qui se passe ; en plus des recherches classiques, je scanne des profils sur des sites comme Facebook, LinkedIn, Twitter... tous les réseaux sociaux sur lesquels je pourrais trouver des trucs. J'ai des algorithmes qui font ça tout seul ; dès qu'un nom ressort d'un résultat, il est automatiquement traité dans la foulée. Et le truc qui me surprenait, c'est que je ne trouvais aucune photo de toi, à part celle du trombinoscope de la boîte ; mais j'ai fini par trouver quelque chose. »

Elle regardait son ordinateur fermé. Elle pesait le pour et le contre ; si elle lui montrait et qu'elle s'était trompée sur son compte, elle était en danger. En même temps, elle voyait mal comment il était possible de modifier autant de choses sur Internet, surtout sans qu'elle se rende compte qu'on avait altéré des données. Elle observa Sylvain. Il cherchait à comprendre, il s'impatientait, c'était évident, mais il ne tentait rien ; il restait sur place en attendant la suite, et semblait inquiet. Elle décida de reprendre.

« La seule information importante que j'ai trouvée vient du compte Facebook d'Élise Guibert, née un 27 janvier et qui a grandi à Bordeaux ; c'est bien celle que tu connais ?

— Euh... oui, c'est bien ça... Mais qu'est-ce que t'as trouvé, tu me fais peur...

— Le compte est désactivé depuis plus d'un an, je pense que c'est pour ça que j'ai pu trouver cette info mais... je suis désolée, mais j'ai besoin que tu me le dises, droit dans les yeux : est-ce que tu me mens depuis le début ? »

Sylvain sembla surpris par la question ; en bredouillant des protestations, il tenta de s'approcher de Catherine mais, voyant son opposition, renonça et s'assit au pied du lit, non loin d'elle. Il ne voulait surtout pas avoir l'air menaçant. Il finit par faire une pause, respira un grand coup et, la regardant droit dans les yeux, lui répondit : « Je te jure que non. Dis-moi ce qui se passe, s'il te plaît. »

Elle soutint son regard. Il avait vraiment l'air sincère ; mais s'il l'avait dupée depuis le début, elle ne pouvait pas se fier à son instinct, parce qu'elle n'avait jamais senti la moindre malice chez lui. Et, se souvint-elle, c'était elle-même qui était venue le trouver, elle qui l'avait informé du danger, il n'avait pas cherché à la mêler à cette histoire. Alors elle ouvrit son ordinateur.

« Regarde », lui dit-elle.

Sur l'écran, un post Facebook qui datait d'une dizaine d'années, avec une photo plus vieille encore ; on y voyait Sylvain, alors âgé de 17 ans, un bras au-dessus de l'épaule d'Élise. Sylvain sourit en revoyant cette photo, il se rappelait très bien à quelle occasion elle avait été prise ; c'était son anniversaire, et sa mère lui avait offert une moto, il en avait rêvé pendant des années. Bien sûr, il s'agissait d'un petit scooter d'occasion, mais dans sa tête, c'était une Harley-Davidson. Sylvain remarqua ensuite le texte au-dessus de la photo. Élise avait écrit : « Tu me manques toujours autant. Bon anniversaire, “Monsieur S”. <3 »

Sous la photo, quelques cœurs et quelques émojis d'un visage qui pleure donnaient au post un caractère funèbre. Un seul commentaire, de Mylène Lacombe et décoré des mêmes émojis, tenait en à peine deux mots : « Mon bébé… »

Le sourire de Sylvain s'évanouit lorsqu'il comprit que ce post était une commémoration.

« Je ne comprends pas. »

Catherine se rendit compte qu'il n'avait pas encore vu l'essentiel et lui demanda : « Cette photo, tu la reconnais ?

— Bien sûr, je me rappelle très... »

La phrase resta en suspens alors que Sylvain s'était figé. Il avait enfin compris. Le jeune homme sur la photo, ce n'était pas lui.

79

Grégoire avait peu dormi. Il s'était assoupi dans une salle de repos, non loin du bureau de Nadja. Il avait passé la nuit à ressasser l'histoire que Richard lui avait contée. Il avait dû déployer de nombreux efforts pour ne pas exprimer son incrédulité. Ainsi donc, les agents de GlobalViz n'étaient pas simplement des personnes qui travaillaient sous couverture mais des agents dont la mémoire avait été trafiquée ; ils devenaient littéralement leur couverture. Grégoire savait que le cœur de l'activité de GlobalViz était l'espionnage industriel et non pas la sécurité, mais il était loin d'imaginer à quel point le fonctionnement de ces missions était avancé. Fournier, avait expliqué Richard, disposait d'une banque de « profils » dans une base de données, des ensembles de souvenirs de personnes décédées qu'il était capable de venir « installer » dans le cerveau d'une autre personne. Si n'importe qui d'autre que Richard lui en avait parlé, il aurait trouvé tout cela ridicule. Sylvain Guérin n'existait tout simplement pas. Ou plutôt, il n'existait plus. Le vrai

Sylvain Guérin était mort il y a plus de deux ans. Fournier avait eu accès à ses souvenirs et en avait fait un profil pour le dossier *GenTech*. « Comment a-t-il eu accès à ses souvenirs ? » avait demandé Grégoire. Richard avait été évasif : le Guérin originel était donneur d'organes, il était volontaire sans trop savoir pour quoi… Grégoire avait compris l'essentiel : rien de tout ça n'était légal, alors il ne fallait pas trop se poser de questions.

L'homme qui avait endossé le rôle de Sylvain Guérin, celui après qui il courait depuis la veille, cet homme était l'agent infiltré parfait qui ignorait lui-même ce qu'il était réellement. Il avait rejoint la société GenTech par la voie normale, en passant des entretiens, et avait été embauché pour des compétences qui résultaient de ses études. Le risque avec les agents infiltrés, avait indiqué Richard, c'était qu'on grille leur couverture ; même très entraînés, ils étaient toujours des humains et, sur une période suffisamment longue, ils commettaient des erreurs. Avec la technologie du docteur Fournier, il n'y avait pas d'erreur possible, les agents étaient bel et bien ceux qu'ils prétendaient être, et ce, jusque dans leur structure neuronale. « Et du coup, si Sylvain va voir sa mère à Bordeaux… » Grégoire avait laissé sa phrase en suspens, et Richard avait simplement complété : « Non seulement il ne la reconnaîtra pas puisqu'il pense que sa mère est une femme qu'on lui envoie régulièrement depuis deux ans, mais pire encore : elle ne le reconnaîtra pas. Pour elle, son fils est mort dans un accident de moto. »

Puis il avait pris un temps pour encaisser ce qu'il avait entendu avant de rediriger Richard sur sa priorité actuelle : il lui demanda comment était censée se passer une extraction. La procédure était simple : on faisait disparaître l'agent dans un « accident », de la façon la moins suspicieuse possible, Fournier s'occupait ensuite d'extraire de son cerveau les données dont on avait besoin, et on réimplantait à l'agent ses propres souvenirs, ses « vrais » souvenirs, à partir d'un enregistrement qu'on avait fait avant la mission. « En gros, avait dit Richard, on fait un *back-up*, une sauvegarde de son cerveau qu'on stocke quelque part, ensuite on l'envoie en mission et, quand la mission est terminée, on recharge le *back-up*. L'agent a alors un trou de quelques mois ou quelques années dans ses souvenirs.

« Et les agents sont au courant de tout ça ? Ils sont d'accord ?

— Bien sûr qu'ils sont volontaires ; ce qu'on efface dans leur cerveau, on le comble sur leur compte en banque. »

« Qui d'autre est au courant de tout ça ? » Richard était resté silencieux, et même soucieux ; il n'en avait aucune idée. Même pour ses clients les plus importants, ses agents étaient des professionnels qui travaillaient sous couverture, rien de plus. Nadja était intervenue : « Les procédures d'extraction n'ont rien de particulièrement mystérieux, pour ce genre d'activité », et le visage de Richard s'était rouvert.

Alors qu'il se remémorait cette discussion de la veille, Grégoire s'assit et passa sa main dans ses cheveux ébouriffés. En effet, les clients de Richard eux-mêmes savaient, pour la procédure d'extraction, en partie du moins : ils savaient qu'un accident était organisé, et que quelque temps plus tard ils avaient les infos qu'ils avaient achetées. Mais pour organiser l'accident de voiture de la veille, il avait fallu en savoir plus, il avait fallu avoir identifié Sylvain Guérin, alors que lui-même ne savait pas qu'il espionnait son employeur.

Le récit de Richard était totalement ubuesque, mais Grégoire pouvait le simplifier pour la mission qui le concernait : lorsque vous êtes poursuivi après avoir volé quelqu'un, celui qui vous suit travaille neuf fois sur dix pour celui que vous avez volé. Était-il possible que des gens chez GenTech aient grillé la couverture de Sylvain ? Lorsqu'il avait appris, quelques heures après cette discussion avec Richard, que leur agent à Bordeaux avait été retrouvé poignardé dans une ruelle en face de l'immeuble où habitait la mère du vrai Sylvain Guérin, dans l'esprit de Grégoire, cela ne faisait plus de doute : GenTech était devenu le suspect numéro 1.

Nadja entra dans la pièce, un café dans chaque main. « Bien dormi ? » demanda-t-elle puis, sans attendre sa réponse :

« On y retourne ?

— Il faut d'abord qu'on aille faire un tour chez ce docteur Fournier, répondit calmement Grégoire. J'ai encore quelques questions à poser... »

80

Bien sûr que toi, tu sais pourquoi je n'étais pas sur cette photo, pourquoi je ne pouvais pas y être. Et franchement, je n'avais pas encore eu le déclic, parce que c'est bien comme ça que je l'ai vécu, comme un déclic. J'avais de temps en temps des images qui traversaient ma tête, et je n'avais aucune idée de comment les interpréter... est-ce que c'était un rêve éveillé, le souvenir d'un film, ou autre chose ? Et c'est durant le trajet du retour que ça m'a frappé, d'un coup ; tout est devenu clair comme du cristal et j'ai été complètement dépassé quand j'ai réalisé que je me souvenais... de tout. Et comme j'ai l'impression que peu de choses ont été laissées au hasard, j'imagine que c'est précisément ce que tu attendais ; on n'est plus à ça près, maintenant, tu peux me le dire...

81

L'inspectrice Lambert était en route pour Issy-les-Moulineaux. En cherchant des informations sur Catherine Rioult, elle était tombée, presque par hasard, sur un événement Facebook intitulé « crémaillère surprise » ; Catherine n'avait pas de compte Facebook, mais des amis lui avaient organisé une fête pour son emménagement. Avant de partir du commissariat, Lambert avait fait une demande de localisation du téléphone de Catherine ; elle n'obtiendrait sans doute pas de résultat, c'était souvent le cas avec les informaticiens, mais ça ne coûtait rien d'essayer. Si Sylvain était passé par son domicile, elle trouverait peut-être quelque chose. Arrivée près de l'immeuble, elle repéra la voiture enregistrée au nom de Catherine. Elle se gara devant l'entrée et pénétra dans le hall. Elle allait demander des renseignements auprès de la gardienne, mais la loge était fermée. Elle se dirigea alors vers l'ascenseur. L'événement Facebook indiquait « 6ᵉ droite » ; elle monta.

Arrivée devant la porte, elle sonna et patienta. Rien. Aucun bruit ne sortait de l'appartement. Elle sonna à nouveau, attendit quelques secondes, puis frappa plus sèchement, mais s'interrompit après un seul coup : la porte s'était ouverte. Elle inspecta l'encadrement de la porte et comprit rapidement que celle-ci avait été enfoncée, et pas vraiment réparée. On avait bricolé un truc pour donner l'illusion que l'appartement était fermé, mais ce n'était pas le cas. Instinctivement, elle dégaina son pistolet. Elle fit méticuleusement le tour de l'appartement, mais ne trouva rien ni personne. L'endroit ne semblait pas abandonné et, mis à part la porte dont l'encadrement avait sauté, tout était parfaitement en ordre. Elle rengaina son arme et prit un instant pour faire le point. Quelque chose attira son attention dans la cuisine : ça avait été fugace et son esprit commençait déjà à passer à autre chose, mais elle bloqua ses réflexions. Elle avait assez d'expérience pour savoir que quand un flic a une intuition, c'est qu'il a vu quelque chose qu'une partie de son cerveau a cherché à cataloguer comme *important* sans en avoir le temps. Ce qui l'avait tracassée la fuyait. Elle tenta de faire le vide dans son esprit et refit un mouvement panoramique de la tête pour scanner la pièce, de gauche à droite et de haut en bas.

Elle comprit ce qu'elle avait failli manquer : sur le mur, derrière la table de la cuisine, à hauteur de genou environ, il y avait quelque chose qui détonnait. C'était petit, mais ce n'était pas de la même couleur que le reste du mur ; celui-ci était lisse, sauf à cet endroit-là. Elle s'approcha, puis se baissa pour être à la bonne hauteur. *C'est de l'enduit,* se dit-elle, *un genre de mastic de rebouchage.* De forme circulaire, d'un diamètre d'environ un centimètre, il pouvait s'expliquer de nombreuses façons, mais il pouvait aussi s'agir du rebouchage de l'impact d'une balle.

Elle attrapa un stylo dans la poche intérieure de sa veste et entreprit de presser ce dernier contre l'enduit. Le stylo s'enfonça sans difficulté, le mastic n'était pas sec. Si elle cherchait à en savoir plus par elle-même, elle risquait de dégrader des empreintes ou d'autres témoignages de ce qui s'était passé dans cette cuisine. Elle rangea son stylo et, dans le même mouvement, extirpa son téléphone. Elle appela le commissariat et demanda une équipe scientifique médico-légale. Il y aurait des prélèvements à faire. Elle n'était sûre de rien, mais son instinct lui disait que c'était unc scène de crime.

82

Catherine s'était habillée et avait demandé à Sylvain de garder ses distances. Il avait passé de longues minutes à lui dire qu'il ne comprenait pas, qu'il ne lui avait pas menti, que cette photo faisait partie de la machination engagée contre lui. Il avait l'air sincère, et elle avait envie de le croire, mais tout était arrivé trop vite. Elle avait besoin de faire le point. Elle lui demanda de la laisser tranquille quelques instants. Sylvain s'était reculé pour se mettre hors de son chemin tandis qu'elle cherchait ses chaussures et sa veste. Elle finit de s'habiller et s'apprêtait à sortir :

« Où tu vas ? demanda Sylvain du bout des lèvres.

— À la pharmacie… Je vais chercher tes médicaments et après… après, on verra. »

Non seulement Catherine ne savait plus quoi penser, mais elle ne savait même plus quelle émotion ressentir : la colère venait puis se dissipait en chagrin, aussitôt chassé par le doute et l'inquiétude. Le spectre complet des émotions se bousculait dans son esprit tandis qu'elle marchait dans la rue d'un pas pressé. Le monde autour d'elle n'existait plus et elle ne remarqua pas qu'un homme la suivait. On pouvait distinguer sur le dos de sa main gauche un tatouage qui disparaissait sous la manche de sa chemise. Et dans cette même main, il tenait quelque chose. Catherine n'eut même pas le temps de se rendre compte de quoi que ce soit lorsque, à un coin de rue, cet homme l'attrapa et porta l'objet à son cou. C'était une seringue, et il venait d'en vider le contenu. Catherine, passée la surprise initiale, eut une peur panique telle qu'elle n'en avait jamais connu : un frisson semblait provenir de l'intérieur de son bas-ventre et irradiait tout son corps jusque dans ses extrémités. Elle remarqua à peine qu'au même moment quelque chose de chaud partait de son cou et s'étendait également le long de sa poitrine, de son dos ; et lorsque cette vague de chaleur monta à sa tête, elle se sentit partir, épuisée. En quelques secondes à peine, elle avait perdu connaissance et AG la portait en direction d'une voiture sombre aux vitres teintées.

Et de une, se dit-il.

83

Le docteur Fournier était assis derrière son bureau. Face à lui, Grégoire et Nadja restaient silencieux.

Fournier était partagé : aurait-il dû les prévenir qu'il avait eu des nouvelles de Sylvain par l'intermédiaire de cette Catherine Rioult ? Aurait-il dû les mettre en garde sur ce qui se produirait si Sylvain ne prenait pas son traitement ?

Il fallait impérativement que Sylvain rentre sain et sauf, c'était pour le docteur une question de vie ou de mort ; il ne pouvait pas le leur dire, mais il se doutait que l'équipe en face de lui n'était pas nécessairement sur la même longueur d'ondes. Sylvain était le plus important de ses sujets d'étude.

Grégoire prit la parole :

« Docteur, j'ai eu hier une conversation intéressante avec Richard. Et pleine d'enseignements. Je n'ai aucun doute sur le fait que, dans les prochains jours, il va falloir que je démêle pas mal de trucs, notamment avec vous… Toutefois, là, maintenant, ce qui m'intéresse le plus, c'est que vous m'expliquiez à quel point il est possible que Sylvain se souvienne de compétences qu'il aurait apprises par le passé, lors d'anciennes missions, voire carrément dans sa vraie vie. »

Il avait mimé des guillemets pour parler, très clairement, de la « vraie » vie de Sylvain, celle qui précédait son intégration à GlobalViz. Grégoire fixait le docteur du regard.

Fournier se racla la gorge pour s'éclaircir la voix et réfléchit quelques secondes à la façon dont il allait répondre. Il n'avait aucun intérêt à leur mentir, mais il devait leur faire comprendre pourquoi il était essentiel de ramener Sylvain vivant.

« Je ne sais pas à quel point Richard vous a détaillé la procédure, mais disons la chose ainsi : le cerveau est une machine remarquable qui ne se laisse pas... pirater, pourrait-on dire... sans opposer de résistance. Nous avons mis au point un cocktail médicamenteux qui permet de stabiliser un profil ; je ne vais pas entrer dans les détails, mais disons que ce traitement permet d'éviter de faire resurgir des souvenirs qu'on aurait enfouis et, dans le même temps, de tempérer les sautes d'humeur du sujet. On a pu constater par le passé qu'en situation de stress violent, de crises de colère, de rage ou de peur panique... bref, dans des situations traumatisantes, certains des verrous que nous avons installés peuvent sauter. Certains souvenirs du sujet, antérieurs à son conditionnement, peuvent alors remonter à la surface.

Mais dans tous les cas, lorsqu'une telle chose se présente, il faut bien comprendre que le cerveau ne se laisse pas submerger ainsi sans réaction ; n'importe quel cerveau, le vôtre, le mien, travaille constamment à construire une interprétation continue et rationnelle de la réalité perçue. »

Grégoire venait de froncer les sourcils ; il ne semblait pas avoir saisi.

« Les gens ont tendance à croire que les souvenirs qu'ils ont sont comme des films : ils enregistrent avec leurs yeux, leurs oreilles, leur nez… bref, ils appuient sur *"record"* avec leurs sens comme sur une caméra, et tout ça finit dans le cerveau comme un fichier sur un disque dur. C'est faux. Notre cerveau enregistre des sensations données à des instants donnés : une odeur, un visage, une expression faciale, un mot, etc., et c'est l'ensemble de toutes ces sensations qui va constituer un souvenir. Lorsqu'on se rappelle un souvenir, il y a donc des trous, comme dans un puzzle dont il manquerait un paquet de pièces, et le cerveau les comble alors pour donner une interprétation continue et rationnelle de ce souvenir, comme s'il s'agissait effectivement d'un film. Mais il faut bien comprendre que lorsque le cerveau comble ces trous, il n'hésite pas à inventer. Si vous vous rappelez, par exemple, votre dixième anniversaire, le souvenir que vous allez former de vos parents provient peut-être d'un autre moment, bien plus récent, de votre histoire personnelle.

— Vous voulez dire qu'on ne peut pas se fier à l'exactitude de nos souvenirs ? Même les souvenirs récents ? demanda Nadja.

— Je veux dire qu'absolument TOUS vos souvenirs sont faux d'une manière ou d'une autre. Les travaux sur l'effet de désinformation d'Elisabeth Loftus, dans les années 1970, ont montré à quel point il est facile de berner le cerveau sur ce dont il se souvient ; je pourrais facilement vous faire croire que vous avez, lorsque vous étiez enfant, pris le thé avec le prince Charles, et vous vous rappelleriez sincèrement des souvenirs précis à ce sujet que je n'aurais même pas évoqués : le temps qu'il faisait, la tasse que vous avez utilisée, des détails que votre cerveau irait piocher ailleurs dans votre mémoire pour constituer un souvenir continu, et rationnel. Ça, c'est pour le fonctionnement normal d'un cerveau normal.

« Lorsqu'on implante un profil chez un sujet, on lui installe tout un ensemble de souvenirs qu'on a collectés chez quelqu'un d'autre ; cela permet de créer une couverture absolument parfaite. Mais le cerveau n'aime pas que l'on fasse cohabiter deux vies dans le même crâne. Mettons que je vous implante le profil de votre partenaire ici présente ; en réalité, ça poserait des problèmes dus au fait que vous n'avez pas la même physiologie, mais oublions ça pour l'instant. Une fois le profil installé, vous répondriez au nom de Nadja et vous auriez globalement les souvenirs de Nadja. Mais il faudrait s'assurer que lorsque vous vous rappelleriez un souvenir de Nadja, votre cerveau à vous ne comble pas les trous avec des souvenirs qui vous sont propres, tout comme on devrait s'assurer que la Nadja qui est en vous n'accède pas spontanément à ces souvenirs qui lui sont étrangers. Vous comprenez ?

« Oui, répondit Grégoire, le cerveau est un organe complexe, j'ai pigé. Mais ce que je voudrais surtout savoir, c'est pourquoi Sylvain se bat comme un soldat alors qu'il n'est pas censé avoir de formation militaire. Quoi que Richard puisse en penser, pour moi, ça signifie qu'il a reçu une formation au combat, qu'il s'en souvienne ou non. Du coup, j'ai deux questions simples, auxquelles j'attends des réponses simples, et pas un cours magistral : qu'est-ce qui peut faire qu'il se souvient des choses dont il n'est pas censé se souvenir ? Et s'il se rappelle son passé, à quoi doit-on s'attendre de notre côté pour pouvoir le ramener ici ? »

Nadja voyait bien que Fournier était perplexe. Elle ne l'avait que très peu côtoyé, mais elle déchiffrait sans peine son expression ; la situation que Grégoire venait d'évoquer était soit inédite, soit particulièrement… emmerdante.

« Docteur, je sais bien qu'il y a des choses qui sont confidentielles, ou simplement incertaines… Mais j'ai bossé sur suffisamment de missions ici pour savoir que ce qui se passe avec Sylvain dépasse le cadre des autres missions, et pas seulement parce que cette mission serait plus importante que les autres. Je n'ai jamais vu un agent travailler sous différentes couvertures pour plus de deux ou trois ans. Sylvain était déjà sur une autre mission quand j'ai commencé à travailler ici. À ma connaissance, il a effectué plus de missions, et pendant plus de temps, que n'importe quel autre agent ici... Y a-t-il quelque chose de particulier à son sujet qu'il faut que nous sachions ? »

Quelque chose changea, subtilement, sur le visage de Fournier ; pour Grégoire, c'était le signe que Nadja avait frappé juste.

84

Sylvain tournait en rond dans la chambre d'hôtel. Une quantité invraisemblable de souvenirs se bousculaient dans son esprit : des chansons, des photos, des conversations, des visages. Mais tout était flou. C'était comme si, d'un coup, il se souvenait de toute sa vie, mais que chacun de ses souvenirs restait hors de portée, comme lorsqu'un mot reste coincé sur le bout de la langue. Il s'assit à la place qu'occupait Catherine quelques minutes plus tôt, devant son ordinateur, et observa une fois de plus la photo qu'elle lui avait montrée. Il se rappelait le lieu, l'événement, et même chaque personne présente ce jour-là, et pourtant il n'en reconnaissait aucune.

Il décida d'observer froidement la situation ; il n'y avait pas des centaines de possibilités, non plus. La photo ne pouvait être qu'une mise en scène. La femme qui occupait l'appartement de sa mère et qu'il n'avait pas reconnue devait être dans le coup. Alors qu'était-il arrivé à sa vraie mère ?

Il fut pris d'une panique si grande qu'il ne chercha même pas à l'empêcher de le submerger ; heureusement qu'il était assis, il ne sentait plus ses jambes. En revanche, il se sentait nauséeux et sur le point de vomir. Une vrille métallique et probablement rouillée lui traversa le crâne mais il ne hurla pas, non parce qu'il parvenait à maîtriser la douleur, mais parce qu'il n'avait plus la force de hurler. Il sentait quelque chose se produire en lui qui lui fit un effet inconnu ; son esprit « déménageait ». Des centaines d'images se bousculaient devant ses yeux, sous ses paupières, des images qu'il ne comprenait pas mais qui lui semblaient de plus en plus familières. *Je suis en train de mourir*, se dit-il en voyant défiler toute sa vie devant lui... Non... Pas toute sa vie. Plusieurs vies défilaient devant lui. Il était épuisé. Sentant qu'il allait vomir, il trouva l'énergie suffisante pour basculer son corps vers l'avant et tirer de sous le bureau la corbeille à papier. Il se vida totalement. Il s'attendait à se sentir mieux après avoir vomi, mais ce fut encore pire. Il avait l'impression d'avoir un gouffre en lui et se sentait partir.

Parmi tout le vacarme intérieur qui bouillonnait dans sa tête avec de moins en moins d'énergie, il entendit la porte s'ouvrir, et une toute petite parcelle de sa conscience y trouva satisfaction ; *elle est revenue*, se dit-il. Il tenta de relever la tête mais, avant d'avoir pu effectuer le moindre mouvement, il sentit quelque chose de chaud calmer sa douleur, irradier son corps, puis sa tête et son esprit. Puis rien.

Et de deux, se dit AG.

85

« Comme vous le savez peut-être, nous surveillons de très près le cerveau de nos agents entre chaque mission. En revanche, ce que vous ne savez sans doute pas, c'est que nous le faisons parce que ces agents finissent tous par développer… comment le dire simplement… des tumeurs. »

Le docteur Fournier attendit avant de poursuivre, prêt à devoir répondre à des regards réprobateurs et autres injonctions éthiques ou morales. Mais Nadja et Grégoire ne dirent rien. Il reprit :

« Nos recherches continuent pour tenter de comprendre ce qui déclenche les… symptômes. Notre compréhension, c'est que le cerveau tente de s'adapter à des nouvelles connexions neuronales qu'on force artificiellement, qu'il y arrive un temps, mais qu'immanquablement il finit par échouer. Que ce soit parce qu'on a tenté d'intégrer trop de nouveaux profils ou parce qu'on a laissé trop longtemps un profil installé, et même si les symptômes ne sont pas toujours exactement les mêmes, le cerveau en vient toujours à abdiquer et à produire des excroissances qui finissent par tuer le sujet. Toujours, sauf dans le cas de Sylvain. »

À ce moment-là, Grégoire comprit qu'il avait mal estimé la nature de sa mission ; jusqu'alors, il pensait que l'essentiel de son travail était de récupérer les informations dont Sylvain disposait et de nettoyer tout ce qui devait l'être. Pour la première fois, il se dit que sa priorité était qu'il fallait avant toute chose récupérer Sylvain. Il tourna la tête vers Nadja qui le regardait avec un air interloqué. *Elle doit penser la même chose que moi*, se dit-il, rassuré de voir qu'il n'avait pas été le seul à se méprendre.

« Pourquoi lui, en particulier ? Qu'est-ce qu'il a de spécial ? demanda Nadja.

— On n'en a aucune idée, répondit calmement Fournier ; puis, sur un ton plus personnel, presque suppliant : il faut juste que vous le rameniez sain et sauf, le reste n'a aucune espèce d'importance. »

Grégoire esquissa un sourire. *Mais bien sûr, pourquoi n'y a-t-on pas pensé plus tôt ?* pensa-t-il cyniquement. Le docteur Fournier coupa court à ce bref sourire : « Au fait, je ne l'ai pas dit à Richard, j'aurais peut-être dû, mais j'ai été contacté hier par une jeune femme, Catherine quelque chose, qui m'a dit qu'elle était avec Sylvain et qu'elle avait besoin d'une prescription pour le renouvellement de ses médicaments.

— Quoi ? Mais pourquoi ne pas en avoir parlé plus tôt ? ! s'écria Nadja.

— Je sais, c'était sans doute une erreur, mais je ne peux pas risquer que vous lui fassiez du mal et, dans le même temps, il est crucial qu'il prenne son traitement régulièrement.

— Si vous nous l'aviez dit plus tôt, on aurait pu le trouver, lui parler, le ramener ici en toute sécurité, l'interrompit Nadja, et on ne serait pas...

— Que se passera-t-il s'il interrompt son traitement ? »

Grégoire avait posé cette question d'un ton calme et posé, et avec suffisamment de fermeté pour qu'elle impose un silence glaçant. Il observait les expressions de Fournier ; son visage exprimait de la méfiance et de la peur. Par instants, il l'aurait juré, il croyait même déceler de la terreur, le même genre d'expressions qu'il pouvait voir dans le regard de quelqu'un qui sait qu'il n'a plus que quelques secondes à vivre. Au moment où le docteur allait répondre, Grégoire eut un mouvement vers lui : il se pencha en avant et baissa légèrement la tête pour apparaître un peu plus menaçant. Le message était clair : on a fini de jouer, doc. Fournier hésita encore un temps puis, sans quitter des yeux le regard froid de Grégoire, il répondit :

« Je ne sais pas. C'est un cas de figure qui ne s'est jamais produit. Son cerveau pourrait s'emballer et lâcher, il pourrait avoir des hallucinations, voire une attaque... »

Grégoire s'approcha encore un peu plus du visage de Fournier et dit doucement, presque en chuchotant :

« Qu'est-ce que vous craignez qu'il arrive s'il arrête son traitement, docteur ? »

Et Fournier sembla soudain beaucoup plus vieux, beaucoup plus fatigué qu'à peine dix secondes plus tôt. Presque incapable de contenir sa panique, il répondit dans un souffle :

« Il risque de se souvenir. De tout. »

Nadja se leva, suivie par Grégoire qui, se dirigeant vers la porte, se retourna pour poser une ultime question :

« L'opération laisse-t-elle une cicatrice, ou une marque quelconque ? »

Le docteur fut surpris par cette question qui l'extirpa de sa torpeur. « Comment ?

— Lorsqu'un de vos agents reçoit une... installation de profil... est-ce que c'est une opération qui laisse une trace, une cicatrice, quelque chose ?

— Derrière l'oreille, une petite incision. Et sur le haut du crâne, un peu vers l'arrière, également. Mais c'est très discret, les cheveux cachent parfaitement les cicatrices. »

Les deux agents sortirent alors du bureau. Dans le couloir, Nadja se tourna vers Grégoire, ne sachant pas s'il aurait quelque chose à dire de plus qu'elle, mais Grégoire l'arrêta et lui attrapa la tête à deux mains. Il la fit se retourner et, passé la surprise, il fallut à Nadja quelques secondes pour comprendre ce qu'il faisait : il cherchait cette cicatrice. Elle pensa un instant s'offusquer, mais il avait raison : il ne pouvait pas se fier à sa sincérité. Il examina attentivement derrière ses oreilles, dégagea ses cheveux mèche par mèche sur le haut de sa tête, mais ne trouva rien. Elle se retourna face à lui et comprit. Puis Grégoire tourna le dos à Nadja et se baissa un peu pour qu'elle puisse l'examiner à son tour. Rien.

Nadja brisa le moment de silence en prononçant des mots auxquels Grégoire n'avait alors rien à répondre :

« Et maintenant, on fait quoi, putain ? »

86

Ça commençait à faire long. D'accord, il ne s'était passé qu'un peu plus de vingt-quatre heures, mais il aurait déjà dû avoir des nouvelles, il en était sûr, ne serait-ce que pour le tenir informé de la situation. Derrière son bureau massif au lourd plateau de verre sur lequel trônait un large écran d'ordinateur, Henri Codat s'impatientait. Il était descendu tôt de son loft, en partie parce qu'il n'avait pu dormir que très peu, et aussi parce qu'il n'avait pas réussi à contacter Erika. Elle aurait sans aucun doute réussi à le détendre, mais malgré ses messages, elle n'avait pas rappelé. Alors il avait tourné en rond une bonne partie de la nuit pour finir par somnoler à peine deux ou trois heures devant des programmes ineptes à la télévision. Sitôt le soleil levé, il était descendu à son bureau. Il ne voulait pas appeler Richard, il estimait que ce n'était pas à lui de le faire, mais il trouvait cette idée de plus en plus puérile. Non, il allait appeler Richard, et il allait le « recadrer ». Cette mission avait coûté horriblement cher ces deux dernières années, il avait déjà prévenu les principaux actionnaires de la société, il fallait que Richard délivre le paquet ou, *a minima*, qu'il donne un calendrier clair de livraison. Il attrapa son portable lorsque son téléphone fixe émit un bip. C'était son assistante. Il activa l'interphone.

« Il y a ici un homme qui dit avoir rendez-vous avec vous, mais je ne vois rien dans votre agenda. Il s'agit de Monsieur Michael Tomlinson, de la société GenTech. »

Cette phrase se perdit dans le silence du bureau de Codat. Pour quelle raison qui que ce soit de chez GenTech viendrait le voir, qui plus est Tomlinson ?

Henri le connaissait peu, mais suffisamment pour savoir à qui il avait affaire. Michael était un serpent qui, tel un *mercenaire d'entreprise*, se battait pour celui qui signait ses chèques. Mais il ne le faisait pas avec des armes. Il était beaucoup plus vicieux que cela.

« Monsieur Codat ? »

Pour que l'assistante rappelle ainsi sa présence au bout de la ligne, il avait dû se passer de longues secondes. Henri ne pouvait pas se permettre de montrer à quel point il ne comprenait pas la situation actuelle. Aussi s'empressa-t-il de répondre :

« Oui, oui, faites-le entrer, merci. »

Lorsque la porte s'ouvrit, Tomlinson arborait un large sourire et dit à Henri :

« Mon ami, ça fait trop longtemps qu'on ne s'est pas vus ! »

Henri sourit à son tour et désigna à Tomlinson la table ronde sur le côté de la pièce et, alors qu'ils s'installaient, il demanda deux cafés à son assistante, qui referma la porte en sortant. Le sourire d'Henri disparut lorsqu'il s'assit. Celui de Michael, en revanche, devint carnassier.

« Ça ne va pas, Henri ? Tu as l'air soucieux… tu as perdu quelque chose ? »

87

Marion Lambert était assise dans le canapé du salon, chez Catherine Rioult. C'était la seule pièce dans laquelle l'équipe du service médico-légal lui avait permis de rester. C'était ça ou partir, et il était hors de question qu'elle parte. De là où elle était, elle voyait passer, de temps en temps, une silhouette en combinaison blanche, avec un masque, une charlotte, des chaussons, des mains gantées de latex qui tenaient un sac plastique, une éprouvette, une mallette... Il y avait de l'agitation, et elle n'avait pas le droit d'y prendre part, puisqu'elle n'était pas compétente en la matière. En arrivant, le responsable lui avait demandé ce qu'elle avait fait en entrant dans l'appartement, sans omettre le moindre détail : les pièces qu'elle avait visitées, les meubles qu'elle avait touchés, les poignées de porte, les interrupteurs, etc. Elle s'était rappelée du mieux qu'elle pouvait, mais elle était certaine qu'on trouverait également ses empreintes quelque part sans qu'elle se souvînt comment elle les y avait déposées. Elle avait indiqué ce qu'elle avait remarqué et qui pouvait être un impact de balle dans le mur de la cuisine, aussi cette pièce fut-elle la première étudiée ; celle qui allait déterminer s'il était nécessaire de poursuivre ou non les investigations.

Il avait suffi de quelques secondes pour extraire la balle dans le mur, et Lambert se félicita intérieurement de n'être pas allée la chercher elle-même. Cette balle, ou plutôt ce qui restait de la balle, se trouvait désormais dans un sac plastique étiqueté, posé sur la table basse du salon. Marion attrapa le sac avec précaution et en examina le contenu attentivement. Le projectile était écrasé, en plusieurs morceaux, mais ça ressemblait à un calibre 9 mm. Compte tenu des dimensions de la pièce, le coup avait dû être tiré à bout portant, il pouvait s'agir d'une exécution. Mais surtout, la balle était ensanglantée. Était-ce le sang de Sylvain Guérin ? de Catherine Rioult ? de quelqu'un d'autre ?

Il faudrait encore plusieurs heures à l'équipe scientifique pour passer l'appartement au peigne fin, trouver d'autres éventuelles traces de sang, des fibres, ou des résidus de poudre, mais la découverte de la balle avait déclenché tout un mécanisme d'enquête, en partie administratif, que Marion Lambert ne contrôlerait bientôt plus du tout. Elle reposa le sac plastique sur la table et prit son mal en patience. Elle attendait d'avoir quelques informations sommaires de l'équipe scientifique avant de partir faire son rapport ; si le dossier était bien plus gros qu'elle ne l'avait initialement pensé, elle ne voulait même pas imaginer l'effet que cela produirait sur son capitaine. On était désormais loin de l'accident de voiture qui n'avait fait aucune victime, et Lambert sentit dans ses tripes qu'il risquait d'y avoir d'autres victimes.

88

Je ne sais pas combien de temps j'ai été dans les vapes ; tu pourrais me dire qu'il s'est passé deux heures, deux jours ou deux mois, je n'en ai aucune idée. Par contre, ce que je peux te dire, c'est que je comprends bien mieux comment on en est arrivé là. C'est pour ça qu'il va falloir que tu te décides à me détacher. Je t'assure que, quoi que tu penses et quoi que tu cherches, c'est la seule chose sensée que tu puisses faire, à l'heure actuelle. Et, dans ton intérêt, j'espère que Catherine va bien. Sinon quoi ? Sinon, tu n'as pas idée d'à quel point tu n'as pas fini de le regretter, Michael…

« Je suis tout à fait d'accord, et je ne demande pas mieux que de te détacher, mais j'ai d'abord besoin de savoir que tu ne vas pas faire de bêtise. »

Cela faisait longtemps que Sylvain était dans ce laboratoire, assis sur un fauteuil métallique, les poignets entravés par des lanières de cuir qui le maintenaient en place. Il était torse nu et de nombreuses électrodes couvraient son torse et ses tempes. Depuis combien de temps était-il ici ? Il n'aurait pas su le dire. Régulièrement, un type en blouse, qui restait silencieux derrière des moniteurs au fond de la pièce, s'approchait avec une seringue, le piquait, et Sylvain perdait connaissance. S'était-il passé plusieurs jours ? C'était possible ; Sylvain avait faim, sa bouche était pâteuse, mais il n'était pas affamé. On lui avait donné à manger et à boire, de la soupe et de l'eau, à plusieurs reprises, mais impossible de savoir à quel rythme. En face de lui, à moins de deux mètres, Michael était assis sur une chaise, métallique elle aussi. Il lui avait demandé de raconter son histoire, et Sylvain avait tout déballé ; il n'avait eu aucune raison de se taire, et Michael lui avait promis des explications. Mais jusqu'à présent, c'était Sylvain qui avait parlé.

Plus que tout, Sylvain était inquiet au sujet de Catherine. Était-elle également prisonnière ? Avait-elle pu s'échapper ? Et surtout : était-elle encore en vie ?

« Quel genre de bêtise est-ce que tu voudrais que je fasse, hein, Michael ? Je ne sais toujours pas ce que je fous ici, pas plus que ton rôle dans toute cette histoire de dingue...

— Ce n'est pas cette question qui m'intéresse, tu le sais. Ce que je veux savoir c'est ce dont tu te souviens de ta vie d'avant. »

Durant les différentes sessions d'interrogatoire qu'il venait de subir, Sylvain avait eu plusieurs fois la sensation de perdre la tête.

Au début, il pensait qu'il avait été drogué, mais cette impression s'était estompée. Il sentait bien que des choses tentaient de se mettre en place ; c'était comme si les événements de sa vie avaient été jetés pêle-mêle sur une grande table. De plus en plus d'images lui traversaient l'esprit, et elles étaient de moins en moins confuses, même s'il ne parvenait pas encore à leur donner de sens. Des laboratoires, des chambres d'hôpital, des cellules, peut-être de prison, des gens qui parlaient polonais, allemand, russe, tant de langues que, semblait-il, il parlait couramment.

« De quoi tu veux que je me souvienne, exactement ? Je te jure que je ne sais pas où tu veux en venir…

— OK, alors faisons ça dans l'ordre, si tu veux bien. Est-ce que tu te rappelles ta rencontre avec le docteur André Fournier ? »

89

Nadja tournait en rond comme un lion en cage. Grégoire gérait bien mieux qu'elle la frustration, du moins en façade. Il avait l'air stoïque, elle avait l'air furieux.

« Trois jours, répétait-elle en boucle, ça fait trois jours que Richard nous a dit de nous mettre en *stand-by*, sans qu'on sache pourquoi ; ça ne t'énerve pas ? »

Grégoire lisait son journal et tentait le plus possible d'éviter d'intervenir sans pour autant se montrer vexant. Richard leur avait effectivement demandé de cesser toute activité de recherche, pour l'instant, mais c'était lui le patron, point. Nadja s'était énervée le jour même, le lendemain, puis le jour d'après, et encore une fois ce matin. Grégoire devait se rendre à l'évidence, ne pas réagir ne la calmait pas, c'était même tout le contraire qui se produisait. Il décida donc, malgré lui, de poser son journal et, le plus calmement possible, de lui répondre :

« Écoute… il y a trois jours, il s'est passé quelque chose ; toi et moi, on ne sait pas quoi, mais à la suite de cela, Richard a reçu un appel, puis nous a demandé de tout arrêter. Il n'a pas remis en cause nos compétences – d'ailleurs je n'ai jamais remis en cause tes compétences –, il n'a pas émis de doute quant à notre façon de travailler… Il… il s'est juste passé quelque chose qu'on ignore et qui a changé la donne. C'est tout. J'aimerais autant que toi avoir le fin mot de cette histoire, mais ce n'est pas notre boulot. »

Grégoire crut un instant qu'il avait réussi à la calmer quand elle se remit à faire les cent pas dans son bureau :

« Non, je regrette, mais non. On est passés de "ceci est la mission la plus importante" à "bon, c'est pas grave, rentrez chez vous, y a rien à voir" ; je ne sais pas à qui Richard a parlé, mais il y a quelque chose qui a changé, je suis d'accord avec toi. Sauf que moi, je veux savoir ce qui a changé parce que, d'une part, je ne suis pas complètement sûre qu'on n'a pas été évincés du truc et que, d'autre part, je ne suis pas complètement sûre non plus que Richard ait la totale liberté de ses mouvements. Si Richard est menacé, d'une manière ou d'une autre, ça expliquerait pourquoi, subitement, on doit tout arrêter. Je pense qu'on est sur une bonne piste en creusant le passé de Sylvain avec Fournier. Et je pense que c'est une bonne piste parce que c'est la seule piste qui nous reste. »

Nadja se dirigea vers son bureau et déverrouilla son ordinateur.

« Qu'est-ce que tu fais ? lui demanda Grégoire.

— Richard nous a dit de ne pas partir à la recherche de Sylvain, mais il ne nous a pas interdit d'aller fouiller son passé, que je sache... Maintenant, toi, tu fais comme tu veux... »

Grégoire regarda un instant Nadja puis se leva, attrapa une chaise en soupirant et vint s'asseoir à côté d'elle.

90

Richard était inquiet, et c'était un euphémisme. Trois jours plus tôt, son téléphone avait sonné, c'était Codat. Richard avait décroché avec beaucoup d'appréhension ; ce n'était pas le genre d'Henri d'appeler toutes les cinq minutes pour prendre des nouvelles, et il appelait sans doute pour passer ses nerfs. Et il aurait eu raison, Richard en convenait. Rien ne se passait correctement sur ce dossier : quelqu'un avait fait capoter leur extraction et semblait toujours avoir au moins un coup d'avance sur eux. Quelques instants auparavant, Richard avait appris qu'un de ses agents à Bordeaux avait été assassiné et retrouvé dans une ruelle, un gars qui avait été placé par Grégoire devant l'appartement de la mère du vrai Sylvain Guérin. Richard avait décroché.

« Bonjour Richard, c'est Henri ; je vous appelle concernant notre affaire en cours… J'ai besoin que vous mettiez l'opération en *stand-by* pour l'instant. »

Richard n'en croyait pas ses oreilles ; non seulement cela ne ressemblait pas à Codat de vouloir temporiser, qui plus est sans une raison valable, mais de plus ce dossier était crucial pour lui, Richard le savait grâce aux indiscrétions de Louise. Il se douta tout de suite que quelque chose n'allait pas. « Henri, est-ce que tout va bien ? Y a-t-il quelque chose que je dois savoir ?

— Simplement ce que je viens de vous dire ; je vous tiendrai informé lorsque la situation aura changé. Je peux compter sur vous ?

— Euh... bien sûr, Henri, mais je... »

Henri Codat avait raccroché. Richard resta figé de longues secondes avant de reposer le combiné, le regard perdu dans le vide. Comprenant que quelqu'un, quelque part, continuait d'avoir des coups d'avance sur lui, il se posa la question qu'il redoutait le plus dans son activité : *Est-ce que je ne me fais pas complètement balader depuis le début de cette mission ?*

91

Trois jours avant que Sylvain n'évoque sa rencontre avec Fournier, trois jours avant que Nadja ne décide de reprendre les choses en main, quelques minutes à peine avant que Richard ne reçoive l'ordre de cesser toute activité concernant Sylvain, Michael Tomlinson s'était assis en face d'Henri Codat et lui avait demandé s'il avait perdu quelque chose. Henri avait pensé feindre la surprise, mais c'était inutile ; il connaissait suffisamment Michael pour savoir qu'il n'était pas homme à bluffer et que s'il s'était présenté de façon impromptue, c'est qu'il avait de bonnes cartes en main. Henri fut tout de même surpris par la formulation. Il ne pensait pas avoir perdu quoi que ce soit. Si quelqu'un dans ce bureau avait perdu quelque chose, c'était plutôt Michael. À moins que…

« On ne va pas tourner autour du pot, Henri. Ça fait deux ans que tu as fait infiltrer GenTech pour extraire une technologie dont, sincèrement, je ne sais pas comment tu as entendu parler, bravo pour ça, j'aimerais vraiment savoir comment tu as fait, mais disons qu'on verra ça une autre fois. Les gens que tu as engagés pour extraire cette technologie… ils ont échoué. Ils n'ont pas la technologie, et ils n'ont plus leur agent. »

Henri ne sentait plus ses jambes et s'évertuait à ne pas laisser transparaître la panique qui lui traversait le corps. Michael lui posa une main sur l'épaule en riant :

« Allons Henri, ne t'inquiète pas, je suis juste venu parler avec un ami, ce ne sont pas tes funérailles. Les amis, c'est fait pour s'aider, n'est-ce pas ? »

En temps normal, il aurait fallu qu'Henri réfléchisse, très vite, anticipe toutes les possibilités, détermine sa position exacte sur l'échiquier et calcule le meilleur coup à jouer. Mais il en était incapable. Il était pétrifié. Il parvint seulement à balbutier un « je ne sais pas de quoi tu parles », ce qui sembla agacer Michael, qui sortit son téléphone de la poche intérieure de sa veste et, tout en déplaçant son pouce sur la surface de l'écran tactile, dit : « Nous n'avons pas vraiment de temps à perdre avec ce genre d'idioties. » Il lui tendit le téléphone où, sur l'écran, on voyait la photo d'un homme attaché à une chaise, des électrodes posées sur son torse nu.

« Voilà l'homme dont tu attends l'extraction depuis hier ; c'est nous qui avons organisé l'accident, GlobalViz n'a jamais récupéré son agent. Ils le cherchent… ça pour le chercher, ils le cherchent, mais ils ne le trouveront pas, c'est nous qui l'avons. On peut avancer, maintenant ? »

Tandis que Michael rangeait son téléphone, Henri repensa à sa conversation de la veille avec Richard. Ce dernier avait tenté de lui dire que quelque chose n'allait pas, mais il avait également insisté sur le fait que tout serait réglé en quelques heures.

« Qu'est-ce que tu veux ? » demanda Henri.

Michael se reposa contre le dossier de sa chaise en souriant :

« Ce que tu cherches à faire, depuis deux ans, ton *gros projet*, c'est d'associer notre technologie génétique à votre nanotechnologie. Et je dois te dire sincèrement : je pense que c'est une excellente idée. Conjuguer ces deux technologies nous permettrait d'avoir tellement d'avance sur la concurrence, si toutefois on peut parler de concurrence, qu'on s'offrirait un monopole dans le domaine de la santé comme dans le domaine militaire. Je suis d'accord avec toi, il faut que les deux technologies appartiennent à la même société. Sauf que ce ne sera pas la tienne. Les gens pour qui je travaille… ont des moyens. Des moyens énormes. Au point de ne pas avoir envie de perdre du temps pour grappiller quelques millions par-ci par-là. Je suis en train de te parler de complexe militaro-industriel américain ; fais-moi confiance quand je te dis qu'ils ont les moyens. On ne va pas chercher à voler ta technologie, on n'a pas besoin de faire ça. Ce qu'on va faire, et qui est bien plus facile, c'est qu'on va acheter ta technologie. Toi et moi, on va discuter ensemble, puis on va discuter avec des avocats, et organiser le rachat de ta société par GenTech. C'est pour ça que je suis venu te voir aujourd'hui. Pour te convaincre que c'est la meilleure chose à faire, et pour te rassurer sur le fait que tu as un bel avenir devant toi au sein de notre groupe. »

Codat était stupéfait. Il savait bien que Michael avait toutes les cartes en main, dont certainement un paquet qu'il n'avait pas encore exposé, et pourtant il semblait vouloir tenir un discours raisonnable. Henri n'avait pas envie d'être dupe ; il se disait que si les rôles étaient inversés, il chercherait à écraser son interlocuteur comme un insecte. Mais d'un autre côté, il fallait laisser cela aux Américains : ils étaient capables de vous broyer sans l'once d'une hésitation pour arriver à leurs fins ; pour autant, s'il suffisait de signer un gros chèque pour l'éviter, cela ne leur posait pas de souci majeur. Un des avantages des intrications complexes entre les grosses industries et le Congrès résidait dans la capacité de débloquer des budgets démentiels d'un simple coup de téléphone. Henri devait couvrir ses arrières, bien sûr, mais il avait la sensation d'être *à poil*, et il n'allait pas risquer de finir en prison ou ruiné pour une affaire d'ego. Si Michael était sérieux, alors il était prêt à négocier.

« Et comment je fais pour justifier un rachat à mon conseil d'administration ? demanda-t-il.

— Tu vas leur expliquer que la technologie n'est pas encore au point et que tu as d'ores et déjà un acheteur ; les actionnaires européens vivent depuis des décennies dans l'espoir constant de se voir racheter leurs parts par un géant américain. Ils ne feront pas les difficiles. Tu vas faire d'eux des gens encore plus riches, je suis convaincu que tu n'auras pas de difficulté à les convaincre.

— Et moi ?

— Oui... et toi... »

Michael observa Henri de la même façon que ce dernier regardait une femme : il le détailla de bas en haut comme un objet qu'il allait ajouter à sa collection. Instinctivement, Henri se redressa sur sa chaise et Michael esquissa un sourire.

« Je vais te faire une proposition, poursuivit Michael, mais attention, cette proposition n'est pas négociable, et tu dois me répondre avant que je ne quitte ton bureau. La voici : Nocell va devenir une filiale de GenTech, mais tu vas en conserver la présidence. En plus des éventuelles parts que tu aurais déjà ici, nous t'offrons 5 % de la société. Je pourrais également te parler de salaire, d'augmentation, de stock-options, d'avantages divers et variés, mais je trouve ça un peu vulgaire. Ce que j'attends de toi est un accord de principe, et ta parole d'homme.

— Tu veux me faire croire que tu es prêt à me faire confiance ? »

Michael éclata de rire et se leva, immobile, attendant qu'Henri se lève à son tour.

« Je n'ai pas besoin de te faire confiance », dit-il sans perdre son sourire.

Henri Codat se leva et s'apprêtait à serrer la main de Michael.

« Une dernière chose, ajouta Michael. Tu vas appeler GlobalViz et leur dire de se mettre en *stand-by* ; que les recherches de Sylvain s'arrêtent immédiatement. J'ai bien rigolé ces dernières heures, mais les gars de Richard ont été brouillons et je ne veux pas attirer plus d'attention autour de Sylvain qu'il n'y en a déjà. Ça ne devrait pas te poser de problème. Après tout, tu es leur client, pas vrai ? »

Michael tendit sa main vers Henri :

« Alors... on fait affaire ? Ou on se débrouille autrement ? »

Henri hésita encore une seconde, sans doute plus pour sauver les apparences que pour prendre une décision, puis il serra la main de Michael. Ce dernier referma ensuite un bouton de sa veste et se dirigea vers la porte. La main sur la poignée, il se tourna une dernière fois vers Henri : « Ensemble, nous allons faire des choses folles, tu verras... »

92

Le lieutenant Lambert était debout face à son capitaine qui, assis derrière son bureau, se tenait la tête à deux mains au-dessus d'un rapport. Cela faisait plusieurs minutes qu'il lisait sans dire un mot, concentré tout autant que consterné. Il émettait de temps à autre quelques sons, grommelait pour lui-même et lançait quelques insultes en l'air ; Lambert ne s'en offusquait pas, elle avait l'habitude. Elle savait qu'elle n'allait pas se faire engueuler, elle avait parfaitement respecté la procédure et avait mené cette enquête aussi loin qu'elle le pouvait en étant seule. Le capitaine allait devoir monter une équipe pour la suite, c'était inévitable. Il allait s'énerver, parce qu'il n'avait pas les ressources et parce que ce dossier sentait l'impasse à plein nez... mais il ne pourrait pas l'accuser d'avoir mal fait son boulot. Il referma le dossier d'une main, frappa son bureau de l'autre, et leva enfin les yeux vers son inspectrice en ponctuant ce mouvement d'un « bon ! » vigoureux. Il prit ensuite une longue inspiration :

« Je résume, et tu m'arrêtes si je dis une connerie : l'accident de lundi dernier, le 21 mai, sur la N118, c'est une mise en scène. Il n'y avait personne dans la voiture qui était téléguidée, mais la voiture était une doublette grossière d'un autre véhicule, celui de Sylvain Guérin. Dans le même temps, quelqu'un a appelé un journaliste de BFM TV pour lui dire qu'il fallait annoncer la mort de Sylvain Guérin à l'antenne parce qu'il y avait un scoop qui allait en sortir, et les gars de chez BFM ont décidé d'y aller. »

Il marqua une pause pour réfléchir à cela ; quoi qu'il ait pu penser des journalistes, ça semblait tout de même un peu léger, y compris pour une chaîne d'informations en continu à la télévision.

« D'après mes sources, dit Marion, ils ont d'abord confirmé l'identité du propriétaire du véhicule à partir de la plaque d'immatriculation, c'était la condition *sine qua non* pour diffusion. »

Le capitaine reprit :

« Soit. Pendant ce temps-là, le Sylvain Guérin, propriétaire de la voiture originale, lui, se rend à son boulot à la société GenTech comme si de rien n'était. Dans la matinée, lui et sa copine supposée, une certaine Catherine… Machin, partent avec sa voiture à elle et se rendent chez elle. Depuis, on n'a plus aucune trace d'eux. Jusque-là, j'ai pigé l'essentiel ? »

Lambert acquiesça.

« Mardi, le lendemain, donc, tu vas chez cette Catherine Machin, la porte était ouverte mais il n'y avait personne dans l'appartement, tu as trouvé un impact dans le mur de la cuisine, donc tu as appelé une équipe de la PTS qui a extrait une balle du mur, de calibre 9 mm et... depuis, plus rien ?

— À part le rapport préliminaire scientifique, non. On a trouvé des traces de sang dans la cuisine, dans le couloir qui mène à la salle de bains, dans la salle de bains, notamment dans la baignoire et sur le mur derrière la baignoire. Tout a été nettoyé... je ne dirais pas grossièrement, mais au moins rapidement. On sait que le sang est humain, mais on ne sait pas à qui il appartient. La PTS a aussi pris un paquet d'empreintes, mais tout ça va prendre du temps...

— Et qu'est-ce que tu veux que je foute de ça, exactement, maintenant ? T'as une idée ? Quelque chose ? Un règlement de comptes ? un truc passionnel ? une histoire de drogue ?

— Alors... j'en sais rien. Je ne peux pas exclure le crime passionnel : quelqu'un découvre Catherine Rioult avec Sylvain Guérin, pète un câble, et ça se termine avec un mort, mais ça cadre mal avec un nettoyage des lieux et ça n'expliquerait pas leur disparition à tous les deux. Et puis ça n'expliquerait pas non plus toute cette histoire de mise en scène d'accident... Non, je pense qu'on n'est vraiment pas devant un truc simple, là. »

Le capitaine faisait danser son regard de son inspectrice au dossier fermé devant lui ;

elle avait raison, l'histoire semblait totalement tarabiscotée. Marion poursuivit :

« Je pense qu'on peut exclure le fait que quelqu'un cherche à tuer Sylvain Guérin ; si tel était le cas, à quoi servait la mise en scène de l'accident ? On a voulu faire croire à sa mort, c'est certain, mais je ne sais pas dans quel but. Pour ce qui est de Catherine Rioult, il est possible qu'elle n'ait rien à voir dans tout ça et qu'elle était simplement au mauvais endroit au mauvais moment. En revanche, je pense qu'on cherche à enlever Sylvain Guérin ; peut-être pour une rançon, ou peut-être parce qu'il détient des informations, par son travail. Mais je ne pense pas qu'on cherche à le faire disparaître en le kidnappant, sinon l'accident de voiture... s'il y avait eu un corps dans la voiture, l'affaire aurait sans doute été classée dans la foulée, et ce n'est pas très compliqué de se procurer un cadavre quand on a la volonté. Je pense que quelqu'un cherchait à attirer l'attention avec cet accident, peut-être la nôtre. Il est même possible que les personnes responsables de l'assassinat présumé dans l'appartement de Catherine Rioult ne soient pas les mêmes que celles qui ont organisé ce faux accident. Je crois qu'il s'agit d'un genre de règlement de comptes, mais entre deux groupes bien organisés, ou deux gangs, je ne sais pas. »

Alors qu'elle était restée debout jusqu'à présent, Lambert décida enfin de s'asseoir en face de son capitaine.

« Ce que je sais, en revanche, c'est qu'il est temps de monter une équipe. Je ne peux pas continuer d'enquêter toute seule là-dessus ; il me faut au moins quelqu'un d'autre pour m'accompagner sur le terrain et deux personnes ici pour effectuer des recherches, de caméras de surveillance, de suivi de téléphones, tout ce qui va bien, sinon on n'y arrivera jamais. Crois-moi, je sais dans mes tripes qu'on est sur un truc sérieux, là. »

Évidemment, le capitaine était d'accord avec elle. Le problème, c'était qu'il devait s'occuper de la gestion du commissariat ; composer avec les officiers présents, et en ce moment il n'avait pas accès aux ressources nécessaires. Chaque officier et chaque matériel qui seraient affectés à cette enquête seraient retirés d'un autre dossier, c'était mathématiquement très simple. Il observa son inspectrice ; depuis le temps qu'elle travaillait sous ses ordres, elle n'avait jamais été capricieuse ; elle n'était pas du genre à demander l'accès à une imprimante si elle n'était pas certaine d'en avoir besoin. Pour qu'elle lui demande ainsi de constituer une équipe avec trois autres personnes, elle devait effectivement être allée aussi loin qu'elle le pouvait seule, il l'entendait.

« Bon, je vais te trouver un partenaire sur le terrain. Par contre, pour ce qui est du travail de bureau, je vais t'affecter une seule personne, et à mi-temps, c'est tout ce que je peux faire. S'il y a besoin de plus de taf à faire ici, vous devrez vous arranger avec ton partenaire, c'est clair ? »

Lambert esquissa un sourire en se levant pour quitter le bureau, de peur que son patron change d'avis.

« Je te donne une semaine, d'accord ? Vendredi prochain, on voit où ça en est, et alors on avisera si on continue ou pas. »

Marion referma la porte derrière elle et retourna vers son bureau. Elle avait donc une affaire avec une mise en scène d'accident très élaborée, des disparitions inquiétantes, un meurtre sans victime, un nettoyage de scène de crime, le tout sans suspect ni mobile, et aucune certitude que Sylvain Guérin soit toujours en vie. Et une semaine pour faire ses preuves…

93

« Comment vous nous avez retrouvés ? » demanda Sylvain.

Michael sourit :

« On ne vous a jamais perdus. Depuis l'instant où vous avez quitté le parking, on a toujours su où vous étiez... Je ne sais pas si tu te rappelles, mais quand tu as été embauché, tu as eu droit à une visite médicale, avec un check-up complet, comme tous les employés de GenTech. Et comme tous les employés de GenTech, on a "trouvé" un vaccin pour lequel tu n'avais pas eu de rappel. Alors on t'a fait une injection. »

Sylvain se souvenait des examens, mais pas de l'injection ; il se souvenait de l'électrocardiogramme, du test à l'effort, du scanner, il se souvenait aussi s'être dit qu'il semblait plus compliqué d'intégrer cette société que d'obtenir un prêt immobilier. Y avait-il eu une injection ? Il n'en était pas sûr, mais c'était bien possible.

« Bien entendu, il n'y avait pas de vaccin, poursuivit Michael. Ce qu'on vous a injecté, ce sont des nanomachines ; je ne vais pas rentrer dans les détails, parce que je ne comprends pas bien moi-même comment ça fonctionne, mais ça nous permet de te localiser, même depuis de grandes distances, avec une précision de l'ordre du mètre. C'est une belle technologie qui n'est pas encore tout à fait… disponible, on va dire. »

Voyant se dessiner une expression de surprise sur le visage de Sylvain, Michael demanda :

« Dis-moi… tu pensais vraiment que vous auriez pu quitter ce parking si nous n'étions pas sûrs de pouvoir vous suivre ? »

L'expression de surprise laissa la place à une expression plus marquée, plus fermée, et que Michael identifia sans peine : c'était de la colère, presque de la rage. Sylvain venait manifestement de prendre conscience de quelque chose.

« C'est vous qui avez essayé de me tuer chez Catherine ? »

Michael mit un temps à comprendre, puis il se rendit compte qu'il était parfaitement normal que Sylvain soit confus à ce sujet :

« Sylvain… nous n'avons pas essayé de te tuer, bien sûr que non. Pourquoi ferions-nous ça ? Et, pour être tout à fait honnête, je pense que personne n'a essayé de te tuer. Mais si tu fais référence à ce qui a pu se produire chez Catherine, je pense qu'il s'agit des… des gens d'en face… tes *autres* employeurs. Ceux dont tu dois te souvenir… Les gens de GlobalViz. »

En entendant ce nom, Sylvain eut comme un flash et vit un homme… qui fumait cigarette sur cigarette... et un autre, un docteur avec une blouse, un type dont il se sentait étrangement proche, quelqu'un de très... familier... Comment diable s'appelait-il ?

L'homme derrière Michael, celui qui observait constamment ses écrans de contrôle, indiqua qu'il était préoccupé par la tension et le rythme cardiaque de Sylvain. Il fallait faire une pause. Michael acquiesça et l'homme se leva, une seringue à la main, pour s'approcher de Sylvain. Il piqua la seringue dans un cathéter à son poignet, puis pressa le piston. Sylvain perdit connaissance en quelques secondes. Ce serait tout pour aujourd'hui. Il n'avait été amené dans cette pièce que quelques heures auparavant, pendant que Michael revenait de son entretien avec Henri Codat : c'était le premier jour de l'interrogatoire de Sylvain.

Le lendemain, Sylvain était déjà bien plus serein. Il n'avait aucune idée du temps qui s'était écoulé, mais son organisme avait presque fini de purger toute la chimie de son traitement et, comme le disait Michael, les verrous de son passé tombaient les uns après les autres. Michael avait demandé à Sylvain de lui raconter son périple depuis le matin de l'accident de voiture à la suite duquel on avait annoncé sa mort, et Sylvain s'était exécuté. Il avait fallu, à plusieurs occasions, « prendre une pause », car Sylvain s'épuisait très vite à cause de sa désintoxication.

Au troisième jour d'interrogatoire, l'homme en blouse était formel, il n'y avait plus aucune trace des drogues qui maintenaient la stabilité du profil de Sylvain ; il ne restait plus que les verrous psychologiques, ceux qui faisaient que le cerveau de Sylvain tentait en permanence de faire persister la cohérence de son monde. On ne pouvait pas vraiment savoir s'il serait difficile ou non de faire sauter ces derniers verrous, mais on savait que ce n'était plus une question de chimie. Il n'y avait plus rien d'autre à faire que d'aider Sylvain à se rappeler et de lui faire accepter que tout ce qui constituait sa réalité n'était qu'une illusion, un monde bâti pour l'y enfermer.

Sylvain pensa à la question que venait de lui poser Michael :

« Est-ce que tu te souviens de ta première rencontre avec le docteur André Fournier ? »

Cette question était tellement étrange... Ou plutôt non, se dit Sylvain, ce n'était pas la question qui était étrange... mais ce qu'elle provoquait en lui. Il avait l'impression de nager en plein paradoxe. Une partie de son cerveau lui disait : « Qui ça ? Ah, le gars qui m'a prescrit mes médicaments contre la migraine... » ; tandis que l'autre visualisait un autre homme, une autre langue, et il se voyait enfant, déambulant dans les couloirs de ce qui semblait être une clinique, ou un hôpital... Il n'y était pas seul... Il y en avait d'autres... Mais non, cela n'avait aucun sens, Fournier était son médecin généraliste, et d'ailleurs celui-ci l'avait bien prévenu que sans son traitement il risquait d'avoir des hallucinations…

« C'est mon médecin généraliste, répondit-il en fermant les yeux, se concentrant pour vider son esprit de ces images.

— Ce n'est pas ce que je te demande, insista calmement Michael. Je te demande quand tu l'as rencontré pour la première fois… »

Sylvain se concentra et tenta de se rappeler sa première consultation du mieux qu'il pouvait :

« C'est assez flou, mais ça doit faire cinq ans… non, attends… plutôt deux… ou trois ans, je dirais. »

Voilà notre premier verrou, se dit Michael ; il y avait un peu plus de deux ans, c'était bien la première fois que Sylvain Guérin rencontrait Fournier. Tout simplement parce que les fois précédentes, il n'était pas Sylvain Guérin. S'il arrivait à débloquer cette case dans le cerveau de l'homme assis en face de lui, ils en sauraient tous deux beaucoup plus sur son passé. Il espérait qu'une fois que la première digue aurait cédé, les autres suivraient plus facilement ; ce qu'il avait à faire avec Sylvain était crucial, mais il ne pouvait pas non plus se permettre d'y passer des semaines, et il ne souhaitait pas employer de méthodes plus dures et qui risqueraient de laisser des séquelles.

« On va faire un petit jeu, Sylvain ; essaie d'imaginer que tu as rencontré le docteur Fournier, mettons, un an plus tôt que cela. Tu es libre d'imaginer la rencontre comme tu le souhaites ; peut-être l'as-tu croisé dans le métro avant de le connaître... ou peut-être l'as-tu rencontré quand tu travaillais ailleurs, avant de nous rejoindre... essaie de te détendre, ne cherche surtout pas à te concentrer... essaie simplement... d'imaginer une telle rencontre, et raconte-moi comment ça s'est passé. »

Sylvain était si surpris par cette proposition qu'il ne put s'empêcher de rire ; la situation était totalement absurde. Il était prisonnier de son manager qui l'interrogeait depuis des heures et qui lui proposait maintenant un jeu de rôles...

Michael se pencha en avant pour s'approcher de Sylvain et ajouta : « Peut-être que tu étais avec Richard Monce dans l'aile médicale des locaux de GlobalViz quand tu l'as rencontré » ; aussitôt Sylvain sentit une douleur vive traverser son visage, comme si Michael venait de lui assener un énorme coup de poing sans aucune raison, avant dc s'apercevoir que, non, personne ne l'avait frappé. Il fit mécaniquement bouger sa mâchoire comme pour s'assurer qu'il n'avait rien de cassé et se rappela que oui, en effet, il y avait bien eu une rencontre antérieure, avec Richard et le docteur Fournier. Mais quelque chose clochait.

Michael décela une incompréhension dans le visage de Sylvain et y vit une opportunité pour franchir le premier seuil de son labyrinthe mental. Il saisit cette occasion :

« Là, maintenant, tu viens de penser à quelque chose. Dis-moi ce que c'est, je t'en prie. Laisse-moi t'aider à comprendre. »

Sans trop savoir comment ni pourquoi, Sylvain crut Michael à ce moment précis ; il y avait de la sincérité dans sa voix, dans son regard, mais également de l'inquiétude...

« J'ai l'impression de les avoir vus il y a bien plus longtemps... il y a une dizaine d'années, mais ça n'a pas de sens. D'autant que...

— Oui ? » Michael espérait que la réflexion de Sylvain n'allait pas se perdre et disparaître.

« D'autant que... d'autant que j'ai surtout l'impression que c'est la première fois que j'ai rencontré Richard, en fait. Mais ça n'a aucun sens, je ne sais pas qui est ce Richard et...

— Et qu'est-ce que tu faisais à l'époque ? demanda Michael.

— Il y a dix ans ? »

Sylvain se concentra et tenta de se souvenir « Euh... j'habitais à Bordeaux et je... »

« Arrête d'essayer de te rappeler et réponds-moi sans réfléchir. Il y a dix ans, quand tu as rencontré Richard, tu connaissais déjà Fournier, qu'est-ce que tu faisais dans la vie ?

— Je ne sais pas ! Comment veux-tu que je me le rappelle sans me le rappeler ?

— Tu connais Fournier depuis très longtemps ; à un moment donné, Fournier te présente Richard, parce que tu vas commencer à travailler pour GlobalViz... qu'est-ce que tu as fait ensuite ?

— Mais je ne sais pas, merde !

— Réponds-moi sans réfléchir, la première chose qui te passe par la tête. Quand tu as rencontré Richard, est-ce qu'il pleuvait ?

— Quoi ?

— Est-ce qu'il pleuvait ?

— Je ne sais pas... non...

— Est-ce que tu as pris du café, ce jour-là ?

— Mais je ne sais pas ! Comment veux-tu que...

— Comment tu t'appelais ?

— Paul ! »

Michael se recula sur sa chaise et soupira sans faire de bruit. Sylvain se figea. Michael se tourna vers l'homme en blouse derrière lui pour s'assurer que tout allait bien ; d'un signe de la tête, l'homme lui confirma que tout était normal.

D'un coup, comme une lumière éclaire en un instant une grande pièce qui était plongée dans le noir, Sylvain se rappela les dix dernières années, et ses missions pour GlobalViz. Il fut submergé de souvenirs, mais réussit à rester serein ; la sensation, s'il avait dû la décrire, était la même que lorsqu'on sort d'une grosse grippe et que, après une vraie bonne nuit de sommeil réparateur, on se réveille en pleine forme. Il se sentait bien. Il venait de comprendre qu'il n'était pas celui qu'il pensait être, qu'il avait vécu plusieurs vies en dix ans, il était en sueur, mais il se sentait bien.

« Est-ce que tu veux continuer ? demanda Michael.

— Putain, oui ! »

94

Nadja tapait fébrilement des lignes de commande sur le clavier de son ordinateur. Grégoire pensait à *Matrix* en regardant l'écran noir, et le texte qui s'affichait brillant en vert. Il avait commencé par poser quelques questions mais ne comprenait pas les réponses, et sentait que ses interruptions incessantes allaient vite agacer Nadja. Elle avait parlé de connexion à distance, de prise de commande de machines auxquelles elle n'avait normalement pas accès, de « *mapping* » du réseau, et il la voyait taper des instructions qui lui semblaient tout à fait obscures, un mélange d'anglais et d'acronymes suivis de lettres précédées d'une barre oblique ou d'un signe moins : `netstat`, `nmblookup`, `ssh`, `spawn`...

Aussi se contentait-il de regarder en attendant que quelque chose se passe. Par moments, Nadja s'énervait un peu, puis se mettait à parler à son écran, à le défier, à l'insulter, à se moquer de lui, puis elle retrouvait son mutisme. Soudain, elle tourna l'écran de son ordinateur vers Grégoire, et il mit un temps avant de comprendre ce qu'il avait sous les yeux. C'était une simple fenêtre Windows contenant des dossiers et des fichiers, mais des dossiers et des fichiers situés physiquement sur une autre machine, celle du docteur Fournier. Nadja était parvenue à accéder à l'ensemble de son système informatique. La fenêtre était intitulée « sujets », et chaque dossier portait un numéro.

« Il faut qu'on trouve le dossier de Sylvain, dit Nadja en retournant l'écran face à elle. Il doit y avoir l'ensemble de ses missions, mais il devrait également contenir une fiche d'informations, peut-être même un dossier médical ou un historique. Fournier est un chercheur, je suis persuadée qu'il archive toutes les infos portées à sa connaissance. »

Elle ouvrit le premier dossier, et commença à consulter les fiches une à une.

Grégoire tira une chaise pour s'asseoir derrière elle et observer ce qu'elle faisait. Lorsqu'elle tombait sur un sujet féminin, elle fermait immédiatement le document et passait au dossier suivant. Lorsqu'il s'agissait d'un homme, elle cherchait la mission la plus récente. Il y avait au moins une centaine de sujets, mais cela irait vite, se dit Grégoire, un peu surpris toutefois devant l'ampleur de l'opération si chaque sujet était ou avait été un agent actif. Et en effet, après quelques minutes à peine, lorsque Nadja ouvrit un des dossiers, ils constatèrent que celui-ci était différent.

Il contenait bien plus de sous-dossiers et de fichiers que les autres.

Un sous-dossier en particulier attira l'attention de Grégoire ; il était intitulé « CORRESPONDANCES KOWALSKI ». C'était le nom du professeur polonais dont Richard avait parlé. D'autres dossiers étaient à côté, des dossiers intitulés « #6-01 », « #6-02 », etc. Le plus gros dossier s'appelait « #6-14 » et, fait un peu curieux, Grégoire remarqua qu'il n'y avait pas de dossier « #6-13 ».

Dans le dossier « CORRESPONDANCES KOWALSKI », une batterie de fichiers au même format, l'icône qui représentait chacun d'entre eux était une enveloppe.

« C'est de l'EML, dit Nadja. Ce sont des e-mails archivés sur son disque dur ; et on peut remercier Fournier pour sa rigueur, la nomenclature des fichiers est parfaitement lisible. »

Grégoire regarda quelques noms de fichiers qui n'avaient rien de clair à ses yeux : `20160711152438.eml`, `20140411164419.eml`, `20140425085347.eml`, etc. :

« Ce sont des dates, lui expliqua Nadja, sans doute celle de la réception de ces mails ; ou peut-être de l'émission s'il a également archivé les messages qu'il a envoyés. Celui-ci, par exemple, `20160711152438.eml`, c'est un mail du 11 juillet 2016, à 15 h 24 et 38 secondes. »

Au bas de la fenêtre, Grégoire nota que le dossier contenait plus de six cents de ces fichiers, tandis que Nadja cliquait en haut de la fenêtre sur la colonne intitulée « nom » afin de les trier dans l'ordre croissant.

« L'avantage avec cette nomenclature, dit-elle, c'est qu'en classant les fichiers dans l'ordre alphabétique, cela les classe dans l'ordre chronologique : d'abord l'année, puis le mois, le jour, et l'heure. »

La liste des fichiers se rafraîchit et le premier fichier qui apparut commençait par quatre chiffres, lesquels formaient l'année 1981. Les premiers fichiers n'étaient pas des fichiers EML, il ne s'agissait évidemment pas d'e-mails. C'étaient des courriers scannés et enregistrés au format PDF. Si en 1981 les e-mails existaient déjà depuis près de dix ans, ils n'étaient quasiment pas utilisés, se dit Nadja.

« Sylvain n'était pas né en 1981, ou alors c'était un nourrisson, dit Grégoire, tu peux passer au dossier suivant. »

Mais Nadja était curieuse, et ouvrit quand même ce premier fichier. Comme elle s'en doutait, le message en question émanait du docteur Fournier, ce qui indiquait que ce dossier contenait les émissions et les réceptions de sa correspondance avec le professeur Andrzej Kowalski.

Nadja ferma alors le fichier, puis les sélectionna tous d'une combinaison de touches sur son clavier avant d'en lancer une impression groupée. Plus elle restait longtemps connectée à une machine distante, en l'occurrence l'ordinateur de Fournier, plus elle risquait de s'y faire surprendre par un responsable réseau chez GlobalViz. L'accès à cette machine dépassait de loin le périmètre de ses fonctions, qui plus est sans une autorisation, ne serait-ce qu'implicite, de Richard. Il suffit de quelques minutes à peine pour imprimer l'ensemble des fichiers, n'interrompant le processus que pour alimenter la machine en papier. Nadja se déconnecta de l'ordinateur de Fournier.

« Quoi, tu veux qu'on lise tout ça ? demanda Grégoire avec une pointe d'incrédulité.

— Tu as quelque chose d'autre à proposer ? Parce que si j'ai bien compris, on est tous les deux coincés ici à ne rien faire. Autant se mettre un peu à jour sur ce qui nous échappe, parce que j'ai l'impression que ce n'est pas rien. »

Elle tendit une pile de feuilles à Grégoire. La première était un fichier daté de 2003.

Au moins, je suis dans le bon millénaire, se dit-il en soupirant.

95

Sylvain était très excité, presque électrique. Il sentait des vagues de souvenirs le submerger et, alors que nombre d'entre eux n'avaient pas vraiment de sens, il décida de les accepter sans se poser de question pour l'instant. Il ferait le tri plus tard. Il se découvrait un appétit d'introspection insatiable. Face à lui, Michael avait également du mal à cacher son euphorie. Sylvain, ou Paul, ou quel que fût son nom, ne savait pas encore précisément ce qu'il avait à y gagner, mais il était sur la bonne voie. Les questions s'enchaînaient, les réponses pleuvaient, et l'homme en blouse derrière lui restait discret, se contentant à l'occasion d'un signe de tête pour signifier que tout allait bien et qu'il pouvait continuer.

Puis quelque chose se libéra dans la tête de Sylvain ; pas un souvenir à proprement parler, mais plutôt un savoir, ou un savoir-faire. Faute du vocabulaire adéquat et qui n'existait probablement pas pour ce qu'il venait d'éprouver, il se dit qu'il venait de « débloquer une compétence ». Et c'est à ce moment-là que la balance pencha de son côté. En un instant, et sans que personne s'en aperçoive, il venait de devenir stratège. Et à la question suivante de Michael, plutôt que de répondre comme il l'avait fait jusqu'alors, il s'interrompit et se figea, ne laissant apparaître sur son visage qu'un simple sourire.

Tu as voulu débloquer ma mémoire, se dit-il, *et tu as réussi. Je n'ai plus besoin de toi pour continuer, alors la suite se déroulera selon mes termes*.

Michael attendait une réponse, mais sentit que quelque chose avait changé ; il se redressa et se retourna, confus, vers l'homme derrière lui qui lui fit le même signe qu'avant : tout va bien, on peut continuer. Il se tourna vers Sylvain et lui reposa sa question. Après un long silence, le sourire de Sylvain disparut et il demanda :

« Où est Catherine ? »

96

La pièce était austère. Une table nue, constituée d'un plateau de bois et de quatre pieds métalliques simples tels qu'on en trouvait dans des milliers de salles de réunion à travers le monde, deux chaises simples, un mobilier de bureau classique, quatre murs blancs dont la peinture devait couvrir une fibre qui laissait transparaître une texture finement tissée, sans doute de la fibre de verre. Il y avait un faux plafond, blanc également et constitué de dalles carrées portées par une structure métallique à environ 2,50 mètres du sol, lequel était recouvert d'une moquette beige qui devait être vieille de plusieurs années déjà. La pièce ne faisait pas plus de vingt mètres carrés et était éclairée par des néons qui, au moins, ne crépitaient pas. Il n'y avait pas de fenêtre. L'unique point d'accès était une porte lourde, en bois plein, peinte en blanc également, sans lucarne. Elle était verrouillée.

Catherine ne savait pas depuis combien de temps elle était là, il n'y avait aucune horloge, aucune lumière naturelle. De temps en temps, la porte se déverrouillait et un homme armé entrait, accompagné d'un homme en blouse qui venait déposer un plateau-repas sur la table. Aucun mot n'était échangé. Elle avait essayé de s'enfuir, mais l'homme armé l'avait retenue. Elle avait essayé de leur parler, à chaque fois en vain.

Catherine tentait de se souvenir. Elle était sortie de l'hôtel, aussi triste que furieuse suite à ce qu'elle avait découvert sur Sylvain, et s'était dirigée vers la pharmacie. Ensuite elle s'était réveillée dans cette pièce qui faisait office de cellule. On lui avait apporté six repas, donc elle se dit qu'elle devait être séquestrée depuis au moins deux jours, mais elle ne pouvait pas en être certaine. Elle avait observé la pièce sous toutes ses coutures : il y avait plusieurs prises électriques, et même des prises *RJ-45* pour se connecter à Internet, ce qui lui faisait penser qu'elle était dans un bureau, ou une salle de réunion ; elle était montée sur la table pour soulever une dalle du faux plafond et avait vu une jungle de câbles qui la confortait dans cette idée. Mais l'espace entre le plafond et le faux plafond ne mesurait pas plus de trente centimètres et elle ne pourrait pas s'enfuir par là.

Sa seule chance, c'était le verrouillage de la porte. Il était électronique, et activé sans contact à l'aide d'une carte ; une puce RFID, elle l'avait immédiatement reconnue. Si elle pouvait ouvrir le panneau, peut-être pourrait-elle bidouiller quelque chose, mais elle n'avait pas d'outil, seulement les couverts de son plateau-repas.

À chaque venue de ses geôliers, la porte se refermait derrière eux, et pour sortir de la pièce, ils utilisaient le panneau qu'elle souhaitait pirater. Elle ne pouvait donc pas se permettre de forcer son ouverture, ils s'en rendraient tout de suite compte. Il faudrait qu'elle soit capable d'ouvrir le panneau, de déverrouiller la porte et de quitter la pièce entre deux visites. Elle décida alors que sa seule chance serait de tenter une évasion juste après avoir reçu son repas. En priant pour que personne ne tienne la garde devant la porte. Elle utiliserait le couteau pour faire levier sur le boîtier de commande et, si elle réussissait à l'ouvrir ainsi, tenterait de court-circuiter le contrôle RFID pour simuler une connexion réussie. Avec un peu de chance, la pièce dans laquelle elle se trouvait n'était pas prévue pour être correctement sécurisée et, de là, elle improviserait.

Les seules fois où elle était sortie de la pièce, quand on la conduisait aux toilettes, sa tête était recouverte d'un tissu opaque. Elle avait pu déterminer que les toilettes se situaient à une dizaine de mètres à droite en sortant de sa cellule, sans doute dans un couloir. Les toilettes où on la menait étaient grandes : la pièce contenait quatre cabines sur le côté droit, et un triple lavabo sur le côté gauche. Cela ressemblait furieusement à des toilettes d'entreprise. Voilà tout ce qu'elle savait de l'extérieur.

À l'idée de son évasion à venir, Catherine sentait des milliers de papillons battre des ailes dans son ventre ; elle avait peur. Elle respirait lentement pour tenter de se détendre et pour contenir son tremblement. Il lui semblait qu'elle commençait à avoir faim ; ses gardes n'allaient sans doute pas tarder à lui apporter à manger. Elle pourrait alors mettre son plan à exécution, et n'aurait droit qu'à un seul essai.

97

« Ça ne donne rien, de mon côté. »

Grégoire était convaincu qu'ils faisaient fausse route. Certes, ce qu'il lisait avait l'air intéressant, mais cela ne les avançait pas. Nadja, de son côté, plongée dans sa lecture, semblait d'un autre avis. Son visage était fermé et ses sourcils renfrognés ; quelque chose la gênait. Elle revenait continuellement sur d'anciens messages, puis avançait sur de nouveaux fichiers, pour finalement revenir à nouveau sur ces anciens messages. Elle avait décidé de ne pas écouter les complaintes ininterrompues de son partenaire pour qui lire cette correspondance était une perte de temps, mais pour elle qui connaissait un peu le docteur Fournier, il y avait là quelque chose qui la dérangeait. Elle leva la tête vers Grégoire :

« Chez toi, ça parle aussi du sujet #6-14 ?

— Oui, répondit-il, mais ça ne peut pas être Sylvain. Il y a des messages qui datent des années 1980 ; il n'a pas commencé à travailler ici quand il avait deux ans, si ? »

Nadja ne répondit rien, se contentant de fouiller dans des messages qu'elle avait déjà lus, en extirpa un, puis s'approcha de Grégoire pour voir sa pile de feuilles.

« Il a l'air d'avoir quel âge, dans ce que tu lis ?

— Euh... aucune idée... dans mes feuilles, Kowalski revient uniquement sur ses expériences passées et sur ses résultats ; je ne suis même pas sûr que le sujet #6-14 soit encore vivant au moment où il a écrit ces lettres. Et pour être tout à fait honnête, il pourrait aussi bien parler d'un humain que d'un rat de laboratoire.

— Fais-moi voir... »

Elle lut quelques lettres parmi les premières de la pile de Grégoire et se rendit compte que séparer l'ensemble des fichiers en deux avait été une erreur. Sur les messages qu'elle lisait, elle suivait, quasiment en temps réel, les avancées de Kowalski sur ses expérimentations en cours, tandis que les messages que Grégoire lisait évoquaient ces recherches comme étant terminées. Peut-être avait-il raison et peut-être étaient-ils dans une impasse. Elle se sentait découragée, impuissante. Frustrée. Grégoire avait plus d'expérience qu'elle et prenait plus de distance avec ses missions : c'était une nécessité, vu la nature souvent brutale de celles-ci. Il allait tenter de la réconforter un peu lorsqu'elle se leva, brusquement, pour revenir à son propre paquet de feuilles. Elle les feuilleta rapidement, s'arrêtant de temps en temps pour en lire une en diagonale.

« Il y a quelque part dans ces lettres un moment où les travaux de Kowalski se sont arrêtés. Dans tes lettres, il évoque le passé durant lequel il faisait des recherches ; dans les miennes, il parle des avancées de ses recherches. Au présent. À un moment, quelque part dans ce tas de messages, il a arrêté ses travaux ; c'est ça qu'il faut qu'on trouve.

— Pourquoi ? »

Elle s'interrompit pour réfléchir. Elle ne savait pas trop. Elle sentait au fond d'elle qu'il y avait quelque chose de *fondamental* dans cette correspondance, quelque chose de crucial pour comprendre le passé de Sylvain. Elle savait qu'elle avait sous les yeux une partie de l'origine des recherches de Fournier, donc les origines de GlobalViz. Quelque part, dans ces fichiers, il y avait la réponse qu'ils cherchaient et qui leur permettrait de comprendre ce que Sylvain avait de si particulier.

« Je ne sais pas, répondit-elle simplement. Mais je te demande de me faire confiance ; je suis sûre que ce qu'on cherche se trouve quelque part dans ces fichiers. »

Elle reprit sa lecture, et il lui suffit de quelques minutes pour trouver.

Une lettre dans chaque main, elle constata que deux ans les séparaient. Dans la plus ancienne, datée de novembre 1999, Kowalski pensait qu'il était dans une impasse ; selon lui, le sujet #6-14 était exceptionnel par sa capacité de résilience aux expériences, mais il doutait de pouvoir jamais comprendre les mécanismes de cette compétence. Dans l'autre lettre, datée de décembre 2001, il évoquait avec Fournier les espoirs qu'il avait placés dans la série de sujets #6bis issue du sujet #6-14.

Nadja ne put s'empêcher de penser au fait que la société GlobalViz avait vu le jour en janvier 2002.

Elle retourna devant son ordinateur et se reconnecta rapidement à l'ordinateur de Fournier. Il fallait qu'elle en sache plus sur ce sujet #6-14 ainsi que sur la série #6bis dont elle avait lu le nom pour la première fois. Grégoire lui dit qu'il avait vu plusieurs mentions, dans ses messages, de la série *bis*, mais qu'il ne savait pas de quoi il s'agissait.

« Tu peux faire une recherche par mot clé directement dans les fichiers ? lui demanda-t-il.

— Bien sûr, répondit-elle. Il suffit que je passe les fichiers dans une commande `grep`.

— Oui… bien sûr… une commande "`grep`"… »

Grégoire avait réussi à faire sourire Nadja. Elle exécuta une série de commandes puis attendit les résultats. Il y en avait huit ; parmi eux, le fichier nommé `20140603081422.eml`

Courrier interne du 3 juin 2014 à 8 h 14

Cher Docteur Fournier,

Vous trouverez ci-dessous des notes concernant la série de sujets numéro 6 ; celles-ci datent de 1980 et n'ont pas été altérées. Je me suis simplement permis de vous les traduire du polonais dont, je crois, vous ne comprenez que quelques mots. J'espère que vous y retrouverez, sinon des réponses, des pistes de recherche concernant vos propres travaux.

Bien à vous,

Professeur Kowalski

> Aujourd'hui, j'ai perdu deux nouveaux sujets de la série numéro 6, les sujets #6-02 et #6-03. Les autres sujets semblent commencer à présenter des symptômes notables, allant du simple trou de mémoire à l'hallucination synesthésique. À ce jour, seuls les sujets #6-13 et #6-14 restent totalement asymptomatiques. Il ne me restera bientôt plus que ces deux sujets sur la série. J'ai relu récemment les notes du docteur Moltchaline, et je suis déçu de ne pas constater de meilleurs résultats à ce stade de mes recherches. Il avait cependant imaginé un protocole pour déterminer avec

plus de précision la nature génétique des cas asymptomatiques, mais ne l'a jamais mis en œuvre, ou du moins n'en a jamais fait mention. Pour tenter de confirmer l'hypothèse génétique de ce qui rend les sujets #6-13 et #6-14 à ce point réceptifs, qui plus est au regard des autres sujets, je ne me résous pour l'instant pas à inséminer le sujet #6-13, n'ayant aucune idée de la manière dont elle supporterait une grossesse. En revanche, j'ai inséminé plusieurs sujets de la série #7 avec les spermatozoïdes de #6-14 ; cette nouvelle génération de sujets verra le jour dans un trimestre environ, je nommerai cette série la série #6bis. Il me faudra sans doute attendre au moins deux ans avant de tenter des implantations, mais si je n'ai pas avancé d'ici là, cela me permettra au moins de mieux comprendre les processus de transmission du gène en jeu.

98

Marion Lambert faisait le point avec son coéquipier, le lieutenant Jacques Croze. Le point positif, c'est que c'était un flic expérimenté, prudent et efficace, mais le point négatif, c'est qu'il ne croyait pas aux histoires compliquées. Pour lui, la vie de policier n'avait rien à voir avec les films : lorsqu'il y avait un meurtre, il cherchait le conjoint, l'amant ; lorsqu'il y avait une disparition, il cherchait la maîtresse ou les dettes de jeu. Elle risquait d'avoir du mal à l'embarquer sur le dossier Guérin. Mais elle savait aussi que c'était une nécessité, et une force de travailler à plusieurs : confronter ses intuitions et ses hypothèses aux faits était difficile, et avoir un contradicteur était un avantage. Dès lors que ce contradicteur restait ouvert aux possibilités, ce qui, pour l'instant, n'était pas le cas.

Croze s'était déjà plus ou moins convaincu que Sylvain avait volontairement disparu, peut-être qu'il avait des dettes, peut-être qu'il avait couché avec la femme d'un type jaloux, il pouvait y avoir mille raisons, et « quand il a annoncé à sa copine qu'il allait partir, elle s'est énervée, les choses se sont envenimées, il a sorti un pistolet et "pan", crime passionnel ». Mais Lambert n'adhérait pas du tout à cette hypothèse. Il y avait trop d'éléments qui ne collaient pas : pourquoi mettre en scène l'accident de sa voiture de façon aussi sophistiquée plutôt que d'envoyer sa propre voiture dans le décor ? Rien ne laissait entendre que Sylvain Guérin, ou même Catherine Rioult, possédait une arme ; dans ce cas, d'où sortait ce pistolet 9 mm ?

Lambert ne devait pas lutter frontalement contre Croze, c'était un homme bien trop rompu à son travail pour se laisser impressionner ; elle devait trouver un terrain d'entente, un point de son hypothèse qu'il accepterait d'envisager et, à partir de là, ils tireraient le fil ensemble et verraient bien ce qui tiendrait debout et ce qui s'effondrerait. Aussi, faute d'une meilleure idée, Marion affirma qu'il n'était pas impossible que cette affaire soit liée à leur travail : Sylvain et Catherine avaient tous deux le même employeur, la société GenTech. « Je ne vois pas bien l'intérêt, répondit Croze, mais si tu y tiens allons faire un tour là-bas pour parler avec leurs collègues, ça nous sortira du commissariat. »

Tandis qu'ils s'apprêtaient à partir, un jeune homme les rejoignit ; il avait été convoqué par le capitaine pour s'occuper des recherches sur leur enquête.

« On est sur le départ, lui lança Marion sans même prendre le temps de lui demander son nom. Les notes de l'enquête sont dans le dossier bleu, sur mon bureau, tu vois tout ce que tu as besoin de voir, mais ce dossier ne quitte pas cette pièce. Vers la fin, j'ai mis la liste des demandes administratives en cours, images de caméras de surveillance, immatriculations, tout ça ; je te laisse voir où ça en est et, si besoin, n'hésite pas à les pousser un peu pour que ça aille plus vite. »

Le jeune homme se contenta de hocher la tête. Lambert sortit la première du bureau, suivie de près par Croze qui se retourna vers le jeune homme avant de fermer la porte en souriant :

« Ne t'inquiète pas, le bleu. Ça va bien se passer, tu verras. »

99

Sylvain attendait une réponse plus convaincante de Michael.

« Catherine va bien, ne t'en fais pas.

— Je veux la voir tout de suite, répondit-il avant de fermer les yeux. »

Il tenta de faire abstraction de Michael, de ses questions, de l'homme en blouse derrière lui, de l'ensemble de la pièce. Il savait désormais que nombre de ses souvenirs étaient artificiels. Il remonta le fil de ses différentes missions chez GlobalViz et, avec elles, les souvenirs antérieurs de tous les profils qui lui avaient été implantés. Parfois, les souvenirs d'enfance de deux profils s'entremêlaient, mais il s'en fichait, ce n'était pas ceux qu'il recherchait.

Il se hissait mentalement sur son histoire, s'appuyant sur les images qui l'avaient parcouru sans qu'il en comprenne le sens les jours passés. Il cherchait le souvenir de cette infirmière qui lui parlait en polonais, de ces longs couloirs lugubres de clinique à la recherche d'une personne. Il sentait que quelqu'un lui manquait, terriblement, mais il n'arrivait pas à se rappeler qui était cette personne. C'était un souvenir d'adolescence. Cela lui semblait si lointain ! Au regard de toutes les vies qu'il croyait avoir vécues depuis, cela remontait à une éternité. Puis il la vit et, tandis qu'il se concentrait, les yeux clos, pour reconstituer mentalement les traits de son visage, il sentit de façon lointaine une larme qui coulait le long de sa joue. Il sourit alors que son visage lui apparaissait.

Il n'avait alors pas plus de 14 ou 15 ans, et il faisait partie d'un groupe d'adolescents qui, comme lui, vivaient dans cet hôpital – ou clinique, ou asile, il ne savait pas trop. Il y avait une fille, à peine plus jeune que lui. Il l'aimait beaucoup, elle était proche d'être toute sa vie, mais il n'était pas amoureux d'elle. Elle était restée auprès de lui plus longtemps que n'importe quel autre jeune qu'il avait fréquenté ; les autres restaient quelques mois, quelques années pour les plus anciens, mais elle avait quasiment toujours été là, près de lui, et il avait toujours été là pour elle.

Il n'était pas amoureux d'elle, n'était pas attiré par elle, tout en reconnaissant sa beauté ; leur relation était différente, même s'il ne savait pas comment la qualifier. C'était sans doute le genre de relation fraternelle que connaissent les orphelins qui ont vécu longtemps ensemble dans un orphelinat. Chacune de leur séparation était une déchirure, tant pour elle que pour lui, et ils s'étaient promis que cela ne se reproduirait jamais. Qu'était-elle devenue ? Il l'ignorait. À cet instant, il s'en voulut surtout de n'avoir pas pensé à elle durant toutes ces années, avant de reporter sa colère sur le docteur Fournier, qui l'avait effacée de sa mémoire pendant tout ce temps.

Il se promit qu'il la retrouverait, où qu'elle fût, mais sentit en son for intérieur que quelque chose rendrait cette tâche impossible. Il dégagea cette sensation d'un revers mental et se concentra sur son visage. S'il arrivait seulement à se souvenir de son prénom… Katrina ? Non, ce n'était pas ça… il n'était pas loin, il le savait, il était manifestement encore en train de penser à Catherine, pourtant il n'était pas loin, il en avait la certitude, il avait son prénom sur le bout de la langue. Il devait réussir à faire un peu le vide dans sa tête, tout son esprit était inondé d'images, de sons et de sensations du passé qui obstruaient ses recherches intérieures. Il inspira longuement, puis se rappela soudain :

Trina ! Elle s'appelait Trina ! Ou plutôt… je l'appelais Trina, c'était un diminutif, ce n'était pas son prénom. Son prénom était absurde, il était aussi laid et corrompu qu'elle était belle et innocente. Oui, je l'appelais Trina, mais elle s'appelait Trinasta, ou quelque chose du genre… Non, pas Trinasta. Elle s'appelait…

Alors que le prénom de son amie lui revint, et avec lui une explosion de souvenirs plus douloureux les uns que les autres, Sylvain décela une variation brutale de luminosité à travers ses paupières closes. Il fut rappelé à l'instant présent et ouvrit les yeux : la lumière venait de s'éteindre dans la pièce, ils étaient dans l'obscurité totale.

100

Un bol de carottes râpées, une assiette contenant du poulet et des haricots verts, une petite bouteille d'eau minérale, une serviette en papier, un couteau et une fourchette. Lorsque la porte se referma, Catherine mangea rapidement ; il fallait de toute façon qu'elle attende au moins quelques minutes avant de tenter quoi que ce soit. Lorsqu'elle eut fini, elle alla coller son oreille à la porte. Dès que le silence fut total, elle prit le couteau et s'en servit comme levier pour faire sauter la façade du boîtier de commande d'ouverture de la porte. Elle dut s'y reprendre plusieurs fois, car elle avait du mal à trouver un point d'appui. Elle finit par caler son majeur entre le couteau et le mur pour servir de point fixe et pressa de toutes ses forces sur le manche pour déloger le socle du boîtier. Un craquement se fit entendre, les encoches en plastique qui maintenaient la façade du boîtier venaient de céder, et celle-ci pendait désormais quelques centimètres plus bas, retenue uniquement par des fils électriques. Catherine n'avait plus d'autre choix que de réussir à quitter la pièce : elle n'arriverait jamais à remettre le boîtier en place.

Elle posa alors le couteau à terre et porta machinalement son majeur à sa bouche pour calmer la douleur qu'elle venait de s'infliger, tout en dégageant de son autre main les différents câbles qui constituaient la commande d'ouverture de la porte. Comme elle le présumait, elle n'eut besoin que de très peu de temps pour identifier les différents composants : la masse, un relais, des résistances, des accumulateurs, des transistors... Elle allait court-circuiter le cerveau pour forcer une ouverture et doutait que le système qu'elle avait sous les yeux disposât d'une sécurité quelconque. Elle tira soigneusement quelques fils de la façade et entreprit de les mettre en contact direct avec une autre partie du circuit. Le boîtier émit plusieurs bips successifs, et Catherine ne put s'empêcher d'angoisser à l'idée qu'on puisse les entendre...

Bien qu'elle eût l'impression que ses manipulations avaient duré une dizaine de minutes, il n'en fallut en réalité pas plus d'une ou deux pour qu'elle réussisse enfin à provoquer un mécanisme au son si familier : elle venait de débloquer la porte.

Elle tira la poignée pour l'entrouvrir avant qu'une sécurité ne la referme automatiquement, puis ouvrit un peu plus, assez pour pouvoir passer la tête dans le couloir. L'air y était plus frais, ce qui était agréable. Le couloir était éclairé par des spots dans le faux plafond qui continuait de courir à perte de vue et Catherine s'assura qu'il n'y avait pas de caméra, ni d'un côté ni de l'autre. Elle sortit enfin et referma la porte derrière elle, sans un bruit.

Sitôt fait, elle pesta de n'avoir pas conservé le couteau et espéra qu'elle n'en aurait pas besoin, que ce soit pour se défendre ou pour déverrouiller une autre porte. Elle réfléchit un instant à rebrousser chemin, mais c'était hors de question. Il fallait qu'elle parte, et vite.

Elle marcha jusqu'à dépasser les toilettes qu'elle avait utilisées ces dernières heures – jours ? – et poursuivit jusqu'à un virage. Elle regardait derrière elle pour s'assurer qu'il n'y avait aucune activité, et nota pour la première fois depuis qu'elle était sortie de la pièce qu'il n'y avait pas de lumière naturelle. Aucune fenêtre. C'était étrange pour ce qui semblait être des locaux d'entreprise. Arrivée au bout de l'allée, elle passa la tête au-delà de l'angle du mur pour y découvrir un autre couloir, moins long, au milieu duquel trônaient, sur la gauche, deux larges portes d'ascenseur. En face, une porte surmontée d'un panneau « sortie de secours » éclairé en vert. Mais au bout de ce même couloir, dans l'angle opposé, collée au plafond telle une araignée qui veille, une demi-sphère blanche sur laquelle était découpé un disque noir. Catherine recula immédiatement lorsqu'elle comprit ce qu'elle avait vu : c'était une caméra de surveillance.

Elle n'avait aucune chance d'atteindre les ascenseurs ou l'escalier de secours sans se faire repérer. Elle se sentait prise au piège. Il ne se passerait sans doute plus beaucoup de temps avant que quelqu'un passe par là et la découvre. Elle ne saurait pas expliquer sa présence à un inconnu, et comme elle ne savait pas se battre… Elle trépigna en regardant de tous les côtés, il fallait qu'elle trouve un moyen de partir. Elle reprit le couloir dans l'autre sens jusqu'à dépasser sa cellule ; peut-être y aurait-il un accès de l'autre côté du bâtiment ? Mais à peine quelques pas plus loin, elle se figea. Elle fit un effort considérable pour se retenir d'émettre le moindre cri et arrêta de respirer ; il fallait qu'elle en soit sûre. Et en effet, elle entendait bien des personnes parler entre elles. Il lui était difficile de déterminer si les voix se déplaçaient, si elles s'approchaient, mais elle ne pouvait de toute façon pas attendre d'en avoir le cœur net. Elle paniquait. Elle reprit sa marche dans l'autre direction, vers les ascenseurs et la caméra de surveillance, passa devant des portes fermées, toutes munies du même boîtier électronique d'ouverture. Sauf la porte des toilettes. Elle s'arrêta devant un instant, se disant qu'elle pouvait s'y cacher. Il fallait qu'elle se calme. Elle avait été plusieurs fois dans ces toilettes et savait qu'elle n'y trouverait rien pour l'aider à sortir. C'était sa seule priorité : *SORTIR. D'ICI.*

Elle regarda derrière elle et tendit l'oreille : les voix s'approchaient. Elle ne connaissait pas la disposition des lieux, mais savait que, dans quelques secondes à peine, elle ne serait plus seule dans ce couloir. Elle se retourna à nouveau. En face des toilettes, quelques mètres plus loin en direction des ascenseurs, elle vit une autre porte qui ne semblait pas être verrouillée électroniquement. Dans la panique, cette porte lui avait échappé. Elle marcha jusque-là, y colla son oreille et n'entendit rien. Elle pressa la poignée et la porte s'ouvrit. La pièce était plongée dans le noir et seule la lumière du couloir l'éclairait, partiellement masquée par l'ombre que projetait Catherine devant le seuil. Un local technique. Elle ne réfléchit pas plus longtemps et entra, retenant la porte pour la fermer le plus doucement possible alors que, dans le couloir, un homme et une femme, tous deux vêtus d'une blouse, marchaient tranquillement pour rejoindre les ascenseurs.

Catherine avait envie de crier, se retenait de pleurer. Elle avait presque envie de sortir et de se rendre à quiconque la trouverait. Elle devait se calmer, elle le savait, mais elle ne parvenait pas à se raisonner. Elle ferma les yeux et se força à respirer lentement. Il fallait juste qu'elle attende quelques secondes, cela suffirait. Elle allait les entendre passer, puis les voix s'estomperaient, elle entendrait l'ascenseur les mener loin d'ici et elle pourrait sortir. La seule chose qu'elle devait faire, pendant ce temps, c'était de ne pas émettre le moindre bruit. Elle sentait une boule monter le long de sa gorge, qui bloquait sa respiration. Elle soupira pour la faire sortir.

Les voix étaient désormais très proches, sans doute juste de l'autre côté de la porte, et Catherine sut qu'ils l'avaient entendue. La porte allait s'ouvrir d'un instant à l'autre, elle allait être reprise et remise dans sa pièce, peut-être pire. Elle serra les poings, prête à se battre si c'était la seule chance qui lui restait de s'échapper. Ses ongles pressaient fort contre la paume de ses mains, mais elle ne le sentait presque pas. Elle était gorgée d'adrénaline et tremblait. Elle observait la porte, s'attendant à la voir s'ouvrir d'une seconde à l'autre. Sous la porte, dans l'obscurité, se dessinait désormais nettement une ligne de lumière par laquelle elle vit des ombres s'approcher, puis s'éloigner sans s'arrêter. *Ils ont dépassé la porte*, se dit-elle. *Ils ne m'ont pas entendue, et maintenant, ils vont partir*. Elle soupira à nouveau, un peu plus fort cette fois-ci. La boule qu'elle avait dans la gorge commençait à disparaître.

Lorsqu'elle entendit le son libérateur de l'ascenseur qui emportait à son bord les voix qui l'avaient tant effrayée, elle décida d'attendre encore une minute, pour s'assurer que personne d'autre ne venait, mais surtout pour retrouver un peu de lucidité. Elle devait se ressaisir, car elle avait failli sortir de la pièce simplement pour ne plus avoir à supporter sa peur. À tâtons, elle trouva un interrupteur près de la porte et l'enclencha. Il y avait à côté d'elle un chariot d'entretien, des sacs-poubelles, des rouleaux de papier-toilette, rien qui lui permettrait de se rendre invisible à la caméra.

Enfin calmée, elle s'appuya contre le mur, et sentit qu'il avait bougé, en émettant un petit bruit métallique. Elle se retourna et comprit qu'elle s'était appuyée contre la porte, encastrée, d'une armoire électrique. *Les disjoncteurs*, se dit-elle, reprenant espoir. Peut-être allait-elle pouvoir couper la caméra. Elle ouvrit l'armoire et remercia de tout son cœur l'employé zélé et qui avait pris soin de bien étiqueter chaque élément du tableau électrique. Elle constata qu'elle ne pourrait pas couper uniquement la caméra, mais tout le courant de l'étage d'un coup : les lumières, les prises électriques, peut-être même les boîtiers de verrouillage des portes. Lorsque l'étage serait dans l'obscurité, il lui suffirait de rejoindre l'escalier de secours, en priant pour qu'aucune autre caméra n'y soit installée, et elle n'aurait plus qu'à s'enfuir. *Après tout, c'est bien à ça que servent les escaliers de secours*, se dit-elle.

Elle prit une profonde inspiration, puis désenclencha l'interrupteur général du tableau.

Et tout devint noir.

101

Soudain, un point lumineux fissura l'obscurité, et il fallut quelques secondes à Sylvain pour comprendre que Michael avait allumé la torche de son téléphone portable. Ce dernier tourna la lumière vers l'homme en blouse qui lui fit signe qu'il ne comprenait pas ce qui se passait, perdu devant ses différents moniteurs éteints. Michael attendait quelque chose, et l'homme ne s'en était pas encore rendu compte. L'écran de son téléphone illuminait faiblement le visage de Michael et Sylvain devina qu'il était agacé avant même qu'il ouvre la bouche :

« On n'est pas censé avoir un générateur de secours en cas de panne, ici ?

— Euh… si, bredouilla l'homme. Il faut juste quelques secondes avant qu'il se mette en marche. Il y a un seuil de temps à partir duquel on peut considérer qu'il s'agit d'une panne et seulement à ce moment…

— Oui, oui… c'est bon. »

Michael se rassit et attendit, la torche dirigée vers Sylvain. Tous deux restèrent silencieux. Après un temps que Sylvain estima d'une minute environ, la lumière se ralluma ; un des néons du plafond eut un raté au démarrage et s'y reprit à trois fois avant de fonctionner correctement. Autour de l'homme en blouse, les machines se remettaient en marche, s'initialisaient, émettant des bips à tour de rôle. Michael éteignit la torche de son téléphone et tourna la tête vers l'homme derrière lui ; ce dernier lui sourit et indiqua à l'aide de son pouce levé que tout était revenu à la normale. Michael passa la main dans ses cheveux, réfléchit un instant, puis s'adressa à nouveau à Sylvain :

« Écoute, je ne sais pas comment te le dire autrement, alors je vais le dire comme ça. Catherine, je m'en fous. Je n'ai aucun intérêt à lui faire du mal, et je n'ai aucune raison de me préoccuper de sa sécurité, tu comprends ? Si tu me dis que tu veux qu'elle aille bien, je veillerai à ce qu'elle aille bien. Que tu me croies ou non, ce que je veux, c'est t'aider à comprendre la situation dans laquelle tu es, parce que je fais le pari que si tu y arrives, tu voudras m'aider.

— T'aider à quoi ?

— Il faut que je réussisse à atteindre Fournier. C'est lui, mon objectif. C'est lui qui m'intéresse.

— Qu'est-ce que tu lui veux, précisément, à Fournier ?

— Ce que je veux… disons que j'aimerais beaucoup discuter avec lui. »

Moi aussi, se dit Sylvain, *j'ai très envie de discuter avec lui ; maintenant que je sais comment on s'est rencontrés, tu n'imagines pas l'envie que j'ai d'avoir une conversation avec lui...*

« Déjà, il faut que tu commences par me détacher, me mener à Catherine, garantir sa sécurité, et ensuite seulement, on pourra discuter.

— Ce n'est pas aussi simple que ça, répondit Michael. Je ne peux pas défaire tes liens et faire comme si rien... »

Il s'interrompit lorsque son téléphone portable, toujours dans sa main, sonna ; il regarda le numéro affiché et décrocha en se levant :

« Qu'est-ce qui se passe ? »

Il écouta quelques secondes sans rien laisser paraître.

« J'arrive ! » termina-t-il en raccrochant.

Il se tourna vers l'homme en blouse et lui dit qu'il n'en avait que pour quelques minutes. Il quitta la pièce en lui demandant d'appeler la sécurité ; un ou deux hommes suffiraient. Il sortit.

Alors qu'il se dirigeait vers l'ascenseur, Michael pensa qu'il ne croyait pas aux coïncidences. Une panne électrique quelques secondes à peine avant qu'on lui annonce la présence de cette policière à l'accueil, tout cela le rendait méfiant.

102

Catherine venait d'avoir la peur de sa vie ; elle avait attendu longtemps avant de se décider à sortir de son local technique, et alors qu'elle approchait à tâtons de l'angle du mur faiblement illuminé par le panneau indiquant la sortie de secours, la lumière s'était rallumée. Elle était encore trop loin pour atteindre ces escaliers, et il ne faudrait plus qu'une ou deux secondes avant que la caméra face à elle ne fonctionne à nouveau. Elle ne savait plus quoi faire lorsqu'une porte s'ouvrit derrière elle, quelques mètres après la porte du local technique qui l'avait protégée. Le panneau de la porte se tenait entre elle et l'homme dont elle reconnut la voix : c'était Michael Tomlinson, le manager de Sylvain. Elle l'entendit dire à son interlocuteur d'appeler la sécurité et se pressa de retrouver la protection de son local technique avant que Michael ne la voie. Elle vit son ombre passer sous la porte, se dirigeant vers les ascenseurs, puis elle entendit un des ascenseurs se refermer. *Je suis à nouveau chez*

GenTech, se dit-elle. *Comment je suis revenue de Bordeaux ?*

Elle allait tenter le tout pour le tout et courir vers l'escalier de secours. Elle ouvrit la porte une nouvelle fois, et se retrouva une fois encore seule dans ce long couloir. Elle allait se diriger vers l'issue du bâtiment mais s'arrêta après un pas ; elle regarda derrière elle, en direction de la pièce d'où était sorti Michael. Et si Sylvain était à l'intérieur ? Elle avait bien entendu Michael employer les termes « *pour le surveiller* ». Il devait parler de Sylvain, elle en était convaincue. Et si Michael avait demandé à faire appeler la sécurité, c'est qu'il n'était pas gardé. Elle courut jusqu'à la pièce que Michael avait quittée et tira sur la poignée. Mais la porte ne s'ouvrit pas. Catherine vit alors un boîtier de commande qu'elle reconnut sans peine.

Elle allait renoncer lorsque la porte s'ouvrit. Elle se retrouva nez à nez avec un homme vêtu d'une blouse et portant des lunettes à la monture métallique Aussitôt et sans réfléchir, Catherine serra le poing et le frappa de toutes ses forces en plein visage. L'homme, qui n'avait pas encore lâché la poignée, eut un mouvement de recul et la porte faillit se refermer, mais le bras de Catherine était déjà à l'intérieur. Surpris par le coup, l'homme porta les deux mains à son visage et Catherine put ouvrir la porte et entrer. Il criait de douleur, mais également de peur en voyant ses doigts ensanglantés. Le nez est un organe très vascularisé qui, lorsqu'il est atteint, saigne aussi facilement qu'abondamment.

« Catherine ! »

Elle regarda autour d'elle et, à l'autre bout de la pièce, vit Sylvain, attaché. Elle s'approcha de lui et dégagea ses mains ; il arracha de quelques mouvements secs toutes les électrodes qui parsemaient son corps, et une machine émit quelques signaux d'alarme. Il se détacha ensuite les pieds et se releva.

Leur récente dispute à Bordeaux était loin derrière eux ; il était rassuré de la savoir en vie et la prit dans ses bras. Elle le laissa faire. Ils échangèrent quelques mots, confus, pour s'assurer que l'autre allait bien, puis s'embrassèrent. Un bruit attira l'attention de Sylvain : l'homme en blouse, en tentant de se relever, avait fait basculer un tabouret au sol. Il se dirigeait vers la porte pour s'enfuir.

Sans se presser, Sylvain marcha dans sa direction et le rattrapa par le col avant qu'il ait pu atteindre la porte. Sylvain retourna l'homme comme s'il ne pesait rien et enroula son bras autour de son cou. Après quelques secondes à suffoquer, l'homme s'évanouit, tomba, et Sylvain prit la carte qu'il tenait encore à la main.

« Est-ce qu'il est… mort ? demanda Catherine.

— Quoi ? Non ! C'était juste une clé d'étranglement. Il est évanoui, ne t'inquiète pas.

— Mais comment tu…

— Alors… j'imagine que tu as plein de questions. La bonne nouvelle, c'est que maintenant, j'ai les réponses ; je… »

Sylvain fut interrompu par un bruit derrière la porte : quelqu'un la déverrouillait. Il fit signe à Catherine de ne pas faire de bruit et de s'éloigner, tandis qu'il se collait contre le mur.

Lorsque la porte s'ouvrit, les deux gardes entendirent l'alarme qui émanait d'une machine au bout de la pièce et s'engouffrèrent rapidement à l'intérieur avant de trouver l'homme en blouse au sol, inconscient. La porte se referma et Sylvain attaqua le garde le plus proche, ce qui alerta le second. Très vite, il se retrouva à lutter contre les deux hommes à la fois. Catherine était étonnée par la façon dont Sylvain maîtrisait la situation ; il évitait les coups sans aucune difficulté et il lui suffit de quelques secondes seulement pour mettre les deux hommes hors d'état de nuire.

Catherine s'approcha tandis que Sylvain était en train de fouiller les deux hommes ; il attrapa le pistolet d'un des gardes, en vérifia d'un geste contrôlé l'état du chargeur et de la chambre, le cala à l'arrière de son pantalon, puis il s'empara du chargeur de l'arme de l'autre garde et le fourra dans sa poche, avant de commencer à déshabiller le plus grand des deux hommes. Il prit sa chemise et l'enfila ; elle était un peu grande pour lui, mais ça ferait l'affaire. Et cela permettrait au moins de dissimuler son pistolet. Aucun des gardes n'avait de téléphone portable sur lui, ce qui n'était pas le cas de l'homme en blouse. Sylvain se saisit du téléphone et utilisa la main de son propriétaire inconscient pour le déverrouiller. Puis il composa un numéro et attendit. Lorsque la ligne fut établie, Sylvain reconnut immédiatement au bout du fil la voix si familière du docteur Fournier, et il lui dit simplement :

« Bonjour doc. Je me souviens de tout, maintenant. Il faut qu'on parle, vous et moi. »

Il raccrocha et piétina le téléphone. Il regarda autour de lui, faisant le point sur la situation : il avait récupéré les trois cartes d'accès des hommes, ceux-ci ne pourraient pas sortir de la pièce seuls. Il s'avança vers Catherine et lui prit la main avant de se diriger vers la porte de sortie.

« On est chez GenTech, mais je ne connais pas cet étage », lui dit-elle.

Il s'arrêta et réfléchit un instant. C'était logique. Cela avait fait partie de son travail de savoir qu'il y avait des étages souterrains dont l'accès était particulièrement restreint. L'ascenseur descendait jusqu'au niveau –5, mais le parking ne comptait que trois niveaux souterrains. Ils devaient être en dessous. Ils sortirent de la pièce et se dirigèrent vers l'escalier de secours, sans plus se préoccuper de la caméra de sécurité.

« Si ta voiture est toujours garée devant l'immeuble, on peut la prendre pour partir, suggéra Catherine, tandis qu'ils montaient les marches.

— On ne part pas », répondit Sylvain, sans se retourner, avec une assurance que Catherine ne lui connaissait pas.

Le calme de Sylvain était une façade. Intérieurement, il était furieux. Il pensait à cette jeune fille qu'il avait tellement aimée ; il l'appelait Trina, mais elle s'appelait тринадцать. *Trinadtsat*, se dit Sylvain, *ce n'est pas un prénom. Ça signifie « treize », en russe.*

103

Nadja s'était forgé son opinion. En parcourant les autres fichiers du dossier #6-14, elle avait fini par tomber sur des missions qu'elle avait reconnues. À ses yeux, il n'y avait plus aucun doute, Sylvain était bien désigné comme étant le sujet #6-14. Pour Grégoire, en revanche, c'était impossible : si les documents qu'ils avaient lus étaient authentiques, cela signifiait que le sujet #6-14 était âgé d'au moins 60 ou 65 ans. Pour Nadja, la seule explication à ça, c'est qu'il y avait une confusion évidente dans la dénomination, entre le sujet #6-14 et le seul sujet de la série #6bis qui était né dans les années 1980, ce qui correspondait mieux avec l'âge supposé de Sylvain. Donc cette personne était le fils biologique de #6-14, et il avait été élevé par le professeur Kowalski, en Pologne. S'il s'agissait bien de Sylvain, cela signifiait qu'il avait toujours été sujet à des traitements sur sa mémoire ; peut-être que cela expliquait la longévité de son activité au sein de GlobalViz.

Pour Grégoire, cette incohérence au niveau des dates était capitale ; Fournier était très rigoureux dans toutes ces archives, ça ne pouvait pas être une simple erreur. Il en était convaincu, tout comme il était convaincu que ce n'était pas un hasard si les mentions de l'activité de ce #6bis correspondaient à peu de chose près à la naissance de la société GlobalViz. La seule certitude qu'il avait acquise, c'est qu'il ne pouvait pas faire confiance à ce docteur Fournier qui avait visiblement expérimenté sur des humains, peut-être même depuis leur enfance.

« Il faut qu'on en parle à Richard, dit Nadja.

— On ne peut pas, pas encore. On n'est même pas sûrs qu'il s'agit bien de Sylvain et, quand bien même, tu voudrais qu'on lui dise quoi, exactement ? Que son fonds de commerce repose sur des expériences réalisées sur des humains en dehors de toute considération éthique ? »

Nadja pensa aux autres agents qui avaient effectué des missions pour GlobalViz : ils en effectuaient deux ou trois, rarement plus, et ensuite on ne les revoyait jamais. À ses débuts dans la société, elle pensait qu'ils étaient « rendus à la vie civile ». Désormais, elle savait que la plupart d'entre eux ne travaillaient pas plus longtemps chez GlobalViz parce que leur cerveau ne le supportait pas, et qu'ils finissaient même peut-être par en mourir, voire qu'on les y aidait.

« Tu sais, continua Grégoire, il y a un truc que je n'ai pas demandé jusqu'à maintenant, parce que j'estimais que je n'avais pas besoin de le savoir… » Il laissa planer un silence le temps de s'assurer qu'il avait toute l'attention de Nadja. Au regard inquiet qu'elle lui portait, il sut que c'était le cas et reprit :

« C'était quoi, précisément, la mission de Sylvain chez GenTech ? »

Nadja soupira. Techniquement, elle n'avait pas le droit d'en parler, mais Grégoire avait la confiance de Richard plus encore qu'elle ne l'avait elle-même. Elle se demanda par où commencer, puis décida d'aller au plus simple :

« GenTech développe des virus génétiquement marqués. En gros, le principe, c'est qu'ils seraient capables de mettre au point un virus très contagieux auquel une population entière pourrait être exposée, mais qui n'affecterait que des personnes sélectionnées au préalable sur des critères génétiques. L'arme biologique chirurgicale parfaite. Imagine qu'on répande le virus Ebola dans toute l'Île-de-France, mais que tu en sois le seul affecté. »

Grégoire se redressa.

« Ça existe, ça ? Je veux dire… c'est au point ?

— Les protocoles de fabrication sont très efficaces chez GenTech. Ils peuvent quasiment typer n'importe quel virus, et l'activer sur un gène spécifique donné. Ils peuvent cibler une personne ou une population entière. »

Il n'est pas étonnant que cette découverte fasse des envieux, se dit Grégoire, comprenant mieux l'intérêt du client et la nécessité de faire appel à GlobalViz.

« Et le rôle de Sylvain, dans tout ça, c'était quoi ?

— Je ne sais pas précisément, parce que c'est assez technique, mais il devait avoir accès à certaines étapes du protocole. Nocell, la société du client de GlobalViz, dont le patron est un certain Henri Codat, ne cherche pas à récupérer tout le projet ; ils travaillent sur des nanotechnologies. Leur truc, à eux, c'est ce que Richard appelle les nano-bombes à retardement. En gros, ils sont capables de t'implanter des nanomachines avec un programme donné mais qui s'activent après une durée préétablie ; ça peut être dix secondes comme ça peut être dix ans.

— Et ce qu'ils voulaient récupérer, c'était pour en faire quoi ?

— Je n'en ai pas la moindre idée. Je suppose que c'est lié à une activation génétique, ou un truc du genre, vu les sociétés, mais je n'en sais rien. »

Grégoire ne comprenait pas pour quelle raison le client avait demandé à Richard de cesser les recherches, cela n'avait aucun sens.

L'ordinateur de Nadja émit soudain un son qui attira son attention : une fenêtre venait de s'ouvrir sur son écran. Elle sembla surprise, et pressa frénétiquement des touches de son clavier en faisant d'abord non de la tête, puis en disant simplement à haute voix :

« Non, non, bordel, non ! »

— Qu'est-ce qui se passe ? demanda Grégoire, inquiet.

— Quelqu'un est en train de supprimer des dossiers entiers du disque dur de Fournier.

— Tu ne peux pas l'interrompre ?

— Pas sans révéler ma présence, mais je peux copier un maximum de fichiers sur mon disque dur avant que tout ne soit effacé...

— Tu penses que...

— Pas maintenant ! »

Quelqu'un était en train de supprimer des fichiers qu'elle essayait de sauvegarder. La bonne nouvelle, c'était que la plupart de ces fichiers étaient très légers, et qu'elle pouvait donc très vite les copier ; la mauvaise nouvelle, c'était que pour la même raison, il était également rapide de les supprimer. Elle ne pourrait pas sauver tous les fichiers. Elle décida de les copier à partir de la série #6, priant pour ne pas condamner ainsi des données essentielles. Mais, ce faisant, elle aurait au moins de l'avance sur les suppressions qui, elles, démarraient à partir de la série #1. Elle soupira. Elle avait lancé ses commandes et ne pouvait rien faire de plus pour l'instant. Il n'y avait plus qu'à attendre et constater l'étendue des dégâts.

Lorsque Nadja ne fut manifestement plus occupée, Grégoire lui demanda :

« Tu peux savoir qui supprime ces fichiers ?

— Peut-être », répondit-elle sans grande conviction.

Elle ouvrit une nouvelle fenêtre de commandes sur son ordinateur, se connecta à la machine du docteur Fournier et écrivit simplement le mot suivant à l'invite de commandes : `who`.

Plusieurs lignes apparurent qu'elle identifia sans peine. Chaque ligne représentait un utilisateur actuellement connecté à la machine. Elle identifia deux lignes qui correspondaient à sa propre connexion, et s'attarda sur la troisième. Elle regarda Grégoire et lui répondit enfin : « C'est l'identifiant de Fournier. Je pense que c'est lui qui est en train de vider son disque dur, répertoire par répertoire. »

104

Marion Lambert récupéra sa carte ainsi que celle de son coéquipier auprès de l'hôtesse d'accueil. Ils patientaient, debout, près de l'entrée, Lambert désignant à Croze la voiture de Sylvain Guérin toujours garée devant l'entrée. Ils évoquaient les différents moyens à leur disposition pour embarquer le véhicule lorsqu'ils furent interrompus par une voix dont l'accent trahissait une origine américaine :

« Bonjour, j'espère ne pas vous avoir fait attendre trop longtemps. »

Michael s'approchait à grands pas, la main droite tendue en avant et prêt à serrer celle de l'inspectrice Lambert qui, dans la foulée, en profita pour présenter son collègue. Avant qu'ils aient pu dire un mot, Michael demanda :

« Alors, avez-vous pu retrouver Sylvain et Catherine ? Ça fait trois jours, maintenant, qu'on n'a pas eu de leurs nouvelles… »

— Nous souhaiterions discuter avec vous, répondit Croze, mais également avec d'autres employés de votre société ; y a-t-il un endroit plus tranquille où nous pourrions parler ? »

Michael fit ouvrir la cafétéria, expliquant une fois de plus que, sans mandat, il ne pouvait pas leur donner accès à l'intérieur du bâtiment. Croze demanda à sa coéquipière de regarder la voiture de Sylvain de plus près, pour voir s'il n'y avait pas quelque chose à l'intérieur qui pourrait les aiguiller sur une piste. Légèrement offusquée de se voir ainsi rabaissée par un collègue qui avait pris connaissance de l'affaire depuis moins de deux heures, Lambert n'en montra rien et se contenta de respecter la hiérarchie.

Elle fit rapidement le tour du véhicule, constata à nouveau qu'il n'y avait rien de notable à l'intérieur de l'habitacle, vérifia par acquit de conscience que les portes étaient bien verrouillées, puis reprit le chemin de l'immeuble. Une fois passée la porte tambour, elle se figea en voyant un homme et une femme sortir d'un des ascenseurs. L'homme avait une allure un peu débraillée, portait une chemise manifestement trop grande pour lui, mais ce n'était pas ce qui avait attiré son attention. La rencontre lui semblait si insolite qu'elle mit quelques secondes à comprendre. Elle courut pour aller dans leur direction, stoppée par un petit poste en verre qui ne s'ouvrait qu'à l'aide d'une carte et, alors qu'ils n'étaient plus qu'à quelques mètres d'elle, s'empressa de les interpeller :

« Excusez-moi ! » L'homme se retourna et s'arrêta en constatant qu'elle s'adressait bien à lui.

Marion reconnut sans peine l'homme à quelques mètres devant elle. « Ça fait des jours que je vous cherche partout, Sylvain. Vous permettez que je vous appelle Sylvain ? »

105

Henri Codat était dans son loft, une pile de papiers sous les yeux. Il avait demandé à quelques personnes de confiance de faire pour lui des simulations. Humilié par Michael, il lui avait fallu du temps pour accepter la situation. Il avait fait le deuil de son projet personnel. Certes, il lui restait encore à convaincre ses actionnaires, pour sauver les apparences, et leur dire qu'il avait tout prévu depuis le début. Michael ne s'en offusquerait pas.

Mais ce n'était pas tout. Il garderait une certaine rancœur, une irritation dont il aurait du mal à se débarrasser. Avec ces simulations sous les yeux, il se rendit compte que les grands nombres l'aideraient à cicatriser.

Celui qui prétend que l'argent ne fait pas le bonheur n'a jamais eu un nombre à huit chiffres sur son compte en banque, se dit-il.

Même en se contentant des projections les plus pessimistes, d'un niveau de pessimisme auquel personne de sensé ne croirait, l'affaire le rendrait immensément riche, et il en sortirait encore plus puissant qu'aujourd'hui. Moins que s'il avait réussi son propre projet, certes, mais il savait qu'il se serait fait, dans ce cas, des ennemis redoutables qui, désormais, seraient ses premiers alliés. Michael lui avait fait une offre qu'il ne pouvait pas refuser. Et qu'il ne souhaitait pas refuser.

Il rangea les papiers dans un tiroir de son bureau et se dirigea vers la cuisine ouverte. Il sortit une bouteille de champagne du réfrigérateur et deux flûtes d'une étagère tandis qu'il entendait la douche s'arrêter. L'étagère se ferma d'elle-même et il remplit les deux flûtes ; une jeune femme à la peau noire, entièrement nue, marchait langoureusement dans sa direction. Il n'avait pas réussi à joindre Érika, mais Léana avait répondu dans la minute, et avait pu se rendre chez lui en moins d'une heure. D'un geste aussi négligé que réfléchi, elle se passa la main dans les cheveux pour les replacer en arrière, la tête légèrement penchée sur le côté, sans sentir sous ses doigts la fine cicatrice qui courrait derrière son oreille.

« Une bonne nouvelle ? » lui demanda-t-elle.

106

Nadja entra comme une furie dans le bureau de Richard, passant devant son assistant comme si celui-ci n'existait pas, malgré ses protestations ; derrière elle, Grégoire la suivait d'un pas tout aussi énergique. Richard, incrédule, les regarda sans être capable de dire un mot. Lorsque son assistant se trouva dans l'encadrement de la porte, Richard lui fit signe de les laisser.

« À quoi est-ce que vous jouez, tous les deux ? demanda-t-il en tentant d'avoir l'air ferme.

— Il faut arrêter de se foutre de notre gueule et nous expliquer ce qui se passe, répondit Nadja, parce que d'un côté on a un client pour qui l'extraction était la chose la plus importante au monde et qui soudainement te demande de tout arrêter, et de l'autre on a le docteur Fournier qui est en train de détruire tous ses dossiers comme s'il s'apprêtait à disparaître…

— Et au milieu de tout ça, il y a nous, l'interrompit Grégoire, et je vous dirais bien que puisque je bosse pour vous, je peux me contenter de faire ce que vous me demandez, mais j'ai vraiment l'impression qu'on est en train de se faire balader, là.

— Fournier est en train de détruire ses dossiers ? Mais ces dossiers ne sont pas à lui, ils sont la propriété de GlobalViz ; ça fait plus de quinze ans que je paye pour ses recherches ! »

Richard pressa un bouton de son téléphone et son assistant décrocha :

« Appelez-moi Fournier et dites-lui que je veux le voir sur-le-champ ! »

Il prit une grande inspiration et observa ses interlocuteurs. Ils avaient raison, un truc ne tournait pas rond. Pour autant, il devait suivre les indications de son client, Henri Codat ; c'était lui qui signait les chèques et, par conséquent, c'était lui qui donnait les ordres. En revanche, pour ce qui concernait Fournier, là oui, il fallait tirer ça au clair.

« En ce moment même, Henri Codat est avec une fille à nous.

— Il est avec Louise ? demanda Nadja.

— Non. Louise... ne travaille plus ici.

— Et elle est passée où ? »

Richard regarda Nadja sans rien dire, en attendant qu'elle comprenne qu'il y avait des questions qu'il ne fallait pas poser. Elle finit par jurer à voix basse et Richard se dit qu'elle avait compris. Il continua :

« La fille m'a envoyé des photos il y a quelques minutes ; des documents qui avaient l'air de beaucoup intéresser Codat. Je n'ai pas tout déchiffré, mais je crois avoir compris l'essentiel. Il semblerait qu'il soit sur le point de s'associer avec GenTech. Ils ont dû lui proposer suffisamment d'argent pour que ça soit intéressant à ses yeux.

— Ça confirme l'idée selon laquelle c'est GenTech qui essaie de nous doubler, intervint Grégoire. Ils ont bougé leurs pions sans qu'on s'en aperçoive.

— Du coup, c'est pour ça qu'on a arrêté de rechercher Sylvain ? demanda Nadja.

— Vous avez arrêté de rechercher Sylvain parce que notre client, Nocell, m'a demandé d'arrêter les recherches. C'est pas plus compliqué que ça. »

Richard ne pouvait pas se permettre que ses employés remettent ses décisions en cause. Il devait faire preuve de fermeté.

« Et pour Fournier ? demanda Nadja.

— Fournier, je m'en occupe ! Et d'abord, comment vous avez su qu'il vidait ses disques durs ?

— C'est vraiment la seule question qui te vient, là ? »

Richard n'appréciait pas ce ton insolent et allait répondre lorsque son téléphone sonna. C'était son assistant :

« Le docteur Fournier a quitté son bureau il y a quelques minutes sans donner d'indication à sa secrétaire, elle ne sait pas quand il reviendra...

— Eh merde ! » cria Richard en raccrochant.

Grégoire et Nadja se levèrent d'un bond, presque simultanément. Ils attendaient en regardant Richard ; il n'avait qu'un mot à dire et ils partiraient à sa recherche. Richard évalua la situation. Il ne pouvait pas se permettre de laisser Fournier s'évanouir dans la nature, cela signifierait la fin de GlobalViz ; de plus, rechercher Fournier ne contrevenait pas aux ordres d'Henri.

« Trouvez où est passé ce putain de docteur, et ramenez-le-moi ici. Par la peau du cul ! »

107

« La police ? Comment vous avez fait pour me retrouver ici ? » La question semblait parfaitement légitime à Sylvain, et Marion Lambert expliqua qu'elle venait, en réalité, interroger Michael et, si c'était possible, d'autres employés de la société. Mais elle l'expliqua aussi brièvement que possible car, ayant désormais Sylvain Guérin devant elle, qui plus est accompagné de Catherine Rioult, elle avait d'autres questions, de nombreuses questions. Comment allaient-ils ? Étaient-ils en danger ? Avaient-ils besoin d'aide ? Catherine semblait moins calme que Sylvain ; tous deux avaient l'air fatigué, mais Catherine était au bord de la panique. Cependant, à peine Marion avait-elle dit que « justement, j'allais rejoindre Michael qui est avec mon collègue », que cela provoqua une réaction nette chez Sylvain qui coupa court à la discussion. Il attrapa la main de Catherine et l'entraîna de l'autre côté du portique de sécurité, à côté de Marion. « Eh bien, allons voir Michael », dit-il simplement sans laisser à Catherine le temps de protester.

Lorsqu'ils entrèrent dans la cafétéria, Michael était en train de plaisanter avec Croze qui riait de bon cœur ; il venait manifestement de faire une plaisanterie et, se dit Sylvain, vu l'allure du collègue de l'inspectrice, la plaisanterie n'était sans doute pas très fine. Michael se retourna vers la porte et son sourire disparut dès l'instant où il aperçut Sylvain.

« Michael, dit-il en s'approchant d'un pas décidé, je suis désolé de t'interrompre, mais on a du pain sur la planche. »

Instinctivement, Catherine restait proche de Lambert, faisant de son mieux pour contenir sa peur et sa colère face à Michael.

Arrivé à leur hauteur, Sylvain tendit la main à Croze en se présentant ; ce dernier parut incrédule. Il serra la main de Sylvain tout en questionnant du regard sa partenaire ; il ne savait absolument pas quoi dire, ni même quoi penser. Lambert prit les devants :

« Sylvain, pouvez-vous nous expliquer où vous étiez cette semaine ?

— Je peux, et je le ferai, c'est promis. Mais pas maintenant. Michael et moi avons une affaire à régler... et quelque chose me dit que le temps joue contre nous. »

Lambert tenta de protester, mais Sylvain poursuivit à l'attention de son manager :

« L'homme que nous cherchons tous les deux, je le connais très bien et s'il y a bien une chose dont je suis sûr, c'est qu'il n'aime pas prendre de risques. Il va disparaître de la circulation. Il faut qu'on y aille. »

Sylvain se retourna en direction de la porte lorsqu'une main s'abattit sur son épaule ; l'inspecteur Croze tentait de le retenir. Sylvain regarda la main du coin de l'œil et dit à Croze :

« Vous ne voulez pas faire ça. Croyez-moi. »

Lambert intervint et fit signe à Croze de le lâcher. Et tandis que Sylvain rejoignait Catherine vers la porte, elle ajouta :

« On pourrait vous arrêter, Sylvain...

— M'arrêter ? Et pour quel motif exactement ? Parce que vous ne saviez pas où j'étais cette semaine ?

— Nous avons la preuve qu'un crime a eu lieu chez votre amie ici présente et nous pensons que...

— Que je suis coupable ? Est-ce que vous êtes en train de m'accuser ? »

Voyant que Lambert ne répondait pas, Sylvain conclut :

« C'est bien ce que je pensais.

— Il s'agit avant tout de votre protection, répondit Lambert. Nous avons de bonnes raisons de penser que des individus cherchent à vous atteindre et...

— Écoutez-moi ! Cette affaire vous dépasse, et pas qu'un peu. Je peux m'occuper de ma propre sécurité, et je vous assure que je ne suis pas la personne que vous recherchez. »

Il toisa l'assistance, Lambert, son partenaire, Michael, et enfin Catherine. Il réfléchissait à la meilleure façon de procéder ; tout se passa très vite dans sa tête et personne n'aurait pu imaginer le nombre de scénarios qu'il se joua intérieurement, en un instant. Devait-il fuir ? Devait-il neutraliser les policiers ? Se laisser arrêter ? Quelle était la meilleure approche pour cette situation ? Il s'approcha de l'inspectrice et lui dit : « Sinon, ce qu'on peut faire, c'est que vous pouvez venir avec nous. Je vous assure que vous ne serez pas déçue du voyage. »

D'habitude, Lambert était très vite capable de déceler si quelqu'un lui mentait, mais l'homme en face d'elle était parfaitement illisible. Son attitude ne lui donnait aucun indice. Elle avait pensé que Sylvain Guérin était victime d'une situation très complexe, qui le dépassait, mais l'homme qui lui faisait face n'avait pas du tout l'air d'être une victime. Avait-elle pu à ce point se tromper sur l'image qu'elle s'était faite de lui ? Elle regarda Croze qui semblait toujours aussi perdu.

« Si je viens avec vous, on prend ma voiture, dit-elle à Sylvain.

— Parfait. Catherine reste avec nous. Michael nous suivra avec votre collègue.

— Très bien. »

Ils s'étaient tous fixés du regard, immobiles, se jaugeant les uns les autres. Sylvain s'approcha de Catherine et lui demanda si elle se sentait capable de pirater un compte e-mail. Devant les policiers, elle ne savait pas comment réagir. Elle se laissait porter depuis quelques minutes et ne comprenait pas ce qui était en train de se passer. Sylvain posa délicatement sa main sur sa joue pour rediriger son regard sur lui et reposa calmement sa question ; elle chuchota qu'elle pouvait le faire, mais qu'elle ne pouvait pas faire ça depuis un téléphone, elle avait besoin d'un ordinateur. Sylvain ordonna à Michael d'aller en chercher un et de les rejoindre dans le hall. Ce dernier s'exécuta et sortit de la cafétéria.

C'est un risque à prendre, se dit Sylvain. Michael pouvait fuir, ou appeler la sécurité. Mais Sylvain savait qu'il était capable de gérer sans difficulté tout ce que Michael pourrait décider de placer sur son chemin et, au moins, en lui laissant la possibilité d'agir à sa guise, Sylvain serait fixé. Il va faire exactement ce que je lui demande, paria-t-il, parce qu'il a compris que, du moins pour l'instant, nous voulons tous les deux la même chose.

Sylvain se tourna vers Lambert :

« Bon, en attendant qu'il revienne ; si vous avez des questions à me poser, c'est le moment, parce qu'il y a des choses que je ne dirai pas devant lui. »

108

Grégoire enfonça la porte du bureau de Fournier d'un violent coup de pied. Pas question d'attendre un double de la clé, le temps jouait contre eux. L'arme au poing, il s'assura que la pièce était bien vide, suivi de près par Nadja, elle aussi en alerte, son ordinateur portable à la main. Nadja fit le tour du bureau et s'assit en posant son portable. Elle alluma l'ordinateur de Fournier, priant pour que ce dernier s'allume sans problème. Son vœu fut exaucé et, après quelques secondes à peine, un écran de connexion apparut.

« Il a sans doute effacé tous ses fichiers sur le serveur, dit-elle, et cela prendra du temps pour établir l'étendue de ce qui manque, mais au moins il n'a pas détruit son disque dur. »

Nadja savait qu'on ne pouvait jamais vraiment détruire le contenu d'un disque dur autrement qu'en le détruisant physiquement, le meilleur moyen étant encore de le percer sur toute son épaisseur. Il était aussi possible de supprimer des fichiers et de les rendre virtuellement irrécupérables, en écrasant des milliers de fois leur contenu avec un autre contenu, par exemple une succession ininterrompue de zéros, mais cette méthode prenait des heures, voire des jours, et Fournier n'avait pas pu choisir cette option. Il était parti dans l'urgence, ce que confirma Grégoire qui examinait les tiroirs de rangement du bureau :

« J'ai l'impression que tous les dossiers sont là, mais il y en a tellement que c'est difficile de savoir s'il en manque.

— Essaie de trouver des dossiers de la série 6 ou 6bis... »

Tandis que Grégoire fouillait les différentes étagères, caissons, et boîtes d'archives, Nadja avait basculé sur son propre portable ; elle avait réussi à se connecter à l'ordinateur de Fournier et était en train de naviguer dans le système de fichiers. Grégoire s'interrompit un instant pour voir ce qu'elle faisait : elle était en train de copier un fichier intitulé « SAM ». Il reprit ses recherches en lui demandant qui était ce Sam, ce qui la fit sourire.

« SAM est un acronyme qui signifie *Security Account Manager*, c'est le fichier dans lequel est chiffré le mot de passe de connexion de Fournier à son ordinateur. Je le récupère sur ma machine pour pouvoir le déchiffrer. Ça me permettra ensuite de me connecter sur la sienne.

— Si tu peux te connecter à sa machine depuis ton ordinateur, pourquoi tu ne le fais pas directement ?

— Parce que ce n'est pas aussi simple que ça. Le fichier SAM est plus facilement accessible lorsqu'on n'est pas connecté à un ordinateur justement parce qu'il est nécessaire pour se connecter.

— Et ça va être long ?

— Ça, ça dépend du mot de passe. Ça peut prendre une seconde comme ça peut prendre dix ans. Il faut juste espérer que son mot de passe ne soit pas trop robuste. »

— On n'a pas dix ans devant nous !

— Je vais tester tous les mots de passe possibles sur mon ordinateur, jusqu'à trouver celui qui, une fois chiffré, est identique à celui contenu dans le fichier SAM que j'ai récupéré. Plus le mot de passe est long, plus l'opération est longue ; plus le mot de passe est complexe et contient des chiffres, des symboles, des majuscules et des minuscules, et plus l'opération est longue. Si son mot de passe est un mot du dictionnaire, cela prendra moins d'une seconde. Si c'est une série aléatoire de trente signes incluant des symboles ou des lettres d'un autre alphabet, on peut être parti pour des années. »

Grégoire sembla accuser le coup de cette nouvelle.

Elle tapa une ligne de commande et patienta devant son écran. Le système d'exploitation de Fournier était une ancienne version de Windows, et le mot de passe était enregistré avec une méthode de chiffrement appelée *LM Hash*. Une des particularités de cette méthode était qu'elle coupait le mot de passe en plusieurs mots de sept caractères exactement, quitte à compléter le dernier avec des caractères nuls. Il faudrait donc potentiellement déchiffrer plusieurs mots pour découvrir le mot de passe de Fournier. Cela ajoutait à la complexité mais, en même temps, cela permettait souvent de s'aiguiller car avec un mot de passe de neuf ou dix caractères, la deuxième partie du mot de passe était en général assez vite déchiffrée et pouvait donner une idée du mot qu'on cherchait.

Et en effet, après seulement quelques instants, une partie du mot de passe apparut :

■■■■■■■979

Il ne pouvait pas s'agir uniquement d'une succession de chiffres, sinon l'ensemble aurait déjà été déchiffré. Mais ces trois chiffres pouvaient être les trois derniers chiffres d'une année. Nadja se mit à espérer ; si le mot de passe de Fournier signifiait quelque chose, les caractères seraient simples et elle aurait tôt fait de le découvrir.

De son côté, Grégoire avait enfin trouvé un tiroir étiqueté « #6bis ».

Il était vide.

109

Le docteur André Fournier était plus qu'inquiet ; il était au bord de l'hystérie. Ce qu'il avait redouté depuis tant d'années s'était finalement produit : Sylvain se souvenait. Impossible de savoir précisément à quel point, mais le processus était enclenché. Alors il avait fui. Fournier avait tout de même eu la présence d'esprit de prendre avec lui les dossiers concernant Sylvain, le seul sujet 6bis mené à terme. Il avait aussi emporté un caisson, ainsi qu'une clé USB sur laquelle il espérait avoir copié l'essentiel des données dont il aurait besoin pour poursuivre ses travaux. Ce n'était pas la première fois qu'il fuyait, mais, les fois précédentes, il avait eu le temps de s'organiser. De plus, à l'époque, il n'avait pas le même âge et avait beaucoup plus de vigueur.

Il était parti en voiture et savait que c'était une erreur : Richard pouvait suivre à la trace n'importe quel véhicule de GlobalViz. Il devait trouver un autre moyen de transport.

Il changerait de nom, de nationalité. Il savait qu'avec les promesses technologiques qu'il emportait avec lui, il trouverait sans difficulté des gens pour l'y aider. S'il avait eu le temps de se préparer, il aurait de fait exclu d'être aidé par un gouvernement ; il ne savait que trop bien que travailler pour un gouvernement était le meilleur moyen de se voir dessaisi de son travail, et avait ainsi déjà par deux fois failli tout perdre. Mais cette fois-ci était différente, et il n'aurait peut-être pas le choix. Certes, Richard se mettrait bientôt à sa poursuite, si ce n'était pas déjà le cas, mais, surtout, Sylvain allait aussi se mettre à ses trousses, et là ce serait une autre histoire. Fournier était la seule personne au monde à savoir précisément de quoi il était capable, et cela le terrifiait.

Il s'arrêta à un feu rouge et prit une longue inspiration. Il fallait qu'il se calme. Tout cela n'aurait servi à rien s'il faisait une crise cardiaque. Il regarda le petit caisson posé devant le siège passager et se dit qu'il avait paré à l'essentiel. Les prochains jours seraient peut-être chaotiques, mais il s'était au moins assuré au mieux de pouvoir tout recommencer.

110

Michael était dans son bureau, en train de débrancher son ordinateur portable et de le placer avec son câble de chargement dans une sacoche, lorsqu'il reçut un message.

AG *(25/05 11:37)*
Le doc est parti en voiture, je le suis à bonne distance

Michael resta un temps figé à contempler l'écran de son téléphone. Lorsque AG avait ramené Sylvain et Catherine, il avait pu reprendre son activité de surveillance de GlobalViz, noter tout ce qui sortait de l'ordinaire. Et le docteur Fournier qui s'absente en plein milieu de la journée, qui plus est aujourd'hui, on peut dire que ça sortait de l'ordinaire.

Il était essentiel que son agent ne perde pas le docteur de vue. Il répondit à son message.

Michael *(25/05 11:39)*
Très bien. Si l'occasion se présente,
prélève-le discrètement

Michael devait à présent faire un choix : rejoindre Sylvain à l'accueil ou fuir par une issue de secours. Sylvain se proposait de le mener à Fournier, alors il décida de le suivre. Bien sûr, il faudrait trouver un moyen de se débarrasser de la police en cours de route, c'était inévitable, mais pour l'instant il allait faire ce que Sylvain lui demandait. Et ensuite, si besoin était, il demanderait à AG de régler définitivement le problème Sylvain Guérin.

111

1 9. 0 2. 1 9 7 9

Il avait fallu près de quatre minutes au programme pour déchiffrer le mot de passe complet. Les deux points avaient ralenti l'opération, mais Nadja fut soulagée de constater que le mot de passe du docteur n'était pas très robuste. Elle se tourna vers l'ordinateur de Fournier et tapa les dix caractères en question. L'ordinateur se déverrouilla. Tandis que les différents programmes de démarrage se lançaient les uns après les autres, Nadja se demanda ce que pouvait bien signifier cette date pour Fournier. Il avait au moins 60 ans, ça ne pouvait pas être son année de naissance ; la date de son mariage peut-être ? celle de la naissance d'un enfant ?

Lorsque le bureau apparut à l'écran, il était vierge ; seule la corbeille, vide, figurait dans le coin supérieur gauche. Elle ouvrit une fenêtre de navigation du système et constata que, hormis les fichiers de l'installation système, il n'y avait plus rien sur l'ordinateur. Elle ouvrit l'application mail et constata qu'il n'y avait aucun compte paramétré, ce qui était une bonne nouvelle.

« J'ai peut-être quelque chose », dit-elle à l'attention de Grégoire qui, de son côté, continuait de faire chou blanc.

Grégoire s'approcha et constata que l'application n'affichait rien ; son regard allait et venait de Nadja à l'écran, en silence, et il fallut plusieurs secondes à Nadja pour comprendre qu'il avait besoin d'une explication :

« Si tu supprimes tes e-mails, en admettant que tu le fasses bien comme il faut et que tu aies le temps, il est très difficile de les retrouver. Mais si tu supprimes le compte paramétré sur ton application, alors tu ne supprimes rien du tout, en réalité.

— Je suis pas sûr de bien comprendre…

— Quand tu paramètres un compte mail, tu paramètres une connexion à un serveur, et c'est sur ce serveur que se trouvent tes e-mails, pas sur ton disque dur. Lorsque tu supprimes le compte mail de ton application, tu supprimes uniquement la connexion.

— Mouais…

— Bon, si tu regardes une émission à la télé et que tu éteins l'écran, l'émission ne s'arrête pas ; elle continue sans toi. Eh ben là, c'est pareil. Les mails sont toujours là, quelque part où tu ne les vois pas. »

Une lueur s'éclaira dans les yeux de Grégoire.

« Alors rallume la télé, dans ce cas », dit-il en se dirigeant à nouveau vers les étagères ;

c'était plus laborieux, mais au moins, avec le papier, il savait à quoi s'en tenir.

Nadja bascula à nouveau sur son ordinateur et ouvrit son application mail. Elle cliqua sur le bouton « Nouveau message » et commença à inscrire le nom « Fournier » dans la zone de texte étiquetée « Expéditeur ». L'application lui proposa une adresse e-mail complète : afournier@globalviz.fr.

Maintenant que j'ai ton adresse e-mail, pensa-t-elle, *il ne me reste plus qu'à me connecter directement sur le serveur*. Elle ouvrit une fenêtre sur son ordinateur, inscrivit une url particulière et l'interface de mail en ligne apparut. Pour s'y connecter, elle entra l'adresse e-mail de Fournier et supposa que le mot de passe était le même que pour l'accès à son ordinateur : 19.02.1979.

Ce n'était pas le cas. Le mot de passe était incorrect. Elle recula sur son siège et soupira :

« On est reparti pour un tour », dit-elle en faisant craquer ses doigts.

112

L'inspecteur Lambert avait fait signe à Croze de s'occuper de Sylvain pour pouvoir parler tranquillement avec Catherine. Il fallait opérer vite, et Sylvain avait l'air d'être sur le qui-vive.

« Quelle drôle d'histoire, hein ? »

Croze avait pour le moins raté son entrée en matière auprès de Sylvain, et ce dernier l'interrompit sans même donner l'impression d'avoir écouté

« Vous voulez un café ? Moi, je veux un café. »

Sylvain passa de l'autre côté du comptoir et commença à s'affairer avec les différentes machines dont il semblait connaître tous les mécanismes. Il tourna la tête en direction de Croze, le porte-filtre à la main, semblant attendre de lui une réponse. D'un signe de tête, Croze lui fit signe qu'il voulait bien un café lui aussi. D'un geste sûr, Sylvain enclencha le porte-filtre dans la machine et lui fit opérer une rotation d'un quart de tour. Il plaça deux tasses sous le percolateur et pressa un bouton.

Il se retourna ensuite vers Croze et prit appui sur le comptoir :

« Vous disiez ? »

Pendant ce temps, Marion s'était approchée de Catherine qui avait l'air un peu perdu. Quelques minutes plus tôt, elle était enfermée dans une pièce sans fenêtre et pensait qu'il ne lui restait que peu de temps à vivre, et désormais elle était tranquillement installée dans une cafétéria, à côté de deux inspecteurs de police. Lambert lui parla aussi doucement que possible :

« Est-ce que tout va bien ?

— Hein ? Euh... oui, ça va...

— Si vous avez besoin d'aide, mais que vous ne savez pas comment le dire, faites-moi un signe et je vous sors de là. »

Catherine regarda Sylvain ; il était occupé avec l'autre policier. Elle n'avait aucune raison de lui faire confiance au point de risquer sa vie à nouveau ; mais une voix prenait de l'ampleur dans sa tête. La même voix qui l'avait embarquée dans toute cette histoire, lorsqu'elle avait cloné le téléphone de Michael. Une voix qui se voulait rassurante et qui, dans le même temps, était excitante. Une voix qui lui disait qu'elle ne risquait plus rien, maintenant qu'elle était avec la police, mais qu'elle seule pourrait aider Sylvain à débloquer la situation. Il avait été clair, il avait besoin d'elle pour pirater un compte e-mail. Ce serait sans doute simple, se disait-elle, mais si elle devait le faire depuis un véhicule de police, cela resterait une expérience unique.

« Merci, mais tout va bien, je vous assure… », répondit-elle enfin à l'inspectrice Lambert, avant de compléter : « … mais restez avec nous, s'il vous plaît. »

Pendant ce temps, Sylvain souriait en écoutant l'inspecteur Croze ; ce flic n'avait aucune idée de ce qu'il faisait là, c'était manifeste, mais il donnait plutôt bien le change. Il devait avoir l'habitude d'improviser des justifications à sa hiérarchie, aux proches de victimes, peut-être même à sa femme aussi, se dit Sylvain. Soudain, un propos de Croze le surprit ; celui-ci venait d'évoquer une scène de crime chez Catherine. C'était la seconde fois. Quelques minutes auparavant, c'était l'autre femme, Lambert, qui avait évoqué un crime qui aurait eu lieu chez Catherine.

« De quel crime est-ce que vous parlez, inspecteur ? Lorsque nous avons quitté l'appartement de Catherine, l'homme qui a cherché à me tuer était vivant. Il avait quelques os brisés, certes, mais il était vivant. »

Ce fut au tour de Croze d'être surpris, car Sylvain lui avait dit cela comme si de rien n'était, en allant récupérer les deux cafés et en refaisant le tour du comptoir. Se rendait-il compte qu'il parlait à un inspecteur de police ?

Sylvain posa les deux tasses sur une table près de laquelle il s'assit. Croze ne le quittait pas des yeux.

Jusqu'alors, il considérait cette enquête comme un pétard mouillé et était persuadé qu'il y avait été affecté parce que le capitaine devait avoir quelque chose à lui reprocher. Mais peut-être s'était-il trompé. Peut-être cette affaire était-elle plus complexe et plus intéressante qu'elle n'en avait l'air.

« Comment ça ? Un homme a essayé de vous tuer ? Quel homme ?

— Vous posez la mauvaise question, inspecteur. L'important, ce n'est pas qui, c'est pourquoi. L'homme qui a été envoyé était un simple pion sur l'échiquier. Mais je pense qu'il a outrepassé sa fonction. Il n'était pas censé me menacer ; il était supposé me localiser, et me ramener. Si vous voulez mon avis, c'est pour ça qu'il est mort.

— Attendez deux secondes, je ne comprends pas où...

— Il a été sacrifié par ses propres chefs. Vous voyez, dans l'activité qui est la leur, la chose la plus précieuse, celle dont dépend leur survie, c'est la discrétion ; cet homme n'était pas discret. C'est sans doute lui qui s'est occupé de la gardienne.

— La gardienne ? Quelle gardienne ? Mais qu'est-ce que vous me chantez ?

Sylvain comprit que l'inspecteur n'était pas au courant :

« Vous devriez envoyer une équipe visiter la loge de la gardienne dans l'immeuble de Catherine ; je pense qu'elle a été assassinée.

— Écoutez, nous pouvons assurer votre protection. Si vous venez avec nous au commissariat, vous serez à l'abri le temps qu'on tire tout ça au clair, ça vous va ? »

Cette fois, Sylvain sourit de bon cœur, mais ne répondit rien. Il pensa que Catherine pourrait sans doute être intéressée par cette offre, et il la comprendrait. Si elle souhaitait partir, cela lui briserait le cœur, mais il ne l'en empêcherait pas. Il la regarda, plus loin dans la pièce, et se dit que l'autre inspectrice avait déjà dû lui faire une proposition similaire. Il allait faire son deuil de la présence si rassurante de cette femme lorsque, à son tour, elle croisa son regard. Alors il sut. Il sut qu'elle allait le suivre, qu'elle resterait avec lui, et une douce chaleur irradia dans son corps. Il comprit qu'il venait d'avoir peur, terriblement peur de se sentir abandonné. Une fois de plus.

La porte de la cafétéria s'ouvrit sur Michael qui tenait un sac en bandoulière. Il le tendit à Catherine et lui indiqua le mot de passe de déverrouillage, puis rejoignit Sylvain.

« Prêts ? demanda-t-il.

— Allons-y », répondit Sylvain.

Il but d'un trait le reste de son café, se leva et conclut à l'attention de Croze : « À suivre. »

113

« Henri, je ne remets pas en cause votre décision, mais j'ai besoin de savoir ce qui se passe. »

Richard masquait sa colère du mieux qu'il le pouvait. Que son client décide de tout arrêter alors que la mission était quasiment terminée, c'était une chose. Mais, dans le même temps, que Fournier, Fournier qui était le responsable de son centre de recherche, Fournier qui était la seule personne avec toutes les connaissances techniques pour préparer un agent – ce que Codat savait très bien –, que Fournier s'en aille sans prévenir personne ni rien laisser derrière lui, c'en était une autre.

Codat, quant à lui, ne cachait pas son agacement :

« Richard, comme je vous l'ai déjà dit, j'ai d'autres affaires à gérer pour l'instant. Je vous ai demandé d'interrompre la mission, alors vous faites ce que je vous ai dit, c'est tout. »

Richard rappela Nadja, espérant enfin avoir une bonne nouvelle.

Elle décrocha : « Richard, je n'ai pas le temps de vous parler, là, sauf si vous connaissez le mot de passe du compte mail de Fournier. »

Richard ne le connaissait pas. Il entendit toutefois quelque chose au loin et demanda ce que c'était : « C'est Grégoire qui râle, répondit Nadja. Fournier a embarqué un paquet de dossiers avec lui, qui concernent tous trois sujets d'expériences en particulier : #6-13, #6-14 et #6bis. Ça vous dit quelque chose ? »

« #6-13 et #6-14, je crois que c'étaient des sujets d'étude du professeur Kowalski, avec qui Fournier était en contact, et qui travaillait dans le même domaine que lui. Mais c'est vieux, tout ça. Peut-être même que ça date d'avant, de l'époque de Moltchaline... Vous avez essayé sur les serveurs ? Tous les documents papier ont été numérisés, normalement...

— Il a supprimé les fichiers ce matin. Je pense que Fournier n'a pas du tout l'intention de revenir. »

Richard se connecta au serveur partagé de fichiers et, à l'aide de son accès administrateur, fouilla les répertoires de Fournier ; ils étaient en effet presque tous vides. Sa tête commença à tourner et il ne sentait plus ses jambes. Si Fournier disparaissait, il pouvait mettre la clé sous la porte. Sans lui, GlobalViz n'avait plus aucune valeur. Il parvint à balbutier : « Continuez les recherches » ; puis il raccrocha. Il avait le souffle coupé et se mit à transpirer.

Sans grand espoir, il composa le numéro de téléphone portable de Fournier. Celui-ci ne répondrait sans doute pas, mais si au moins le téléphone sonnait, cela signifierait qu'il n'était pas coupé et qu'on pouvait le localiser. Il reprit espoir en entendant la tonalité d'attente. Le téléphone sonnait. Il sentit même son cœur sursauter lorsqu'il entendit que Fournier venait de décrocher. Sans attendre, il supplia plus qu'il ne parla :

« André, il faut absolument revenir, quel que soit le problème, on peut tout arranger, crois-moi, je...

— Et il a aussi laissé son téléphone », répondit Nadja.

114

Les décennies passées avaient appris à Fournier à être prudent. Il n'en était pas certain, mais il pensait bien être suivi. Une voiture le suivait depuis bien trop longtemps pour que ce soit une simple coïncidence. Il ne reconnaissait pas le véhicule, ce n'était sans doute pas un homme de Richard. Il tentait de se raisonner : *Qui, à part Richard, peut bien être à ma poursuite ? Ça ne peut pas être Sylvain*, se dit-il. *Si Sylvain avait été aussi proche de moi lorsque je suis parti, il me serait déjà tombé dessus.* Il fallait qu'il en ait le cœur net. Il décida alors de faire la seule chose qui lui permettrait de s'en assurer malgré le risque que cela comportait : il fit brusquement demi-tour. Arrivé à hauteur de la voiture en question, il observa le conducteur. L'homme au volant regardait droit devant lui, comme si de rien n'était, et ce n'était pas Sylvain. Fournier souffla. Il travaillait sur le fonctionnement du cerveau depuis suffisamment longtemps pour le savoir : lorsqu'on se sent menacé, on interprète absolument tout par le biais de cette menace. Il activa alors le clignotant de sa voiture et tourna à gauche au croisement suivant.

Un peu plus loin, AG continuait de rouler le plus normalement du monde, espérant ne pas avoir grillé sa position. Lorsqu'il vit la voiture de Fournier disparaître au croisement dans son rétroviseur, il fit un dérapage à 180°. Il allait devoir garder un peu plus ses distances, il s'en était fallu de peu.

115

Comme convenu, Sylvain et Catherine montèrent dans la voiture de l'inspectrice Lambert. Catherine s'installa à l'arrière et ouvrit l'ordinateur que lui avait confié Michael. Elle le déverrouilla et téléchargea quelques logiciels puis demanda à Sylvain l'adresse e-mail qu'elle devait pirater, ce qui provoqua un « Euh… bonjour… » incrédule de l'inspectrice Lambert, mais Sylvain répondit simplement :

« Je ne suis pas sûr de l'adresse exacte. Il s'agit du compte d'André Fournier sur le serveur de GlobalViz.

— Fournier, ton médecin ? répondit Catherine.

— Celui-là même. »

De leur côté, Michael et l'inspecteur Croze sortaient du parking à bord de la berline de Michael. Croze était au volant et se plaça derrière la voiture de Lambert, attendant qu'elle démarre.

Sylvain donna l'adresse de GlobalViz, et le cortège se mit en route. Il fallut quelques minutes à peine à Catherine pour trouver l'adresse IP publique du parc de serveurs de GlobalViz, et quelques minutes de plus pour s'y connecter de façon sécurisée. Elle s'était connectée à Internet en partage de connexion avec le téléphone de l'inspectrice Lambert, sans le lui dire, si bien qu'elle était moins précautionneuse quant aux traces qu'elle pouvait laisser de son passage. Elle laisserait de nombreux signes d'intrusion, certes, mais serait bien plus rapide comme ça.

Une fois connectée au réseau local de GlobalViz, elle trouva sans difficulté la machine qui abritait le serveur de mail de la société, et put en lister les comptes enregistrés, parmi lesquels un compte « afournier ». Elle comprit cependant assez vite que le chiffrement des mots de passe était à la fois moderne et très robuste ; elle ne pourrait pas simplement se connecter au compte. Elle trouva le fichier de données qui contenaient tous les messages du compte. Il était énorme.

« Sylvain, est-ce que tu sais précisément ce que tu cherches ? Parce qu'il doit y avoir des milliers de messages, là-dedans.

— Tu veux quoi comme précision ?

— J'en sais rien… des mots clés, une période, n'importe quoi. »

Sylvain réfléchit un instant puis demanda à Catherine de chercher dans les mails de Fournier les mots clés « Kowalski », « Moltchaline », ainsi que les nombres « treize » et « quatorze ». Catherine nota cette liste dans un fichier texte, puis se lança dans l'édition d'un programme.

« Ça risque de prendre quelques minutes, dit-elle, il faut d'abord que j'écrive un script SIEVE pour forcer la copie des e-mails que tu demandes…

— Tu ne peux pas juste les rechercher ?

— Non, je n'ai pas accès à sa messagerie. Mais comme j'ai accès directement au serveur, je peux lancer une commande qui va déplacer les messages où je le souhaite, et en l'occurrence sur un nouveau compte de messagerie que je viens de créer sur leur serveur. »

Sylvain sourit ; elle était vraiment brillante.

« Et comment il s'appelle, ce nouveau compte mail ?

— allezbienvousfairefoutre@globalviz.fr. »

Sylvain éclata de rire avant de se rendre compte que Lambert, elle, ne bronchait pas. Elle laissait ses passagers commettre un délit, en toute connaissance de cause, et devait être tentée de les arrêter. Sylvain se dit alors qu'il était temps de lui cxpliquer un peu la situation :

« Je ne m'appelle pas Sylvain Guérin, et mon vrai nom n'a pas d'importance pour l'instant. Je suis employé depuis plusieurs années par la société GlobalViz, pour des missions d'espionnage industriel. Mais le fonctionnement est un petit peu particulier… Disons que la boîte procède à un genre de lavage de cerveau qui fait qu'on n'a pas conscience d'être en mission. Cela fait deux ans que je suis en mission chez GenTech. Il y a quelques jours, mon extraction a été effectuée comme la société le fait d'habitude : ils simulent un accident, l'agent en mission disparaît et retourne au bercail pour être débriefé. Sauf que, dans mon cas, l'extraction a été mise en scène par GenTech, parce qu'ils ont su que je les espionnais. Du coup, GenTech m'a couru après pour me protéger pendant que GlobalViz me courait après pour me récupérer. Jusque-là, vous suivez ? »

Marion écoutait sans dire un mot. Elle avait assez d'expérience pour savoir que quand quelqu'un se mettait à table de son plein gré, il ne fallait surtout pas l'interrompre. Dans sa tête, elle faisait la liste de toutes les questions qu'elle se posait et auxquelles il était en train de répondre, ainsi que la liste de toutes les nouvelles questions que son histoire suscitait. Elle hocha simplement la tête.

« Quand toute cette histoire sera terminée, vous allez pouvoir vous faire plaisir et arrêter qui bon vous semble, mais dans l'immédiat, il y a un homme qui ne doit pas s'échapper. Il a déjà su disparaître à plusieurs reprises par le passé et nous avons maintenant une opportunité de le coincer : nous connaissons son nom, son visage, et nous savons où il se trouve. C'est le médecin de GlobalViz qui effectue ces... lavages de cerveau. C'est la pierre angulaire du projet. S'il nous échappe, il peut tout rebâtir en quelques mois, ailleurs, sans qu'on puisse jamais le retrouver.

— Cet homme, c'est le docteur Fournier dont vous parlez avec Catherine ?

— Exactement. Aujourd'hui, il s'appelle André Fournier, mais quand j'étais enfant, il s'appelait Andrzej Kowalski et faisait ses recherches en Pologne.

— Vous travailliez déjà avec lui quand vous étiez enfant ?

— Oui et non. J'étais avant tout un sujet d'étude pour lui, mais sinon... oui... je travaillais déjà pour lui... en quelque sorte.

— Écoutez, ce que nous faisons n'est pas la bonne méthode. Il faut que nous allions au commissariat, que je prenne votre déposition et, de là, je pourrai déployer une équipe d'intervention pour le cueillir ; je pense que...

— Non, on ne peut pas se permettre d'attendre et, par ailleurs, à ce stade je n'ai que ma parole à vous présenter. Il nous faut des preuves. Catherine, tu en es où avec les e-mails ?

— J'ai lancé le script il y a quelques secondes... ça va prendre un peu de temps, mais s'il y a des choses à trouver, je les trouverai. »

Soudain, l'ordinateur émit un bip.

116

« On a un problème, il y a quelqu'un d'autre. »

Nadja avait remarqué une activité sur le serveur de mail. Lorsqu'elle avait fait défiler les dernières centaines de lignes des fichiers de log qui archivaient l'activité du serveur, elle s'était rendu compte qu'un nouveau compte e-mail avait été créé quelques instants plus tôt. Cela aurait suffi à éveiller des suspicions, mais lorsqu'elle découvrit que le compte en question était « allezbienvousfairefoutre@globalviz.fr », elle n'eut plus de doute. Le serveur était attaqué.

« On peut savoir d'où vient cette connexion ? » Grégoire s'était précipité derrière l'écran.

Nadja était déjà en train de remonter le fil ; l'adresse IP renvoyait à un serveur d'un opérateur téléphonique, mais après quelques secondes cette adresse changeait pour une autre, appartenant au réseau de ce même opérateur.

« La connexion se fait depuis ou *via* un téléphone portable, expliqua-t-elle. Et la personne connectée est en mouvement, peut-être en voiture, ou en bus. »

Les relais téléphoniques ne lui permettaient pas d'obtenir une position précise, mais les transferts d'un relais vers le suivant définissaient une trajectoire claire. Elle allait s'atteler à identifier ces relais lorsque Grégoire lui posa la question qu'elle aurait dû se poser dès le début :

« Et il fait quoi avec cette adresse e-mail ? »

Nadja s'interrompit. Elle ouvrit une nouvelle fenêtre de commande et tapa plusieurs lignes jusqu'à trouver le paramétrage du compte. Elle eut besoin de creuser un peu, mais lorsqu'elle trouva ce qu'elle cherchait elle ne put s'empêcher de se sentir un peu admirative ; et un peu jalouse, aussi. Ce qu'avait fait l'intrus était précisément ce qu'elle aurait dû penser à faire. Elle sourit, et Grégoire scruta l'écran, espérant comprendre ce qu'elle avait trouvé. Mais ce qui défilait devant ses yeux, bien qu'ayant l'air d'être écrit en anglais, lui était tout à fait obscur. Quelques lignes attirèrent cependant son attention :

```
if address : contains "From" "Kowalski" {
  redirect : copy "allezbienvousfairefoutre@
  globalviz.fr" ;
}
```

Il voyait bien le nom « Kowalski » sur la première ligne, et « redirect » sur la deuxième, suivi de cette fameuse nouvelle adresse. À l'écran défilaient des dizaines de blocs de texte qui semblaient similaires.

« C'est quoi tout ça ? demanda-t-il à Nadja.

— Pourquoi j'y ai pas pensé plus tôt ? ! La personne qui s'est connectée a créé une adresse e-mail et a lancé un script en langage SIEVE. C'est un langage de programmation qui permet de réaliser des opérations sur des mails, principalement de les filtrer. C'est ce langage qu'on utilise pour envoyer directement des messages dans les SPAM. En gros, le principe, c'est que tu définis des conditions et, lorsqu'un message remplit ces conditions, tu peux alors exécuter différentes opérations, comme supprimer ou déplacer le message. Là, de ce que je vois, pour chaque condition remplie, le mail correspondant est recopié sur cette nouvelle adresse e-mail. Du coup, pas besoin d'aller cracker le mot de passe de l'e-mail de Fournier.

— Et les conditions, c'est quoi ? Parce que j'ai vu passer le nom de Kowalski...

— Alors... de ce que je vois... »

Elle faisait dérouler le script vers le haut, puis vers le bas, tout en parlant, avant de s'interrompre subitement :

« J'ai l'impression qu'ils cherchent exactement la même chose que nous : tout ce qui touche à Kowalski, à Moltchaline, mais également les nombres treize et quatorze...

— Bordel, mais après qui on court, là ? »

117

Michael était assailli de questions par l'inspecteur Croze. Il lui répondait prudemment, tout en s'efforçant d'avoir l'air sincère. Il avait acquis depuis quelques mois la certitude que Sylvain était en mission d'espionnage industriel au sein de GenTech, et avait convenu avec Sylvain de ne pas griller sa couverture. GlobalViz était une société dangereuse, à l'éthique totalement inexistante et, compte tenu du caractère sensible de l'activité de GenTech en matière de biologie, il ne pouvait pas exclure que la mission cachât des objectifs terroristes. Michael le savait, le mot « terroriste » faisait aux policiers modernes le même effet que le mot « pédophile » à un proviseur d'école. En le prononçant, il savait qu'il obtiendrait toute l'attention du policier. Il fallait maintenant qu'il le manipule en douceur.

« Est-ce que vous faites confiance à votre collègue ? demanda-t-il à Croze.

— Entièrement, oui.

— Et est-ce qu'elle vous fait confiance ?

— Bien sûr.

— Alors il va falloir qu'on se sépare, parce que je pense malheureusement que l'homme après lequel on court, le docteur Fournier, ne se trouve pas où ils vont. »

Michael attrapa son téléphone, appela AG et lui demanda sa position actuelle. Lorsque ce dernier raccrocha, il donna une destination à son conducteur : « L'homme que nous cherchons vient d'entrer dans Paris par la porte d'Orléans. Nous devons aller l'intercepter. »

Croze allait protester, dire qu'il suffisait de prévenir Lambert pour qu'ils s'y rendent ensemble, mais Michael poursuivit :

« Je pense que votre partenaire doit tout de même se rendre au siège. C'est là que vous trouverez des preuves, des documents, des employés ; vous devriez peut-être même appeler des renforts, on ne sait jamais. Mais l'homme que nous cherchons, il va falloir l'approcher prudemment, il est extrêmement dangereux et très aguerri. »

Michael ouvrit brusquement la boîte à gants, ce qui fit sursauter Croze, tellement aux aguets qu'il s'attendait presque à voir son passager y prendre une arme. Mais ce dernier attrapa un petit carnet que Croze, concentré sur la route, mit quelques secondes à identifier ; il s'agissait d'un passeport. Un passeport diplomatique.

« Je ne peux pas vous dire précisément quel est mon rôle dans cette histoire, inspecteur, mais d'un homme de loi à un autre homme de loi, je vous demande de me faire confiance : l'homme que nous cherchons est du genre à ne pas s'embarrasser des dommages collatéraux pour arriver à ses fins, et il est essentiel que nous l'appréhendions dans les plus brefs délais, le plus discrètement et surtout le plus rapidement possible. Cet homme, c'est l'arrestation de votre carrière. »

Il lui tendit son passeport diplomatique, et Croze l'observa. Le nom qui y était inscrit n'était pas celui avec lequel Michael s'était présenté. Il se tourna incrédule vers son passager et lui demanda : « Qui êtes-vous ? »

Michael sourit et répondit simplement : « Un ami. »

Il avait toujours rêvé de balancer une phrase de ce genre. C'était presque trop facile. Bien sûr, il avait menti, mais c'était un pieux mensonge. Il fallait qu'il appréhende Fournier avant Sylvain. Et il avait besoin de l'appui de la police pour cela. Alors s'il fallait faire croire à ce flic qu'ils poursuivaient le nouvel Oussama Ben Laden et qu'il finirait décoré de la médaille du mérite, c'était un moindre mal. Croze laissa la voiture de Lambert devant lui prendre de la distance, puis vira au carrefour suivant, en direction du périphérique extérieur. Michael le remercia d'un signe de tête, et rangea son passeport dans la boîte à gants.

Après deux ans, c'est la dernière ligne droite, pensa-t-il.

118

« Je commence à voir des messages, dit Catherine. Visiblement, il y a une longue correspondance entre Fournier et Kowalski, dans ces mails. Je vois déjà des mails qui datent de 2003, et le script n'a pas fini de tourner. »

C'était malin, se dit Sylvain. Pousser le vice jusqu'à créer une fausse correspondance avec lui-même pour marquer une séparation nette avec son ancienne identité, Andrzej Kowalski, c'était bien son style. Cependant, il n'avait dû créer cette fausse série de messages que pour pouvoir les montrer à quelqu'un qui se poserait des questions sur l'origine des travaux, sans doute Richard. Sylvain savait que Fournier poursuivait les travaux qu'il avait initiés depuis des décennies et qu'il ne pouvait pas se permettre de recommencer à zéro. Il fallait qu'il conserve ses carnets, ses notes, ses résultats, et il devait être capable de justifier pourquoi certains de ces documents étaient trop vieux pour être les siens.

Tout le travail de couverture de Fournier reposait sur la chronologie ; pour le faire tomber, il fallait donc pouvoir déconstruire ce point précis. C'était le seul moyen de prouver à la police que Fournier n'était pas celui qu'il prétendait être. Après tout ce qu'il lui avait fait subir, Sylvain n'allait pas le laisser s'en sortir cette fois-ci. Fournier lui avait volé sa vie et tout ce qu'il avait de plus cher, et il allait payer pour ça.

« Catherine, il faut qu'on puisse prouver que Kowalski et Fournier sont la même personne. Tout ce que tu pourras trouver qui ne colle pas en termes de *timing*, voilà ce qu'on cherche.

— Et pour les nombres treize et quatorze ?

— Kowalski a fait des expérimentations sur des groupes d'êtres humains, qu'il numérotait ; les seuls sujets à être sortis du lot étaient les sujets treize et quatorze de la série six. Là aussi, il faut que tu vérifies la concordance des dates, parce que le docteur Moltchaline bossait déjà sur les sujets #6-13 et #6-14 dans les années 1950, trente ans avant que Kowalski prétende à son tour travailler sur les mêmes sujets. »

L'ordinateur émit un bip. Catherine se figea, ce qu'elle voyait la fit paniquer.

« Les années 1950 ? Mais de quoi vous parlez ? demanda Lambert qui, silencieuse jusqu'ici, était complètement perdue.

— Ces recherches concernent le... lavage de cerveau dont je vous parlais tout à l'heure ; ce sont des travaux qui ont commencé dans les années 1950 en URSS.

— Mais comment est-ce que vous savez tout ça ?

— C'est compliqué…

— Sylvain ? tenta timidement Catherine.

— Et vous voulez qu'on coure après un gars qui ferait le même genre d'expériences que ce type en Russie dans les années 1950 ?

— Pas le même genre d'expériences… les mêmes expériences.

— Sylvain ! répéta Catherine un peu plus fort.

— Écoutez, Sylvain, je veux bien écouter ce que vous avez à dire, et je suis prête à entendre que vous avez vécu des trucs difficiles, mais il va falloir m'en dire un peu plus que ça pour que je…

— SYLVAIN ! » cria Catherine.

Lambert sursauta et la voiture fit une embardée. Il s'en fallut de peu pour qu'ils soient emboutis par le taxi qui était en train de les dépasser et qui leur fit part de son mécontentement d'un geste reconnu par les conducteurs du monde entier.

Dans le mouvement, Catherine avait fait tomber l'ordinateur à ses pieds. Elle n'avait pas bien suivi la discussion, en revanche, elle avait, elle, un vrai problème qui était apparu sur son écran sous la forme d'une question. Une question simple à laquelle elle n'avait aucune idée de ce qu'elle devait répondre. Une question en six mots. Catherine détacha sa ceinture, ramassa l'ordinateur et s'avança pour le poser près du tableau de bord de la voiture. Machinalement, les regards de Lambert et de Sylvain suivirent l'écran et lurent en même temps ce qui s'y était affiché. Sur une petite fenêtre qui surplombait toutes les autres, on pouvait lire les mots suivants :

```
> : Qu'est-ce que vous faites ?
```

119

Nadja fixait l'écran et attendait une réponse.

« Je ne comprends pas, lui dit Grégoire.

— J'ai pu identifier une connexion au terminal du serveur qui n'est pas ma connexion, expliqua Nadja, c'est sans aucun doute la personne qui a créé cette adresse e-mail, alors j'ai simplement tapé une commande `write` pour lui envoyer ce message. »

Après une minute à attendre une réponse, et ayant constaté que le destinataire de ses messages était toujours connecté, elle décida d'envoyer d'autres messages, plus complets :

```
> : Je sais que vous avez créé une adresse
e-mail
> : Je sais que vous récupérez des e-mails
> : Qui êtes-vous ? Que voulez-vous ?
```

Il ne restait plus qu'à espérer obtenir une réponse. Grégoire lui demanda si elle avait eu plus de chance pour se connecter sur la messagerie de Fournier, mais la réponse était toujours négative. En revanche, Nadja se dit qu'elle ne perdait rien à tenter une connexion à la messagerie de ce nouvel utilisateur ; peut-être n'avait-il pas sécurisé son compte ? Elle lança une série de requêtes et, en effet, constata que la messagerie de cette adresse e-mail lui était accessible. Une nouvelle série d'instructions plus tard, elle listait dans un tableau les dates d'envoi ou de réception, l'expéditeur, le destinataire et l'objet de chaque message enregistré.

Pour la plupart des messages, il s'agissait de la correspondance entre Kowalski et Fournier, et Nadja reconnut la forme des documents qu'elle avait déjà vus, quelques heures plus tôt, sur le serveur de Fournier. Ainsi donc ce cher docteur n'avait pas pensé à supprimer sa messagerie.

La porte du bureau était entrouverte, et une partie de l'encadrement arraché traînait au sol. Richard la poussa et entra ; il observa les dégâts avant de se concentrer sur ses employés. Avaient-ils trouvé quelque chose d'intéressant ? Avaient-ils une idée de l'endroit où Fournier pouvait bien se rendre ? Nadja expliqua la situation et, alors que Richard s'asseyait en face d'elle, Grégoire prit la parole :

« Si Fournier est parti avec un véhicule de la société, je suis sûr que vous pouvez le localiser, Richard, non ? »

Richard se leva d'un bond. Bien sûr qu'il pouvait localiser la voiture, pourquoi n'y avait-il pas pensé plus tôt ? Il informa Grégoire qu'il allait lui donner un accès à l'application de localisation et qu'il comptait sur lui pour ramener le docteur dans les plus brefs délais, puis sortit pour rejoindre son bureau au pas de course.

Grégoire fit signe à Nadja de le suivre, mais elle estima préférable de rester à son ordinateur pour continuer à creuser dans les messages et tenter de restaurer une partie des répertoires supprimés. Elle ne désespérait pas non plus de découvrir l'identité de l'utilisateur qui semblait courir le même lièvre qu'eux. Ils convinrent de rester en contact, et Grégoire quitta la pièce.

Nadja se frotta le visage des deux mains et entreprit de lister les répertoires distants qui étaient connectés depuis l'ordinateur de Fournier. Il y en avait six. Elle afficha leurs propriétés pour déterminer sur quel espace de serveur ils étaient stockés. Elle en était au quatrième lorsqu'un bip provenant de son ordinateur la détourna de son opération. Elle regarda son écran et constata qu'elle avait obtenu une réponse. Et elle n'en croyait pas ses yeux.

120

André Fournier se sentait plus détendu. Il avait pris suffisamment de distance pour pouvoir respirer un peu. Il s'était garé dans un des parkings souterrains de la gare de Lyon, et savait qu'il était impossible de suivre la position de sa voiture à ces profondeurs. Il pouvait s'enfuir. Monter dans le premier train pour quitter la France et rejoindre l'Italie ou la Suisse et, de là, se rendre dans un pays de l'Europe de l'Est. Il pourrait s'y installer quelque temps, ou peut-être chercher de nouveaux investisseurs en Amérique latine.

Il fit un point sur sa situation, et en particulier sur les *loose ends*, tous les petits détails auxquels il n'avait peut-être pas pensé dans l'urgence. Pour l'essentiel, il était à l'abri, il le savait ; cela faisait des années qu'il vivait en étant prêt à disparaître à chaque instant.

Il avait pris le caisson, c'était la priorité absolue ; il avait en sa possession des papiers d'identité qui lui permettraient de circuler sans problème ; il avait aussi de l'argent, de quoi tenir quelques mois ; il avait supprimé l'essentiel de ses documents en deux lots distincts : ceux qu'il serait possible de restaurer, et ceux dont on ignorerait l'absence, occupé qu'on serait à restaurer les autres. En ce moment même, quelqu'un devait déjà être en train de remonter sa messagerie, et il lui faudrait sans doute quelques heures pour s'y retrouver parmi ses milliers de messages ; il serait alors déjà loin. Fournier avait passé des années à créer cette fausse correspondance, et se dit qu'il avait bien fait de s'y contraindre.

Mais il n'avait plus 20 ans, il s'en rendait bien compte. Courir, fuir, ce n'était plus tout à fait de son âge et poussait son cœur un peu trop loin dans ses retranchements. André Fournier était fatigué par le poids des années. Il n'avait pas prévu une telle fuite ; il s'était toujours imaginé que lorsqu'il partirait, il serait en pleine forme, vigoureux et alerte, avec la fougue d'un jeune homme. Mais il fallait se rendre à l'évidence, il était resté trop longtemps en France ; certes, il avait pu mettre de l'argent de côté et avait fait quelques avancées dans ses travaux, mais il ne pouvait pas se mentir à lui-même : s'il était resté aussi longtemps au sein de GlobalViz, c'est parce que c'était confortable. Pour la première fois depuis très longtemps, il exprima un regret ; il aurait dû partir avec Sylvain avant cette dernière mission, il y avait un peu plus de deux ans ; sans lui, il risquait de devoir attendre au moins vingt ans pour reprendre ses travaux, et qui sait dans quel état il serait d'ici là ? Serait-il même encore en vie ? Une idée germa dans son esprit. C'était une folie, mais s'il y avait une possibilité, même infime, de pouvoir ramener Sylvain à ses côtés, alors il devait la tenter. Pour la première fois depuis bien longtemps, il était prêt à prendre des risques, c'était une question de vie ou de mort.

Il extirpa un flacon de la poche de son pantalon et en tira une pilule qu'il avala sans réfléchir.

121

Grégoire ne parvenait pas à localiser le véhicule de Fournier ; il n'apparaissait nulle part. Il fouilla les menus de l'application de localisation et finit par trouver un mode « historique » qui afficherait les derniers déplacements enregistrés de la voiture. Il l'activa et suivit la ligne de pointillés qui s'était interrompue, une dizaine de minutes plus tôt, à la gare de Lyon. *Il est au parking*, se dit Grégoire en mettant le contact de sa voiture. Il en avait pour une quarantaine de minutes de trajet, et espérait que le docteur n'était pas déjà à bord d'un train, car avec les départs en week-end, il serait quasiment impossible de le localiser avec les caméras de surveillance de la gare. Grégoire, pied au plancher, pesta ; il avait été lent à la détente. À peine une heure plus tôt, Fournier était à sa disposition, à quelques mètres à peine. S'il parvenait à quitter Paris, ils pourraient bien ne jamais le retrouver.

122

> : Connaissez-vous le sujet #6-14 ?

C'était la réponse qu'avait obtenue Nadja. Après un temps d'hésitation, Nadja tapa sur son clavier :

> : Je m'appelle Nadja. Qui êtes-vous ?

Elle patienta ce qui lui sembla être une éternité, et la réponse qu'elle obtint la bouleversa. Après cette semaine éprouvante, elle aurait pu s'attendre à tout sauf à ce qui s'était affiché sur son écran :

> : Nadja ? C'est Sylvain
> : Fournier est là ? Il ne faut pas qu'il s'en aille

Elle n'eut même pas la présence d'esprit de douter de l'identité de son interlocuteur ; tout cela était tellement irréel que cela ne pouvait qu'être vrai.

> : Sylvain ? Tout va bien ? On s'est inquiété pour toi. Fournier est parti. Qu'est-ce qui se passe ?

> : Je t'expliquerai. Longue histoire. Il faut absolument empêcher Fournier de disparaître. Vous pouvez le localiser ?

> : On est sur le coup. Il faut que tu reviennes. Des gens sont après toi. C'est dangereux.

*

* *

Catherine envoyait les réponses que lui dictait Sylvain ; elle ne disait rien mais quelque chose la dérangeait. En tout premier lieu, qui était cette Nadja ? Mais le soupçon de jalousie qui pointait luttait contre un sentiment bien plus présent : n'étaient-ils pas en train d'échanger avec les gens qui cherchaient à les tuer depuis plusieurs jours ? Catherine regarda Sylvain, interrogative, et se rappela qu'elle ne savait pas qui il était vraiment.

Sylvain se tourna alors vers Lambert :

« Votre téléphone », dit-il d'une voix sèche.

Elle le regarda un instant, puis le lui tendit, en lui indiquant les quatre chiffres qui le déverrouilleraient. Sylvain ouvrit le carnet de contacts et chercha l'entrée intitulée « moi ». Il dicta le numéro de téléphone à Catherine pour qu'elle l'envoie à Nadja. Il lui demanda ensuite de se remettre sur les e-mails ; pour l'instant, elle n'avait toujours rien de tangible.

Le téléphone de Lambert sonna et Sylvain décrocha.

« Nadja, il faut que tu ailles tout de suite dans le bureau de Fournier.

— J'y suis déjà, répondit-elle

— Tu as trouvé les dossiers d'archives des sujets #6-13 et #6-14 ?

— Oui, mais ils sont vides. Comment est-ce que tu sais pour...

— Et ceux de la série #6bis ?

— Rien. »

Sylvain commençait à regretter d'avoir dit à Fournier que sa mémoire lui était revenue. Il avait laissé parler sa colère, et la colère n'est jamais bonne conseillère, elle ne pense pas aux conséquences.

Il lui restait encore un espoir :

« Le laboratoire de Fournier, reprit-il, pas le grand labo... son labo privé, à côté de son bureau, est-ce que tu peux y aller ? »

Nadja se leva. De l'autre côté du bureau, une porte vitrée donnait sur une petite pièce, le laboratoire privé du docteur dans lequel il entreposait tout un stock d'éprouvettes, et de cultures de cellules.

« J'y suis, répondit Nadja.

— Bon, il doit y avoir une armoire réfrigérée sur ta gauche. Dans cette armoire, il y a des rangées d'éprouvettes fermées, tu les vois ?

— Euh... oui, c'est bon, je les vois. »

Sylvain soupira, tout son corps se relâcha et Catherine comprit que c'était enfin une bonne nouvelle au milieu de tout ce qu'ils traversaient.

Nadja faisait face à une armoire impeccablement organisée et presque totalement pleine. Seule la rangée du haut était vide, mais Nadja n'y prêta pas attention.

« L'armoire n'a pas été vidée ? s'assura-t-il.

— Non. Qu'est-ce que je dois faire maintenant ?

— Il faut prévenir Richard qu'il doit absolument retrouver le docteur.

— On est déjà sur le coup, il a envoyé Grégoire à sa poursuite.

— Grégoire ?

— Un de ses fixeurs ; un gars efficace.

— Il a envoyé un nettoyeur à la poursuite de Fournier ?

— Sylvain ? »

Sylvain se retourna ; c'était Catherine qui venait de l'appeler. Elle avait trouvé quelque chose.

« J'ai regardé les en-têtes de plusieurs e-mails de la correspondance de Fournier avec Kowalski ; ils ont tous été envoyés depuis la même adresse IP.

— Tu veux dire qu'ils ont été envoyés du même ordinateur ?

— Pas nécessairement, intervint Nadja qui avait entendu la conversation. Le serveur de mails n'est pas sur le même réseau que les machines des employés…

— Les messages ont peut-être été envoyés depuis la même machine, traduisit Catherine, mais en tout cas ils ont tous été envoyés depuis le même réseau. Tout est parti de chez GlobalViz. »

Sylvain raccrocha. Il réfléchissait à ce que cela prouvait. Ce n'était pas assez. Il resta silencieux, sentant au fond de lui que tout n'était pas joué, qu'il restait, quelque part, un élément sur lequel il pourrait tirer pour faire s'effondrer le château de cartes qu'avait bâti André Fournier, mais pour l'instant, il ne voyait pas comment faire. Il leva les yeux et sut immédiatement que quelque chose n'allait pas.

« Votre collègue n'est plus derrière nous, qu'est-ce qui se passe ? »

Lambert reprit son téléphone des mains de Sylvain et composa le numéro de Croze.

123

Michael ordonna à Croze de ne pas décrocher et, alors que ce dernier s'était quand même emparé de son téléphone, Michael se pencha en avant et attrapa dans la boîte à gants un objet qu'il tendit en direction du policier. Croze comprit dans l'instant que son passager pointait une arme sur lui.

« Ne décrochez pas ce téléphone », répéta Michael.

Croze interrompit son geste et Michael récupéra l'objet de sa main libre ; il le laissa sonner dans le vide, attendant que l'appel soit redirigé vers sa messagerie.

« Qu'est-ce que vous faites ? demanda Croze.

— Je ne vous veux aucun mal, répondit Michael, mais je ne peux pas risquer de perdre Fournier. C'est une question de sécurité nationale. »

Il n'était pas sûr de pouvoir tenir longtemps ce policier avec cette fausse excuse, et il savait d'expérience que menacer quelqu'un à bout portant n'était pas compatible avec une quelconque notion de confiance. Lorsqu'ils auraient rattrapé le docteur Fournier, il allait devoir s'occuper de cet inspecteur... puis il devrait disparaître.

Croze savait gérer son stress et continuait de conduire de façon calme. Pour Michael, c'était une bonne nouvelle. Il ne pouvait pas se permettre de gérer un otage hystérique. Mais il ressentit le besoin de s'expliquer un peu plus, sans doute plus pour lui-même que pour Croze.

« Imaginez, commença-t-il, que vous ayez la possibilité d'arrêter un savant fou, mais du genre complètement fou ; une sorte de docteur Mengele qui aurait poursuivi ses recherches pendant des dizaines d'années sans devoir rendre de comptes à personne ; un gars qui aurait expérimenté sur des hommes, des femmes et des enfants, de très jeunes enfants, pour mettre au point quelque chose d'exceptionnel. Mais imaginez aussi qu'il ait réussi, et qu'au prix de dizaines de victimes il ait accompli un truc absolument impensable, une découverte d'une importance sans précédent. Si vous aviez la possibilité de l'arrêter. Qu'est-ce que vous feriez ? »

Croze connaissait la procédure. Lorsqu'on est menacé d'une arme, si la personne qui vous menace vous parle, il faut la laisser parler, lui faire comprendre que c'est elle qui contrôle la situation. Il ne dit rien. Il attendit la suite, mais Michael ne parlait plus ; Croze lui jeta un coup d'œil furtif et comprit qu'il attendait une réponse. Il repensa, aussi lucidement qu'il en était capable, à ce qu'il venait de lui dire, puis répondit enfin : « J'imagine que ça dépend ; on parle de quel genre de découverte ? »

124

Plusieurs minutes s'étaient écoulées, et Nadja était désormais dans le bureau de Richard. Elle lui avait relaté les derniers événements, pour lui poser la question qui semblait primordiale : Richard savait-il ce qu'il y avait dans cette armoire réfrigérée ? Au vu de la décomposition manifeste de ce dernier quand il lui avait demandé s'il manquait des échantillons de l'étagère du haut, oui, il savait. Elle ne l'avait jamais vu dans un tel état. Il était profondément désespéré.

« Richard, il y avait quoi dans ces éprouvettes ?

— Alors il est vraiment parti, répondit-il pour lui-même à voix basse. S'il a embarqué les échantillons, il ne reviendra pas.

— Richard ! ?

— Tu ne comprends pas, Nadja ? C'est foutu. GlobalViz, c'est terminé.

— Non, je ne comprends pas, expliquez-moi…

— Il faut qu'on détruise tout. Tous les documents, toutes les archives ; il ne faut pas…

— Richard ! Qu'est-ce qu'il y avait dans ces éprouvettes ! ? »

— Des ovules fécondés. »

Nadja ne comprit pas instantanément la gravité de ce que venait de lui révéler Richard. C'était plus ou moins ce qu'elle avait imaginé, le fait que ces éprouvettes contenaient des échantillons de cellules, du sang, des spermatozoïdes, ou des ovules ; que pouvait-il bien y avoir là de si grave pour que cela signe la fin de la société ?

Le regard de Richard était perdu dans le vague lorsqu'il ajouta :

« Des embryons qui fonctionnent. »

125

Au même moment, dans la voiture de l'inspectrice Lambert, Catherine demandait elle aussi à Sylvain ce que cette armoire pouvait contenir de si important. Mais Sylvain ne fournit pas tout à fait la même réponse que Richard. Certes, il parla également d'embryons humains, mais l'impact de cette information était différent : Sylvain était personnellement impliqué.

Il raconta tout ce qu'il savait et pouvait expliquer. Dans les années 1950, le docteur Moltchaline avait pu effectuer ses recherches sur des enfants dès leur naissance ; parmi ces enfants, deux seulement réagissaient à ses traitements sans manifester de symptômes : une fille et un garçon issus de mêmes parents et identifiés respectivement #6-13 et #6-14.

Moltchaline ne savait pas pourquoi ces sujets étaient les seuls sur qui ses expériences fonctionnaient sans laisser de séquelles, mais il se doutait qu'il devait y avoir quelque chose de particulier dans leur ADN. À cette époque, on ne connaissait pas encore l'existence des gènes, et les notions d'hérédité reposaient sur des molécules hypothétiques. Il était donc impossible pour Moltchaline de déterminer précisément ce qui, dans l'ADN de ses sujets, les rendait si différents des autres. Alors le chercheur avait fait ce qu'on fait depuis des milliers d'années avec les plantes ou avec les animaux. Il avait tenté des croisements.

« On ne faisait pas d'insémination artificielle à cette époque, si ? demanda Catherine.

— Non, bien sûr que non, répondit Sylvain. Le sujet #6-13 a été mise enceinte par un volontaire. Ou par un cobaye, ça je n'en sais rien, et elle a donné naissance à un nouveau sujet d'expérience pour Moltchaline. Parallèlement à cela, le sujet #6-14 a mis enceintes plusieurs femmes qui ont elles aussi donné naissance à de nouveaux sujets. »

*

* *

« Les enfants issus de ces expériences constituèrent les sujets de la série #6bis, poursuivit Richard. Et il fallut un peu plus de deux ans pour se rendre compte qu'aucun d'entre eux n'avait les mêmes propriétés que les sujets #6-13 et #6-14.

— Pourtant, l'interrompit Nadja, d'après ce que j'ai trouvé dans les documents de Fournier, il y a eu un sujet pour qui ça a fonctionné, non ?

— Oui, un seul. Mais ce n'était pas un enfant de cette série. Ce qu'a fait Moltchaline est ignoble, mais c'est…

— Vous voulez dire Kowalski ? C'est Kowalski qui a expérimenté sur la série #6bis, non ? »

Richard sourit. Il lui avait fallu à lui aussi un peu de temps pour faire le tri dans ce que Fournier lui avait raconté. Mais peu importaient les détails et les circonstances, Fournier pouvait bien raconter ce qu'il voulait comme il le souhaitait, il y avait toujours un problème chronologique. C'était inévitable.

« J'y arrive… Donc, ce que Moltchaline a fait est ignoble… »

*

* *

« … il a installé un profil dans le cerveau de #6-14 pour lui faire violer #6-13, sa sœur. Plusieurs fois. Pendant des semaines, jusqu'à ce qu'elle finisse par tomber enceinte. »

Outre l'horreur de ce que Sylvain était en train de raconter, Catherine sentait une légère vibration dans sa voix.

« Qu'est-ce que vous appelez "installer un profil", Sylvain ? » Lambert tentait du mieux qu'elle pouvait de raccrocher les différents wagons, mais elle commençait à perdre pied au milieu de toute cette science-fiction.

« L'installation d'un profil, c'est le lavage de cerveau dont je vous parlais tout à l'heure.

En gros, c'est une forme de conditionnement pour vous faire croire que vous êtes quelqu'un d'autre, mais en utilisant les véritables souvenirs de ce quelqu'un d'autre et en vous les implantant physiquement dans le cerveau. »

Lambert ne réagit pas. L'histoire était insensée, peut-être Sylvain était-il en plein délire, ou alors il lui mentait volontairement. Elle ne pouvait de toute façon rien faire pour l'instant, qui plus est sans son collègue dont elle ne comprenait ni où il était passé, ni pourquoi elle ne réussissait pas à le joindre. Sachant qu'elle ne pouvait rien entreprendre alors qu'elle conduisait, elle le laissa reprendre.

« L'enfant est né le 19 février 1979 dans le centre de traitement de la mémoire de Novossibirsk, en URSS. Il n'avait pas un an lorsque Moltchaline commença ses expériences, et il comprit rapidement que ce garçon présentait les mêmes "qualités" de résilience à son traitement que ses deux parents. »

*

* *

« C'est après qu'il a commis l'impensable », dit Richard.

Nadja eut un mouvement de recul. *Comment ?* se dit-elle. *Il a forcé un jeune homme à violer sa sœur sans le savoir pour lui faire un enfant, et ce n'est pas ça, l'impensable ?*

« Moltchaline était terriblement pragmatique. La recherche génétique en était à ses balbutiements. Il se doutait qu'il faudrait peut-être attendre des années, voire des décennies, avant de pouvoir comprendre ce qui rendait cette famille si particulière. Et Moltchaline, à cette époque, commençait à vieillir. »

Richard poursuivit. Les recherches de Moltchaline avaient complètement dévié au fil des ans. À l'origine, lorsqu'il s'appelait encore Feuerhart, il cherchait simplement à effacer le traumatisme de la guerre chez ses compatriotes allemands ; puis, lorsqu'il est arrivé en Russie, l'idée était de trouver un moyen non violent de soumettre la population ; enfin, lorsqu'il obtint ses premiers résultats, il voulut fabriquer des espions et des soldats d'une efficacité redoutable à la solde d'un gouvernement qu'ils ne remettraient jamais en question. Mais là, pour la première fois, Moltchaline envisageait un sens nouveau à ses travaux, quelque chose qui lui avait échappé jusque-là et qui pourtant, une fois qu'il l'avait vu, lui semblait évident.

*

* *

Sylvain avait du mal à poursuivre. Catherine voyait bien que quelque chose lui pesait. Elle avait tenté d'attendre pour lui laisser le temps de continuer à son rythme, mais elle sentait qu'il avait besoin d'aide pour finir son histoire. Pour elle, il n'y avait aucun doute, elle avait déjà compris que Sylvain était cet enfant né en Sibérie en 1979, elle pensa qu'il lui serait salutaire de l'exprimer directement.

« Sylvain, dit-elle en lui caressant le bras, tu es...

— Je me souviens de tout, maintenant, Catherine. C'est terrible, la mémoire. On n'est pas fait pour se souvenir de tout. On possède tous des mécanismes qui nous font oublier certaines choses, ou en idéaliser d'autres. Mais je n'ai rien de tout ça... je me rappelle tout comme si j'y étais encore.

— On t'a fait subir des choses insupportables alors que tu n'étais qu'un enfant, ce n'est pas...

— Tu ne comprends pas, Catherine. Je ne suis pas le fils de #6-13 et #6-14. Je suis le sujet #6-14. »

126

Arrivés dans le parking de la gare de Lyon, Croze gara la voiture de Michael à l'endroit que ce dernier lui indiqua, près d'un autre homme qui les attendait. C'était AG. Ils descendirent. AG fouilla Croze, lui prit son arme, son portefeuille, et lui ordonna de monter dans le coffre de la voiture. Michael lui promit qu'il le laisserait partir une fois que tout serait fini, et referma le coffre. AG indiqua ensuite une allée dans le parking :

« Il s'est garé là-bas mais il est toujours dans sa voiture. Je ne sais pas s'il attend quelqu'un, ou quelque chose.

— Il me le faut vivant, répondit Michael, et sans esclandre. On le récupère en douceur, et on l'embarque. »

Ils se dirigèrent tous deux vers la voiture de Fournier.

127

Catherine ne comprenait décidément pas : « Mais c'est impossible, ça voudrait dire que tu as au moins soixante-dix ans... »

« On est arrivé », l'interrompit Lambert, en se garant à quelques mètres des immeubles de GlobalViz.

« Il faut qu'on y aille, reprit Sylvain. Catherine, je te jure que je répondrai à toutes tes questions, fais-moi confiance. Mais là, on n'a pas le temps. Il faut qu'on retrouve Fournier et qu'on l'arrête avant qu'il ne disparaisse à nouveau. »

Sans attendre de réponse, il sortit de la voiture ; Lambert le suivit de très près. Il n'était pas question qu'elle se laisse distancer. Quel que soit le degré de vérité de son récit, il était au cœur de toute cette histoire. Catherine les rejoignit. Alors qu'ils approchaient du bâtiment, Sylvain dit à Lambert : « Est-ce que vous avez la possibilité de faire venir des hommes à vous pour entrer dans l'immeuble ?

— C'est compliqué, répondit-elle. Pour ça, il me faut une autorisation du procureur de la

République, sauf si j'ai de bonnes raisons de penser qu'un crime est en train d'avoir lieu, ou vient d'avoir lieu, et que je peux trouver des preuves dans le bâtiment.

— Donc vous pouvez entrer sans autorisation du procureur ?

— L'article de loi dit que l'officier de police peut se transporter "sans désemparer" au domicile des personnes.

— Sans désemparer ?

— Sans attendre. L'autorisation du procureur n'est nécessaire que lorsque la perquisition a pour unique but de trouver des documents ou des objets qui peuvent aider la résolution d'un crime. Mais il y a autre chose. »

Elle s'arrêta de marcher.

« D'une part, je ne peux pas vous faire entrer dans le bâtiment, seuls les officiers de police y sont autorisés ; d'autre part, votre Fournier, là, c'est un médecin ?

— Oui.

— Je suis tenue de mettre en œuvre ce qui est nécessaire pour protéger le secret professionnel. Donc si on décide d'entrer officiellement, non seulement vous devez vous débrouiller pour entrer par vos propres moyens, mais je ne pourrai pas vous laisser toucher à des documents qui concernent l'activité professionnelle de ce docteur. Si vous voulez que ce qu'on obtient ici puisse être exploité lors d'un procès, on ne peut pas faire n'importe quoi. »

Sylvain réfléchit un instant.

« Voilà ce que je vous propose, dit-il. J'entre avec Catherine pendant que vous appelez la cavalerie. Je fais ce que j'ai à faire et je trouve ce que j'ai à trouver, et lorsque vous êtes en place, vous entrez. J'ai besoin d'un peu d'avance, laissez-moi une demi-heure…

— Sylvain, je veux bien être patiente, mais il n'est pas question que je vous laisse entrer tout seul là-dedans ; que vous soyez victime ou suspect, vous restez dans mon champ de vision à tout instant.

— Écoutez-moi, dit-il plus fermement sans toutefois se montrer menaçant, dans ce bâtiment, il y a une morgue, et dans cette morgue des personnes dont, pour certaines, on n'a même pas encore signalé la disparition. Croyez-moi, vous allez avoir largement de quoi faire sans vous occuper de moi.

— Il y a des corps ? Mais les corps de qui ?

— Disons que si vous étiez venue il y a deux ans, vous auriez certainement trouvé le corps de Sylvain Guérin.

— Vous voulez dire que ces gens sont assassinés ?

— Assassinés, morts dans des accidents, noyés, je ne sais pas. Ce que je sais, c'est que lorsqu'on est envoyé en mission, on nous installe le profil d'une personne ayant réellement existé, ayant disparu depuis peu, et dont on a pu avoir accès au cerveau au plus tard quelques heures après le décès. »

Il avait terminé en marchant vers la porte d'entrée. Lambert n'avait pas bougé. Elle prit son téléphone ; il lui fallait une équipe d'intervention au plus vite. Catherine et Sylvain entrèrent dans le bâtiment. Lambert essaya une nouvelle fois d'appeler Croze, mais son téléphone renvoyait directement sur sa messagerie.

128

Le gardien à l'entrée du bâtiment tenta de stopper l'homme qui venait de sauter au-dessus du tourniquet, mais Sylvain le maîtrisa de deux mouvements secs et rapides. L'homme était à terre, inconscient. Catherine le rejoignit et ils se dirigèrent ensemble vers les ascenseurs. Sylvain connaissait très bien le bâtiment.

« On va où maintenant ? demanda Catherine.

— On va commencer par rendre une petite visite à Richard, répondit Sylvain en pénétrant dans l'ascenseur.

*

* *

Le téléphone de Richard émit un bip ; il vit sur son écran un message indiquant une intrusion dans l'immeuble. Le gardien à l'accueil avait dû presser le bouton d'alerte. Richard entendit, étouffés à travers la lourde porte de son bureau, des bruits de pas de course dans les couloirs. En cas d'intrusion, la procédure était simple : sécuriser les accès à l'aile médicale ainsi qu'à son propre bureau. Richard se tourna alors vers son ordinateur et cliqua sur une icône du bureau. Quelques secondes après, une fenêtre s'était ouverte qui montrait ce qu'enregistraient les caméras de surveillance à l'intérieur du bâtiment. En effet, sur plusieurs de ces moniteurs, il voyait ses agents de sécurité se poster à différents endroits stratégiques, verrouiller des portes à l'aide de cartes magnétiques. En tout, ils étaient une dizaine d'agents à cette heure-ci. Les employés dans l'aile médicale ne montraient aucun signe de panique, ils effectuaient des exercices de situations d'urgence plusieurs fois par an.

Un des écrans attira l'attention de Richard ; il s'agissait de la caméra de l'ascenseur B. À l'intérieur, il reconnut immédiatement Sylvain, accompagné d'une femme. En voyant l'écran, Nadja se leva d'un bond et se dirigea vers la porte malgré les protestations de son patron, mais celle-ci ne s'ouvrit pas. Elle était verrouillée. Ils étaient coincés à l'intérieur.

*

* *

Lorsque les portes de l'ascenseur s'ouvrirent, Sylvain passa brièvement la tête pour regarder à gauche, puis à droite. Personne. Il fit signe à Catherine de rester derrière lui, mais à bonne distance. L'ascenseur se trouvait au bout d'un couloir et personne ne pourrait les surprendre par-derrière, il n'aurait donc pas besoin de protéger ses arrières. Arrivé à un angle, il entendit des bruits de pas et se tint prêt. Deux hommes se retrouvèrent face à lui, il les assomma puis les désarma. Tout en se remettant en marche, il vérifia le contenu de la chambre de l'arme qu'il avait saisie, ainsi que son chargeur. Catherine était en train de passer l'angle du couloir lorsqu'elle entendit deux coups de feu, quelques cris, puis plus rien. Elle attendit, pétrifiée, et sursauta lorsque Sylvain apparut devant elle. Il lui attrapa la main et la tira derrière lui.

« Reste bien derrière moi », lui enjoignit-il.

Elle se retrouva devant trois hommes à terre, deux sans connaissance et le troisième en train de gémir et de se tenir le genou. Sylvain s'agenouilla près de ce dernier et lui demanda sa carte d'accès ; l'homme n'entendait pas Sylvain, il devait trop souffrir pour être conscient de ce qui l'entourait. Sylvain le fouilla sans ménagement, extirpa une carte magnétique puis l'assomma d'un coup de coude au niveau de la tête. La violence du coup fit à nouveau sursauter Catherine. « On y est », dit-il en se relevant et en indiquant une porte devant eux. Il s'en approcha, posa la carte magnétique contre un boîtier près de la poignée, et la porte se déverrouilla.

*

* *

En entendant la porte s'ouvrir, Nadja dégaina son arme. Sylvain entra dans le bureau et, voyant Nadja qui le visait, lui dit simplement : « Sérieusement ? » Richard lui fit signe de baisser son arme, ce qu'elle fit après un temps d'hésitation. Sylvain s'approcha du bureau de Richard et lui demanda : « Où est parti Fournier ? Comment t'as pu laisser tout ce merdier s'installer sans rien faire ? »

Catherine était entrée ; elle et Nadja s'observaient, semblant toutes deux comprendre qu'elles étaient spectatrices d'une scène à laquelle elles étaient étrangères et qu'elles ne comprenaient pas vraiment.

« Il faut qu'on parle, dit Richard en invitant Sylvain à s'asseoir.

— On n'a pas le temps de parler », répondit ce dernier en restant debout.

Richard se leva et fit le tour de son bureau pour se rapprocher de celui qui, quelques jours plus tôt, était le meilleur de ses agents.

« Lorsque j'ai monté cette société, tu sortais à peine de l'adolescence. C'est André qui m'a présenté à toi. Pendant près de vingt ans, il a travaillé ici, tous les jours, et je l'ai toujours considéré comme un associé. Tu penses vraiment que j'aurais pu m'imaginer qu'il allait se barrer ? Comme ça ? Il a vidé son bureau, il a effacé ses fichiers ; il a disparu.

— Richard, je n'ai pas besoin que tu me racontes ta vie ; je veux juste savoir où il est.

— J'en sais rien. Mais j'ai un gars qui est parti à sa poursuite. »

Nadja expliqua alors que son partenaire, Grégoire, le fixeur dont elle lui avait parlé plus tôt, avait suivi le véhicule de Fournier à la trace. « Alors suivez-nous, lui dit Sylvain.

Avant de quitter le bureau, il se retourna en direction de Richard et le rassura :

« Je vais arranger tout ça, Richard. Je vais le récupérer, et le ramener ici. Reste à côté de ton téléphone, je risque de t'appeler si on a besoin d'un coup de main. »

Et tandis que Richard recommençait à espérer que tout ne soit pas perdu, Sylvain quitta la pièce en se disant que si Richard restait à son bureau ne serait-ce qu'une dizaine de minutes, cela suffirait pour qu'il ne puisse pas échapper à l'intervention de la police.

« On va où ? demanda Nadja quand ils furent tous les trois dans le couloir.

— Dans l'aile médicale, répondit Sylvain. On a une dernière chose à faire avant de partir. Il faut que je vérifie un truc sur la machine.

— La machine ?

— *La* machine », dit-il simplement.

129

Fournier sursauta lorsque la portière de sa voiture s'ouvrit. Il n'avait rien vu venir et n'eut pas le temps de réagir lorsqu'une main tatouée l'attrapa par le bras et l'arracha à l'habitacle. La première impression qu'eut Michael en voyant enfin cet homme était qu'il avait peur ; et Michael ne voulait pas que Fournier ait peur de lui. Il voulait des informations, des réponses, il voulait un partenaire, et ne pouvait pas perdre du temps à devoir le rassurer ou le menacer.

Il fit signe à AG de le lâcher.

« Docteur, permettez-moi de me présenter : je m'appelle Michael Tomlinson et je travaille pour... une société américaine ; une grosse société américaine qui est aux services de nombreuses agences gouvernementales... plus ou moins officielles. Pardonnez la virulence de mon collègue, mais cela fait longtemps que nous cherchons à vous contacter et je suis à peu près certain que nous ne sommes pas les seuls dans ce cas. Bref, le temps nous est malheureusement compté. J'imagine que vous souhaitez quitter le pays, mais je suis à peu près sûr que vous n'avez pas de point de chute, et il se trouve que je suis en mesure de vous aider sur ce point. Si vous le voulez, je peux vous faire... disparaître de la circulation.

— Je ne sais pas de quoi vous parlez, laissez-moi...

— Vous vous appelez André Fournier, vous travaillez depuis vingt ans pour la société GlobalViz ; avant cela, vous vous appeliez autrement, je dirais sans doute Andrzej Kowalski. Vous avez travaillé en Pologne depuis les années 1980 jusqu'à l'aube de ce millénaire ; vos recherches portent sur le traitement de la mémoire, ça c'est pour ce qui est officiel, parce que pour ce qui l'est moins, le cœur de votre travail, aujourd'hui, en vrai, c'est le temps. Pas vrai, docteur ? »

Fournier était terrifié par ce qu'il venait d'entendre. Jusqu'à présent, personne n'imaginait ce qu'il cherchait en réalité, et donc personne n'imaginait qu'il avait déjà trouvé. La seule chose qui garantissait sa sécurité, c'était justement qu'il ne travaillait pour personne, et surtout pas pour un gouvernement. Les gouvernements aiment trop les redondances, il le savait. Il fallait toujours être plusieurs à tout savoir ; plusieurs fois par le passé, on avait tenté de lui expliquer que tout serait perdu s'il était simplement renversé par un bus, mais il s'en fichait. Il savait pertinemment que justement, c'était parce qu'il était le seul à tout comprendre de sa technologie qu'il était en sécurité. C'était son assurance-vie.

« Pourquoi est-ce que vous m'aideriez à disparaître ? »

L'expression du docteur avait changé : la terreur laissait place au doute. Michael savait que le docteur était le seul capable de comprendre complètement sa technologie. Sans lui, il faudrait des années pour atteindre son niveau d'expertise.

« Je ne suis pas votre ennemi, docteur. Je suis ici pour vous offrir une porte de sortie. Je représente des gens puissants qui veulent vous aider à travailler sans avoir à rendre de comptes à personne – fini ces histoires d'espionnage privé. Ce que je vous propose, c'est d'avoir votre propre laboratoire de recherches, un budget quasiment illimité et une immunité totale. La seule chose que nous attendons de vous en retour, c'est que vous poursuiviez vos travaux et que vous en partagiez les découvertes avec un groupe restreint de... bienfaiteurs. »

Fournier resta sans voix. Michael reprit.

« Dans tous les cas, Sylvain Guérin est à vos trousses et ne tardera pas à vous retrouver, et je suis à peu près certain que Richard a également envoyé quelqu'un pour vous ramener chez GlobalViz. Ce que je vous propose, c'est une porte de sortie ferme et définitive. »

L'évocation de Sylvain provoqua un déclic chez Fournier.

« D'accord, mais il faut également qu'on ramène Sylvain avec nous, c'est primordial...

— On fera ce qu'il faut pour ça, comptez sur nous, mais pour l'instant, la priorité, c'est de vous mettre à l'abri. Je ne voudrais pas que... »

Michael s'effondra. Dans le parking, l'écho était assourdissant et Fournier ne comprit pas ce qui venait de se produire. AG le plaqua au sol derrière la voiture et lui fit signe de ne pas bouger. Il avait une arme à la main, et s'approchait de Michael qui se tenait l'épaule en gémissant. AG examina la blessure : Michael aurait besoin de soins, mais sa vie n'était pas en danger pour l'instant. D'un signe de tête, Michael lui fit comprendre qu'il fallait s'occuper du tireur.

*

* *

Grégoire était arrivé quelques minutes plus tôt et avait cherché Fournier dans les deux grands halls de la gare de Lyon. Mais il s'était rendu à l'évidence : si Fournier était là, il pourrait bien ne pas le trouver au milieu de toute cette foule. Par acquis de conscience, il était tout de même descendu dans le parking souterrain à l'entrée duquel la voiture avait cessé d'émettre sa position. C'est là qu'il vit Fournier, en train de parler avec deux hommes. L'un de ces deux hommes, un molosse, avait porté son regard au loin dans le parking et il s'en était fallu de peu pour que Grégoire soit découvert. *Un garde du corps*, se dit Grégoire, *ou un soldat ; quelqu'un d'entraîné, en tout cas*.

Il était trop loin pour entendre la conversation. Il n'avait pas le temps de réfléchir, s'il voulait ramener Fournier vivant chez GlobalViz, il devait intervenir rapidement. Il attendit que le garde du corps tourne la tête dans la direction opposée pour viser l'homme qui conversait avec Fournier. Dans le doute, il tira dans l'épaule de sa cible avant de se mettre à couvert derrière une camionnette. Il entendit, au loin, quelques personnes se mettre à courir, paniquées, puis plus rien. Des secours arriveraient sans doute bientôt, mais pour l'instant, ils étaient seuls.

130

Grâce à la présence de Nadja, Sylvain n'eut pas besoin d'user de la force pour se frayer un passage jusqu'à l'aile est du bâtiment, l'aile médicale, le royaume du docteur André Fournier. Elle avait des questions à poser à Sylvain, elle aussi, et cherchait comment les formuler lorsque Catherine l'interpella :

« C'est vous qui nous avez suivis depuis lundi ? »

Nadja n'allait pas s'en laisser conter, elle n'était pas vraiment d'une nature impressionnable :

« Oui, avec quelques hommes.

— Celui qui nous a attaqués chez moi, il était avec vous ?

— Ça n'a pas d'importance, Catherine, coupa Sylvain. Ils avaient une mission. Leur but était de me protéger, en un sens.

— Comment ça, en un sens ? s'offusqua Nadja. Bien sûr que notre but était de te ramener sain et sauf…

— Pas moi. Ce que j'ai à l'intérieur du crâne : voilà ce que vous deviez ramener sain et sauf. »

Nadja resta silencieuse, continuant de marcher aux côtés de Sylvain et Catherine. D'un côté, elle comprenait l'agacement de Catherine et le cynisme de Sylvain, mais elle trouvait cela injuste. Elle savait que ses missions flirtaient souvent avec la légalité ou la morale, mais au fond elle ne souhaitait le mal de personne, et si elle avait pu ramener Sylvain ici sans dommage, elle l'aurait fait, d'autant, précisa-t-elle, que « Fournier lui-même insistait pour qu'on te ramène en un seul morceau, il avait donné ses consignes à Richard ; pour lui, c'était essentiel. Il n'était jamais aussi directif avec d'autres agents, Sylvain » !

Ils arrivèrent devant une double porte, lourde, à l'encadrement doublé d'un joint épais. Elle était verrouillée. Sylvain pointa le boîtier d'ouverture en regardant Nadja, et cette dernière comprit le message. Puis il se tourna vers Catherine et lui dit à voix basse : « De l'autre côté de la porte, tu vas voir, c'est une salle d'opération chirurgicale comme il y en a plein dans le monde ; mais il y a aussi une machine. Tu es la seule en qui j'ai confiance. Il va falloir extraire des réponses de cette machine, et je ne sais pas du tout à quel point elle est protégée contre les intrusions. Je peux compter sur toi ? »

Elle n'eut pas besoin de répondre ; il sut qu'il pourrait compter sur elle, tout comme elle savait qu'elle pouvait compter sur lui. Il lui prit la main tandis que Nadja avait ouvert la porte à l'aide de sa carte magnétique.

Un souffle frais leur caressa le visage ; comme dans beaucoup de salles médicales, la pression de l'air y était plus grande pour éviter l'intrusion de poussières ou de germes, et il y faisait plus frais pour en limiter la prolifération. Catherine s'attendait à trouver une table d'opération surplombée de nombreuses sources de lumière, mais il n'y avait au centre de la pièce qu'un simple fauteuil, semblable à ceux qu'on trouve dans un cabinet dentaire, à la différence près que, au-dessus de celui-ci, il y avait une sorte de coiffe, une structure métallique en forme de casque et de laquelle partaient de nombreux fils électriques.

« Ici, on n'opère que les cerveaux », indiqua Nadja.

Sylvain était déjà de l'autre côté de la pièce, près d'un écran d'ordinateur. Catherine voyait que l'ensemble des fils qui partaient du « casque » étaient rassemblés en une longue tresse qui finissait dans un caisson métallique situé sous cet écran. Sylvain lui fit signe de le rejoindre, puis tira un tiroir du caisson métallique, laissant apparaître un clavier et une souris.

« À toi de jouer, lui dit-il.

— OK, mais qu'est-ce que je cherche ?

— Pour l'instant, essaie de voir si tu peux te connecter à quelque chose, je ne sais pas comment marche cette machine. »

Il se dirigea vers Nadja et l'entraîna à l'autre bout de la pièce :

« On n'a que quelques minutes avant que tout ne parte en vrille, alors ne perdons pas de temps et dis-moi où se trouve Fournier actuellement. » Elle sortit son téléphone sans le quitter des yeux, puis composa le numéro de Grégoire.

« C'est sa messagerie, dit-elle. Il ne doit pas avoir de réseau, là où il est.

— Trouve un moyen de savoir où il est ; demande à Richard, je suis sûr qu'il a tous les outils nécessaires pour vous fliquer sans problème. Et continue d'appeler ton gars. Il faut absolument qu'il trouve Fournier et qu'il…

— Qu'il le ramène vivant et en un seul morceau ? Qu'est-ce que vous avez tous, déjà, à croire que tout le monde ne cherche qu'à vous tuer, et en plus, pardon, mais qu'est-ce que ça peut bien te foutre, qu'il soit en vie ou pas ?

— J'ai une question à lui poser.

— Ah ? Et lui aussi, il avait des questions à te poser ? C'est pour ça qu'il voulait qu'on te ramène vivant ? demanda-t-elle avec ironie.

— Non. Il veut me récupérer vivant, parce que sans moi il pourrait bien mourir », répondit-il froidement.

131

AG avançait en silence entre les voitures du parking, à la recherche du tireur, tandis que Michael, adossé à la voiture, tenait Fournier en joue avec son arme. En faisant son possible pour masquer la douleur qui lui transperçait l'épaule, il lui dit :

« Je vous le répète, je suis là pour vous aider. L'homme qui m'a tiré dessus veut vous abattre ; alors il faut que je sache si vous avez tout ce qu'il vous faut pour travailler.

— Comment ça ?

— Vos notes, vos résultats, les plans de votre machine ; est-ce que vous avez tout ce qu'il faut et peut-on partir tout de suite ? Ou faut-il retourner à votre laboratoire… auquel cas, je ne vais pas vous mentir, ça ne va pas être simple.

— Non, j'ai tout ce qu'il faut, mais…

— Les cultures ?

— Je les ai, mais le seul réceptacle qui est prêt à l'heure qu'il est…

— Oui, je sais. Écoutez-moi, c'est important. Si jamais nous sommes séparés ou si vous êtes arrêté, prenez contact avec l'ambassade américaine ; demandez-leur Michael Tomlinson ; vous vous rappellerez ? Michael Tomlinson.

— Le seul réceptacle qui est prêt…

— Oui, j'ai compris, il faut récupérer Sylvain. On va s'en occuper, ce ne sera pas un problème. Vous avez compris ce que je vous ai dit ? » Fournier hocha la tête.

Michael n'avait en fait aucune idée de la manière dont il pourrait bien ramener Sylvain et, à dire vrai, c'était le dernier de ses soucis. Il avait passé une bonne partie de la journée à improviser et, nonobstant la balle qui, il en était sûr, était encore logée dans son bras, il s'en était plutôt bien sorti. Et il savait désormais que le docteur avait pris l'essentiel avec lui. Il se doutait de la raison pour laquelle il avait besoin de Sylvain, mais ce n'était pas sa priorité. S'il trouvait un moyen de le ramener, alors il le ferait, mais il ne risquerait pas de tout perdre pour cela.

Une détonation, au loin, le sortit de ses pensées.

*

* *

AG s'approchait de l'endroit d'où le tir était parti. Il vit briller à ses pieds, sous la lumière des néons, une douille de projectile ; il n'y avait plus de doute. Il cessa ses déplacements et se baissa jusqu'à être face contre terre. Il observa sous les véhicules alentour, et finit par trouver ce qu'il cherchait. Là, à une quinzaine de mètres à peine, il voyait parfaitement deux pieds contre l'arrière d'une camionnette. Il se mit en position de tir et cala son bras contre le châssis de la voiture la plus proche de lui, afin de contrôler au mieux sa visée. Il pressa la détente.

*
* *

Grégoire sentit une vive aiguille lui traverser le pied à côté du tendon et ne put, malgré ses efforts, retenir un cri, autant de douleur que de surprise. Il entendit un mouvement derrière lui, tout près ; il devait s'agir du tireur. Il regarda autour de lui et vit que l'escalier qui menait à l'étage supérieur n'était qu'à quelques mètres. Il ne se demanda même pas s'il réussirait à marcher et se mit à courir dans cette direction. Son corps était baigné d'adrénaline, si bien que son cerveau n'arrivait pas à faire émerger à sa conscience un simple message lui indiquant qu'il avait mal. Il montait les escaliers en courant. Arrivé au premier sous-sol, il retourna dans le parking, bondé de véhicules, et se cacha quelques mètres plus loin derrière une voiture, prenant cette fois-ci garde à ce que ses pieds soient couverts par une des roues du véhicule. De là où il était, il ne voyait pas directement l'accès à l'escalier, mais il verrait le tireur après un ou deux mètres. Il n'avait qu'à viser et tirer. C'était tout. Et ce serait fini. Puis il récupérerait le docteur et le ramènerait à son laboratoire. Le plan était simple. Il s'essuya le front du revers de sa manche, arma son pistolet, le mit en joue et attendit.

*

* *

AG ouvrit la porte du premier sous-sol du parking, l'arme au poing, regardant partout, prêt à tirer au moindre bruit. Il avait blessé l'homme qui avait tiré sur Michael, mais cet homme était parvenu à fuir. La douille était tombée relativement loin de l'endroit où se trouvait Michael lorsqu'il avait été blessé, et AG devait donc considérer l'homme qu'il pourchassait comme un excellent tireur, et sans doute comme un excellent combattant. Il fit quelques pas sur sa gauche ; lui aussi était shooté à l'adrénaline, et ses sens étaient en alerte ; tout autour de lui évoluait au ralenti et, dans le même temps, il fallait pouvoir réagir en un quart de seconde. Mais là, il n'y avait rien devant lui. AG fit demi-tour lorsqu'il entendit un bruit, une petite mélodie au xylophone. C'était une sonnerie de téléphone.

*

* *

Grégoire attrapa d'une seule main son téléphone et décrocha rapidement pour en arrêter la sonnerie. Il regretta aussitôt son geste, car il entendit très distinctement Nadja lui parler à l'autre bout du fil ; et si lui l'entendait, il y avait fort à parier qu'il n'était pas le seul. Il posa alors le téléphone au sol et entreprit de faire le tour de la voiture par l'avant, en restant le plus accroupi possible.

*

* *

AG s'approchait de la source du bruit. Il entendait encore quelque chose ; une voix, peut-être, qui devait être proche mais qui semblait lointaine. Il s'approcha autant qu'il le pouvait en restant à couvert, puis prit une courte inspiration, attrapa son arme à deux mains, bloqua sa respiration et bondit hors de sa position. Il faillit tirer avant de réaliser qu'il n'y avait, au sol, qu'un simple téléphone. Il entendit pourtant bien un coup partir. Sans trop savoir pourquoi, il baissa son arme et porta une main à son thorax ; quelque chose de chaud et humide collait à sa chemise. Il lâcha son arme qui tomba dans un bruit métallique en résonnant dans tout le parking, puis se laissa glisser contre la voiture jusqu'à s'asseoir à même le sol.

Grégoire s'approcha en boitant de l'homme qu'il venait d'atteindre. D'abord, il ne lut rien d'autre dans son regard qu'une grande incompréhension, puis il ne lut plus rien. La main tatouée qui tenait sa poitrine retomba sur le côté. C'était terminé.

Grégoire attrapa alors son téléphone, ne se laissant pas même le temps de reprendre son souffle ; il savait très bien que s'il se posait ne fût-ce qu'une seconde, alors la douleur parviendrait à son cerveau. Nadja était toujours en ligne. Il se dirigeait à nouveau vers l'escalier, tout en lui expliquant où il était et ce qu'il venait de faire. Nadja lui apprit que Sylvain était à ses côtés, et lui fit comprendre qu'il était essentiel qu'il ramène Fournier chez GlobalViz, et qu'il le ramène vivant.

« Tout le reste est secondaire », précisa-t-elle.

Il raccrocha et ouvrit la porte de l'escalier. Il avait son ordre de mission.

*

* *

Fournier avait fini de charger la voiture de Michael lorsqu'ils entendirent tous deux un coup de feu. Michael se retourna et, sans réfléchir, Fournier en profita pour prendre la fuite en direction de sa voiture. Michael l'avait droit dans son viseur, mais il ne pouvait tirer ; il risquait de l'atteindre mortellement. Il soupira en baissant son arme. Il n'avait plus la force de courir ; sa blessure lui faisait horriblement mal. AG le rattraperait sans difficulté et le ramènerait à lui. Au prix d'un effort colossal, il parvint à remonter dans sa voiture et à se hisser au volant. Il avait besoin de souffler. Ce n'était pas la première fois qu'il se faisait tirer dessus, mais ce n'était pas non plus un truc auquel on peut s'habituer, loin de là. *Le cerveau est ainsi fait qu'on oublie la douleur,* se dit-il. *On se rappelle qu'on a eu mal, mais la douleur elle-même, elle s'efface avec le temps. Sauf peut-être pour Sylvain.*

Il vit la porte de l'escalier s'ouvrir dans le rétroviseur, mais ce n'était pas AG. C'était un homme qu'il ne connaissait pas, et qui marchait en boitant. Michael ferma doucement la portière de sa voiture et se laissa glisser sur son siège, chaque centimètre lui brûlant un peu plus le bras. L'homme dépassa son véhicule par la gauche, arme au poing, en direction de la voiture de Fournier. C'est à cet instant précis qu'un bruit sourd se fit entendre, qui provenait de l'arrière du véhicule.

Merde, se dit Michael. *C'est le flic qui frappe à l'intérieur du coffre.*

132

Après quelques minutes passées à tenter de comprendre le système installé sur l'étrange machine, Catherine finit par avoir une bonne compréhension de ce qu'elle avait sous les yeux. En mettant de côté toute la partie matérielle, le *hardware*, la machine se composait d'un ordinateur dont le système d'exploitation était une distribution Linux, ce qui était à la fois une bonne et une mauvaise nouvelle. Une bonne nouvelle, parce que ce système très robuste enregistrait automatiquement toute son activité et qu'avec le bon accès, elle trouverait tout ce qu'elle chercherait ; une mauvaise nouvelle parce que, s'il était correctement sécurisé, il lui faudrait des heures pour avoir une chance d'accéder au système sans autorisation.

En l'état, elle n'avait accès qu'à l'application active, manifestement propriétaire, et dont le rôle était sans doute de contrôler tous les fils qui partaient vers le fauteuil. Elle était parvenue à ouvrir une fenêtre de commandes, mais elle était connectée en tant que simple utilisateur, sans droit lui permettant d'accéder aux enregistrements systèmes, les fichiers de *logs* qui lui diraient tout ce que Sylvain voulait savoir. Pour cela, il lui fallait un accès *root*, l'accès du super-utilisateur, celui qui a absolument tous les droits sur tous les fichiers du système. Et, bien sûr, pour obtenir cet accès, il fallait un mot de passe.

Catherine s'adressa à Sylvain :

« Je peux tenter d'attaquer le mot de passe jusqu'à le trouver, mais il va falloir que je redémarre complètement le système, et il faut que tu saches que c'est à double tranchant. Si je réussis à faire ce que je veux, on aura accès à tous les fichiers du système ; mais si j'échoue, peut-être que même l'application en cours ne démarrera pas, et alors on n'aura accès à rien.

— Je suis certain que tu vas trouver, et de toute façon on n'a pas plus de quelques minutes devant nous. J'ai confiance en toi. »

Elle ouvrit le panneau inférieur du caisson métallique et chercha à tâtons l'interrupteur qui éteindrait l'ordinateur. Une fois trouvé, elle ferma les yeux, pria le saint patron des informaticiens, et appuya sur le bouton. L'écran de l'ordinateur s'éteignit d'un coup. Elle savait qu'elle n'aurait que quelques secondes pour accéder au menu de GRUB, le programme de démarrage des systèmes Linux, pour monter la racine du système en écriture et, si tout se passait bien, elle pourrait alors directement changer le mot de passe *root*, le mot de passe donnant accès à tous les droits sur le système.

Elle ferma les yeux un instant, prit une grande inspiration, retint machinalement son souffle et enclencha à nouveau le bouton pour redémarrer le système.

133

Grégoire s'était interrompu. Il avait entendu un bruit étouffé, quelque chose qui cognait contre du métal. Il se retourna et tendit l'oreille, tentant de localiser la source de ce son. Michael ne bougeait plus, ne respirait plus. D'une main, il tira contre sa jambe la culasse de son pistolet vers l'arrière afin de s'assurer de la présence d'une balle dans la chambre, puis dirigea le canon vers la fenêtre de sa portière. Si l'homme s'approchait assez près, il pourrait essayer de tirer. À l'arrière, dans le coffre, le bruit s'accentuait ; Croze frappait de plus en plus fort contre la paroi et s'égosillait pour qu'on l'entende crier, mais sa voix était étouffée par la carlingue.

Grégoire crut apercevoir un véhicule bouger légèrement ; une berline sombre, située à quelques mètres devant lui. Il s'avança, prêt à tirer. De son côté, Michael entendait les pas de l'homme de plus en plus proches et voyait son ombre glisser le long du siège passager à mesure qu'il dépassait un néon suspendu en hauteur. Michael était prêt à tirer, et Grégoire était à moins de trois mètres de lui lorsque le bruit d'une portière qui claque suivi de celui du démarrage d'un moteur le firent se retourner. C'était la voiture de Fournier. Il était en train de s'enfuir. Grégoire oublia immédiatement la berline et courut vers l'escalier ; il fallait qu'il rattrape le véhicule avant qu'il ne sorte du parking.

Michael soupira ; avec la tension qu'il venait d'accumuler et qui s'était évacuée d'un coup, il éclata de rire. *Le docteur réussira peut-être à se faire la malle*, pensa-t-il, *et peut-être même que je ne le ramènerai pas... mais j'ai au moins réussi l'essentiel.* Il se rehaussa au niveau du volant et ferma les yeux quelques instants. Il lui fallait reprendre son souffle et attendre quelques minutes avant de sortir du parking, afin de s'assurer que son assaillant n'était plus dans les parages.

*

* *

Lorsque Grégoire arriva au premier sous-sol, il se dirigea vers la sortie du parking. Comme il l'espérait, plusieurs véhicules étaient en ligne, les uns derrière les autres, attendant leur tour pour franchir la barrière de sécurité et sortir. Grégoire avait rangé son arme et marchait le plus normalement possible, dissimulant au mieux son boitement, à la recherche de la voiture de Fournier. Lorsqu'il la vit, il s'approcha par le côté. Une autre voiture s'était collée derrière celle du docteur, rendant ainsi toute fuite impossible. Lorsque Fournier reconnut Grégoire dans son rétroviseur, il eut un mouvement de panique, regarda de tous les côtés, et comprit qu'il était coincé. Il s'en voulut de ne pas avoir saisi sa chance plus tôt, quitte à accepter l'offre de l'Américain ; il n'aurait pas dû hésiter. Il avait tant cru à son éternelle bonne étoile qu'il s'était persuadé qu'il trouverait un moyen de s'enfuir avec Sylvain. À présent, cela lui semblait bien ridicule.

Grégoire tapota à la fenêtre côté conducteur et Fournier, résigné, descendit la vitre tout en continuant de regarder en face de lui comme si de rien n'était.

« Docteur, vous me laissez monter ? On était tous très inquiets pour vous, vous savez, avec tous ces gens qui cherchent à vous tuer. Mais tout est rentré dans l'ordre, maintenant. Et Sylvain est avec nous, lui aussi. »

Fournier n'en croyait pas un mot, mais au fond de lui une voix résonnait, ténue mais bien présente. La même voix qui lui avait fait croire qu'il maîtrisait la situation et qu'il pouvait tout avoir, cette même voix qui l'avait fait rester dans ce parking au lieu de quitter Paris par le premier train. Tout n'était peut-être pas perdu. Si Sylvain était rentré, il pourrait peut-être le ramener à la raison et, de là, tout reconstruire. Au-delà d'un certain niveau de désespoir, le cerveau vous ferait prendre n'importe quelle vessie pour une lanterne. Fournier coupa le contact, déverrouilla les portières et se glissa sur le siège côté passager. Grégoire se mit au volant et demanda au docteur son ticket de parking. Il attrapa ensuite son téléphone, et composa le numéro de Nadja.

134

Le lieutenant Lambert s'était installée dans un bar qu'elle avait transformé en quartier général en face du siège de la société GlobalViz. Tous les clients avaient été poliment invités à régler leur note et à foutre le camp. Il y avait là une douzaine d'hommes prêts à intervenir. Elle les briefa rapidement : le bâtiment disposait d'un centre médical dans lequel avait lieu une activité criminelle dont la teneur exacte restait à déterminer ; il devait y avoir une morgue au sein de laquelle ils trouveraient des corps non identifiés et non déclarés ; la mission consistait à pénétrer dans le bâtiment et à interpeller tous ses occupants, sans exception. GlobalViz était sans doute une entreprise de façade, mais comme cette façade était spécialisée dans la sécurité des personnes, il allait falloir être prudent : impossible de savoir s'ils allaient rencontrer de la résistance, ni si celle-ci serait armée. Il fallait agir dans le calme et, sauf cas de force majeure, ne pas faire usage de son arme. Tout ce qui pouvait ressembler de près ou de loin à des documents médicaux devait être mis sous scellés.

Le bâtiment comptait deux entrées ainsi qu'un accès à un parking souterrain. Lambert répartit son équipe en trois groupes et se joignit à celui qui devait pénétrer par la porte d'entrée principale. Les autres groupes avaient soixante secondes pour se mettre en position, puis l'assaut serait lancé. Lambert composa à nouveau le numéro de Croze sur son téléphone, et tomba encore sur sa messagerie. *J'espère que tu vas bien*, pensa-t-elle, *parce qu'il me tarde de te passer un savon.*

135

« J'y suis, dit Catherine. Qu'est-ce qu'on cherche ?

— Il faut qu'on trouve les derniers accès à la machine ; qui l'a utilisée et quand. »

Catherine fouilla les répertoires, affichant les dernières lignes de nombreux fichiers de *logs*, et moins de deux minutes après avoir accédé au système elle trouva ce que Sylvain cherchait : Fournier s'était connecté à la machine dans les dernières vingt-quatre heures, et sa connexion avait duré une trentaine de minutes.

« Est-ce qu'on peut savoir ce qu'il a fait pendant cette période ? demanda Sylvain.

— Pas précisément. On pourrait peut-être, si j'avais du temps devant moi, mais j'imagine que ce n'est pas le cas... Ce que je peux faire, en revanche, c'est lister les fichiers créés ou modifiés pendant sa période de connexion.

— Parfait, fais ça ! »

De l'autre côté de la pièce, le téléphone de Nadja sonna ; c'était Grégoire. Elle décrocha et activa le haut-parleur :

« J'ai récupéré le docteur, dit-il, je suis en train de le ramener au siège. »

Nadja allait répondre lorsqu'elle vit que Sylvain secouait la tête. Elle coupa le micro de son téléphone pour lui demander des précisions : « Dans quelques minutes, l'endroit va grouiller de flics. Il va falloir qu'on se casse. Il faut amener le docteur ailleurs. Pas trop loin d'ici, mais ailleurs. »

Nadja réactiva le micro de son téléphone et donna rendez-vous à Grégoire un peu plus loin, dans une petite rue tranquille vers laquelle ils pourraient se rendre à pied. Grégoire demanda à Nadja de prévoir un kit de premiers soins. Il raccrocha avant qu'elle ait pu lui demander pour qui.

Sylvain était retourné auprès de Catherine qui finissait d'écrire son instruction de recherche. Après quelques secondes, trois fichiers apparurent, qui portaient tous le même nom, mais avec des extensions et des chemins d'accès différents. Ce qui attira l'attention de Sylvain, c'était qu'un de ces fichiers se trouvait dans un répertoire intitulé profiles/. Catherine fut quant à elle plus intriguée par la taille du fichier. Elle afficha l'ensemble des fichiers du répertoire en adjoignant sa commande de l'option `-h` qui mettait en forme la liste de façon plus lisible. Tous les fichiers occupaient plus d'un téraoctet, ce qui était déjà énorme, mais le fichier en question en faisait près de quatre. Catherine n'avait jamais manipulé de fichier aussi lourd.

« Qu'est-ce que c'est que ce truc ? demanda-t-elle, incrédule.

— Son profil, répondit Sylvain. Il s'est connecté à la machine et a fait une sauvegarde complète de ses propres souvenirs. Toute son histoire se trouve ici, de son premier baiser jusqu'au goût de son dîner du réveillon 1976, en passant par chacun de ses brossages de dents. Tout y est.

— Mais dans quel but ? »

Sylvain n'écouta pas la question de Catherine. Il savait pertinemment pour quelle raison Fournier aurait préparé une sauvegarde, mais l'urgence était surtout de déterminer ce qu'il avait déjà pu en faire.

« Est-ce qu'il y a un moyen de savoir s'il en a fait une copie ?

— S'il l'a faite directement depuis une fenêtre de commandes, non, à moins qu'il ait commandé un archivage de l'information. Mais... »

Catherine fit remonter les lignes à l'écran jusqu'à retrouver les résultats de sa recherche précédente.

« ... lorsqu'il s'est connecté, deux fichiers de *log* ont été modifiés. Le premier concerne sa connexion et sa déconnexion, c'est un fichier de *log* classique, mais le deuxième est créé par l'application installée sur ce système. S'il a commandé la copie de ce fichier depuis l'application, peut-être qu'elle l'a archivé. »

Tout en terminant son explication, Catherine tapa une instruction qui lui permettait d'afficher toutes les lignes de ce fichier d'archive contenant la date de la veille. Une trentaine de lignes apparurent, parmi lesquelles, à quelques lignes seulement de la fin, la ligne suivante :

```
Thu May 24 19:33 : 03 <glbviz> curr profile
bckup success
```

« Il y a sans doute plusieurs interprétations possibles, avança Catherine, mais ce que je pense, c'est qu'à 19 h 33 hier, le profil qui était chargé dans l'application a été sauvegardé avec succès. Il en a fait une copie.

— On cherche quoi, du coup ? Une clé USB ?

— Vue la taille du fichier, non ; on ne cherche même pas une carte mémoire SD. Là, on cherche directement un disque dur. Et un gros.

— Externe ?

— Possible, oui. En tout cas, il n'y a pas d'autre copie de ce fichier ici, et cet ordinateur est une tour d'ivoire.

— Une quoi ?

— Une tour d'ivoire... Il n'est pas connecté à un réseau, il est parfaitement isolé du monde extérieur. »

L'intervention de la police n'allait plus tarder, ils devaient s'en aller.

« Catherine, quel est le meilleur moyen de détruire ces fichiers ? Le plus sûr ? Celui qui garantit qu'on ne les récupérera pas ?

— La destruction physique du disque dur. Y aller à la perceuse ou à l'acide. C'est le seul moyen totalement sûr.

— Alors fais-le. »

Elle se recula pour pouvoir à nouveau ouvrir le panneau du caisson puis, sans même prendre le temps d'éteindre le système, tira successivement les baies de la machine. Elle trouva cinq disques durs qu'elle arracha sans ménagement de la machine qui finit par s'éteindre, non sans émettre quelques étincelles à cause de la violence de ses mouvements.

Sylvain récupéra les disques et se tourna vers Nadja : « On s'en va », dit-il. Ils sortirent de la pièce, mais Sylvain ne prit pas la direction de la sortie ; il marcha quelques mètres avant d'entrer dans une vaste pièce, sans porte, où se trouvaient quelques fauteuils et quelques poufs qui encerclaient des tables basses. Le long d'un des murs courait une tablette sur le bout de laquelle était posé un four à micro-ondes. Sylvain ouvrit le panneau du four et y engouffra les cinq disques. Il referma le panneau et alluma le four à la puissance maximale, puis se recula. Après quelques secondes, le four explosa.

Ensuite, un autre bruit d'explosion se fit entendre, plus lointain mais plus fort, étouffé par l'épaisseur des murs.

*

*   *

Lambert venait de lancer l'assaut et, simultanément, les trois groupes pénétrèrent dans le bâtiment. Elle traversa le hall d'accueil, où se trouvait un homme à terre, évanoui. *C'est Sylvain qui a dû faire ça,* pensa-t-elle, mais elle en aurait le cœur net quand elle l'aurait interpellé. Personne ne devait sortir libre de l'immeuble, elle ferait le tri plus tard.

*

* *

Lorsqu'ils passèrent devant le bureau de Fournier, Sylvain entra pour constater de lui-même quels échantillons avaient disparu. Et pendant qu'il fouillait le laboratoire, Nadja se remit à son ordinateur, toujours connecté au serveur, et tapa la commande suivante sous les yeux de Catherine :

```
> : sudo rm -rf /
```

Puis elle entra un mot de passe et valida. En se levant, elle croisa le regard écarquillé de Catherine qui lui sourit et, sans émettre un son, mima de sa bouche le mot « *badass* ».

« Il a bien pris les #6bis », dit Sylvain en sortant de la pièce ; puis, remarquant Nadja et Catherine qui s'observaient :

« Qu'est-ce qui se passe ?

— Elle vient de supprimer l'intégralité du serveur », répondit Catherine avec un ton admiratif.

Ils allaient sortir du bureau lorsque des bruits de lutte résonnèrent dans le couloir ; ils s'approchaient. Sylvain fit signe aux deux jeunes femmes d'attendre et sortit de la pièce. Il y avait devant lui deux policiers, armés et vêtus d'un uniforme tactique ; tous deux le visaient avec leur arme. D'un geste sec vers le côté et l'arrière, Sylvain tira sur le bras de l'homme le plus proche, le forçant à s'intercaler entre lui et l'autre officier, plus distant ; Sylvain profita du déséquilibre de son assaillant pour avancer en se servant de lui comme bouclier jusqu'à être à un bras de distance de l'autre policier, qu'il désarma en un éclair. En quelques mouvements de bras et de jambes, les deux hommes étaient à terre. Il se retourna et se retrouva face à un troisième homme qui le menaçait d'un fusil d'assaut. L'homme était hors d'atteinte et Sylvain ne pouvait pas le désarmer. Il leva alors les bras doucement jusqu'à hauteur d'épaule, et c'est à cet instant que Nadja sortit du bureau et fit sauter l'arme de l'homme d'un coup de pied avant de l'assommer d'un coup de poing au bas de sa mâchoire. Sylvain baissa les bras et lui sourit.

« Redis-moi encore une fois d'attendre dans une pièce pendant que tu nettoies une zone, et je t'étale avant que t'aies pu faire un pas, lui dit-elle.

— On va où, maintenant ? demanda Catherine.

— Ces hommes ne viennent pas de l'entrée principale, dit Sylvain à l'attention de Nadja. Le parking ?

— Je ne pense pas ; je dirais plutôt qu'ils sont arrivés par l'entrée Sud.

— Très bien, alors c'est là qu'on va. »

*
* *

Richard était fébrile. Il avait suivi quelques instants les mouvements des flics un peu partout dans le bâtiment depuis son écran d'ordinateur et essayait d'ouvrir son coffre-fort. Il avait du liquide, de quoi partir quelques jours, peut-être quelques semaines, le temps de transférer le reste de son argent ailleurs. Il venait d'ouvrir le coffre lorsqu'il sentit qu'il n'était plus seul dans la pièce. Il entendit alors la voix d'une femme qui lui intimait l'ordre de ne plus bouger et de mettre ses mains en évidence.

*
* *

Vu le bureau, Lambert se dit qu'elle devait se trouver face au patron de GlobalViz ; il se tenait les mains en l'air à côté d'un coffre-fort ouvert dans lequel on distinguait des liasses de billets de banque. Un de ses hommes était parti vers une autre porte située à l'intérieur du bureau, sans doute celle d'une salle de bains, et en revint quelques instants plus tard faisant signe que la pièce était vide.

« Je suis le lieutenant Marion Lambert, de la police nationale. Vous allez être placé en état d'arrestation, on va vous exfiltrer du bâtiment pour appliquer la procédure et tout vous expliquer. Quels est votre nom et votre position au sein de cette entreprise ? »

Richard était abasourdi ; la seule réponse qu'il parvint à formuler fut « j'ai un avocat ». Lambert fit signe à l'un de ses hommes de l'embarquer. *J'espère bien pour toi que tu as un avocat*, pensa Lambert, *parce que si tu es le patron de ce merdier, tu vas en avoir besoin.* Elle attrapa son téléphone et composa à nouveau le numéro de Croze ; cette fois-ci, le téléphone sonnait.

136

Michael était sorti du parking et veillait à bien respecter les limitations de vitesse lorsque le téléphone posé sur le siège passager sonna. Il l'attrapa et vit le nom de Lambert s'afficher. Il ne décrocha pas et reposa le téléphone sur le siège. Elle devait s'inquiéter pour son partenaire, mais de toute façon il allait bientôt le libérer, il fallait qu'il se débarrasse de sa voiture ; si Lambert demandait du renfort pour retrouver son partenaire, elle pourrait sans hésitation en donner une description – peut-être même avait-elle noté la plaque d'immatriculation.

Il passa devant une station de taxis, puis tourna sur sa droite pour sortir d'une des grandes artères de Paris sur laquelle il se trouvait et rejoindre une petite rue moins fréquentée. Il parcourut quelques mètres à la recherche d'une place et gara sa voiture. Il ouvrit le carton du docteur qu'il avait embarqué avec lui. À l'intérieur, outre les documents, Michael avait réuni les autres effets dont Fournier s'était finalement séparé : un disque dur et un caisson métallique, relativement petit. Michael savait très bien ce qu'il contenait. Il referma le carton, l'attrapa sous le bras et sortit de la voiture. Il laissa le téléphone de Croze sur le siège, claqua la portière d'un coup de pied et se mit en marche jusqu'à la station de taxis qu'il avait dépassée. Il monta dans le premier véhicule en tête de file et lui donna une adresse de l'autre côté de la Seine. C'était celle d'un médecin à qui il avait rendu plusieurs services par le passé. *J'espère qu'il pourra me rafistoler*, se dit-il en observant son épaule blessée.

137

Un incendie s'était déclaré dans l'aile médicale. Dès que l'alerte avait été donnée, Lambert avait fait procéder à l'évacuation de l'immeuble avant l'intervention des pompiers. C'était le chaos à l'extérieur. Une vingtaine d'interpellations, des personnes qui entraient et sortaient sans discontinuer ; l'une des équipes d'intervention avait localisé la morgue, mais si celle-ci prenait feu, il deviendrait impossible, ou presque, d'en identifier les corps. Il fallait laisser les pompiers faire leur travail.

Lambert avait fait le tour de ses hommes, dont certains avaient été attaqués, mais fut soulagée de ne constater aucune perte. Des employés de GlobalViz avaient fourni leur aide pour trouver tout le personnel encore présent dans l'immeuble. Pour l'heure, chercher des preuves était secondaire ; il fallait d'abord s'assurer que l'intervention policière n'avait fait aucune victime.

Quelques minutes plus tard, le capitaine des pompiers se présenta à Marion pour lui faire son rapport : l'incendie était à présent maîtrisé, et mis à part de légères intoxications dues à l'inhalation de fumées, il n'y avait que des dégâts matériels à déplorer. Marion souffla : seule la cafétéria, un couloir et un bureau avaient été atteints par les flammes, mais l'essentiel des installations médicales n'avait pas été affecté. Il allait falloir désormais envoyer une équipe scientifique. Tandis que Lambert continuait de gérer les opérations, des journalistes arrivèrent et se joignirent aux badauds qui filmaient de loin avec leur téléphone depuis une bonne dizaine de minutes.

138

Dans une petite rue située derrière l'immeuble d'où s'échappaient encore quelques légers nuages de fumée, Grégoire gara son véhicule. Nadja sortit de la porte cochère sous laquelle elle s'était cachée pour le rejoindre. Il n'était plus seul à devoir gérer Fournier, et il allait enfin pouvoir s'occuper de la blessure à son pied ; il avait beaucoup saigné et avait envie de fermer les yeux, un instant, juste pour se reposer. Il eut simplement le temps de voir que Nadja n'était pas seule – *Est-ce que c'est Sylvain Guérin, ou j'hallucine ?* – avant de perdre connaissance.

Nadja ouvrit rapidement la portière, tira son partenaire hors du véhicule et l'allongea à même le sol. Il avait perdu beaucoup de sang ; il fallait stopper l'hémorragie. Pendant ce temps, Sylvain avait fait le tour du véhicule et arraché Fournier à son siège pour le plaquer contre un mur.

Il avait bien eu envie de lui ouvrir le crâne en deux, mais avait puisé au fond de lui la force de ne pas le faire. La tentation était grande, mais il avait avant tout besoin d'explications. Il se sentit épuisé, vidé ; il aurait voulu s'effondrer sur le sol et pleurer. L'homme en face de lui avait volé sa vie.

« что ты сделал с триной[1] ? hurla-t-il.

— ты не знаешь[2] ? »

Le docteur avait répondu d'une voix blanche, et son visage exprimait une grande tristesse :

« Elle est morte peu après ta naissance, dit-il. Elle a beaucoup saigné pendant son accouchement, et tu exigeais beaucoup de soins ; elle était seule, sinon on aurait sans doute pu faire quelque chose.

— Et pourquoi je ne m'en souviens pas ?

— Tu n'étais pas là lorsque c'est arrivé. Tu étais en service actif, souviens-toi. »

Sylvain se souvenait un peu. Oui, il pensait être en mission à ce moment, mais en même temps tout était flou, bruyant et agité, comme c'est sans doute toujours le cas quand on vient de naître.

Catherine, un mètre derrière les deux hommes, ne comprenait plus rien à la situation – parlaient-ils de sa mère, ou de sa sœur ? – mais elle était inquiète pour Sylvain qui ne semblait pas dans un état normal. Puis elle vit une expression étrange dans le regard de Nadja : quelque chose n'allait pas. Elle tentait de réveiller Grégoire depuis près d'une minute, déjà, mais il y avait autre chose, elle le voyait bien.

---

1. « Qu'as-tu fait de Trina ? »
2. « Tu ne sais pas ? »

Au loin, elle entendait les sirènes de la police de façon ininterrompue depuis qu'ils avaient quitté le siège de GlobalViz, mais il lui semblait maintenant que le son se rapprochait. Elle comprit alors ce qui transpirait des yeux de Nadja ; c'était de la culpabilité. Aux pieds de cette dernière se trouvait son téléphone.

Elle a appelé des secours, se dit Catherine, *pour sauver son partenaire, elle a appelé Marion Lambert*.

« Sylvain, il faut qu'on s'en aille, la police arrive », dit-elle en panique. Mais Sylvain ne l'entendait pas. Des larmes de rage plein les yeux, il voulait en finir une bonne fois pour toutes avec le docteur Fournier. Il sortit une arme de son dos et la colla sous le menton du docteur.

« Je t'en supplie, ne fais pas ça ! » Catherine essayait de retenir son attention. Elle savait qu'il suffirait d'une seconde pour qu'il bascule.

« Ce n'est pas toi, dit-elle.

— C'est précisément moi, répondit-il.

— Non, c'est ce qu'ils ont fait de toi. Ce n'est pas ce que tu dois être. S'il te plaît, je t'en supplie. »

Le docteur ne réagissait pas ; au loin, les sirènes s'approchaient.

« Je ne peux pas le laisser s'en sortir, dit Sylvain. Pas après tout ce qu'il a fait.

— Sylvain, s'il te plaît, regarde-moi. »

Il fallut quelques secondes, mais il finit par croiser son regard, et tout devint plus calme.

Sa respiration, les pulsations dans ses tempes, tout ralentit avec la colère qui s'estompait. Il ne voulait pas la perdre ; elle était la meilleure chose qui lui était arrivée depuis plus de soixante ans. En fait, elle était même la seule bonne chose qui lui était arrivée depuis plus de soixante ans. Il baissa son arme.

« Allons-nous-en, lui dit-elle.

— Je suis désolé, répondit Sylvain. On ne peut pas le laisser s'en tirer. Tu n'imagines pas ce qu'il est capable de faire ; il pourrait tout reconstruire ailleurs... »

La sirène était dans la rue. C'était celle du véhicule de police qui était en train d'arriver.

« Je m'en occupe, dit Nadja. Maintenant, partez ! »

Sylvain estima la situation. Il pouvait neutraliser les policiers, abattre le docteur ; il pourrait faire tout cela, mais Catherine ne le lui pardonnerait pas. Il se tourna une dernière fois vers le docteur et, avec la sensation de parler dans un vieux miroir déformé par les années, lui dit : « Ce n'est pas fini. »

Et ils s'enfuirent.

Après quelques instants et alors que la voiture de police arrivait à leur niveau, Fournier fit un pas de côté vers le trottoir, sans doute pour déterminer s'il pouvait partir ou non, mais il entendit un clic parfaitement reconnaissable ; Nadja venait d'armer son pistolet :

« N'y pense même pas. »

*
* *

Lambert sauta du véhicule, arme au poing.

« Lâchez cette arme, dit-elle en tenant Nadja en joue.

— Je vais la lâcher, dès que vous serez prêts à arrêter cet homme ; c'est lui le responsable de tout ce merdier.

— Lâchez cette arme !

— Est-ce que j'ai votre parole que vous allez arrêter cet homme ?

— Je ne le répéterai pas…

— Si vous tirez, je tire, c'est aussi simple que ça. Il y a une seule façon de régler cette situation dans le calme, c'est que vous me donniez votre parole que vous ne laisserez pas partir Fournier. »

Lambert reconnut le nom de Fournier ; alors elle donna sa parole. Et Nadja posa immédiatement son arme et leva les mains en l'air, tout en précisant que son partenaire était blessé et qu'il avait besoin de soins. Et tandis que Lambert lui passait les menottes et qu'un autre policier s'occupait de Fournier, elle lui demanda comment elle avait eu son numéro de téléphone.

« Tout à l'heure, Sylvain m'a donné ce numéro pour que je l'appelle.

— C'était vous ? Alors j'imagine que vous allez pouvoir m'expliquer un peu ce qui se passe, parce que je vous avoue que tout n'est pas clair…

— Croyez-moi, les choses ne sont pas franchement plus claires pour moi. Le seul qui pourrait vous donner des réponses, c'est lui, dit-elle en désignant de la tête le docteur, mais je ne suis pas sûre qu'il se montre bavard...

— Et pour GlobalViz ?

— Ah, pour GlobalViz, en revanche, là, je vais pouvoir vous tuyauter... »

Un pompier indiqua au lieutenant Lambert que l'homme à terre était stable ; il avait besoin de sang, il était déshydraté mais était désormais hors de danger.

Nadja sourit. *Tu m'en dois une*, se dit-elle.

139

La nuit tombait. Sylvain et Catherine étaient assis sur un banc, dans un square, reprenant leur souffle. Sylvain avait des explications à fournir, mais il avait surtout besoin de parler, d'évacuer tout ça. Catherine avait la tête posée sur son épaule, les yeux mi-clos. Sylvain, quant à lui, avait le regard perdu au loin :

« Fournier n'est pas un chercheur. C'est un éleveur. Peut-être qu'à un moment de sa vie il a vraiment voulu étudier la mémoire pour soigner des traumatismes, mais j'en doute. Ce qu'il a toujours cherché, depuis que je le connais, c'est repousser la dernière limite de l'humanité. L'ultime expérience de l'humanité, c'est comme ça qu'il appelait ses travaux. Son objectif, c'est l'immortalité. Rien d'autre. Dès qu'il a compris qu'il pouvait transférer la mémoire d'une personne dans le corps d'une autre, son seul objectif a été de se transférer lui-même, indéfiniment, de corps en corps et de génération en génération. Mais il avait besoin d'argent pour continuer ses recherches, de beaucoup d'argent ; et de cobayes, aussi.

« À l'époque où il se faisait encore appeler Moltchaline, il a monté un service qui fournissait au gouvernement soviétique des agents infiltrés parfaits : complètement sacrifiables et inconscients de leur statut. Ces agents pouvaient commettre des assassinats, du chantage, de la prostitution de haut vol, rien n'était impossible ; et après un ou deux ans, ces agents développaient des tumeurs cérébrales et on s'en débarrassait. Jusqu'à ma sœur et moi.

« Il n'a jamais vraiment compris pourquoi on était différents, mais on était différents : aucune séquelle physique, y compris sans médication – et ça, il l'a compris avec ma sœur. Il lui a fait interrompre son traitement pendant ses multiples grossesses, et sans lui, elle se rappelait tout ce qu'elle avait vécu, chacune de ses missions, alors que son cerveau aurait dû exploser sous la quantité de souvenirs. Mais non, elle se portait bien.

« Il a bien essayé de faire autrement. On était la seule lignée à permettre les transferts de mémoire dans la durée, et il lui en fallait d'autres. Mais tous les enfants qu'on a eus, elle de son côté et moi du mien, avec d'autres cobayes, tous ces enfants ne présentaient pas nos "*qualités de résilience*", c'est comme ça qu'il les appelait. C'était sa façon à lui de dire que nos enfants étaient tous morts de tumeurs cérébrales.

« C'est à ce moment-là qu'il m'a implanté une nouvelle mission : j'étais un voyou qui devait violer une belle jeune femme. Il aurait pu s'y prendre autrement et nous implanter à tous les deux des profils pour qu'on pense être amoureux, mais non... et pendant que je la violais en pensant être quelqu'un d'autre, elle, elle était parfaitement consciente de qui j'étais. Il ne lui avait pas implanté une autre personnalité. J'entends encore ses cris de douleur et d'incompréhension.

« Lorsque notre enfant est né, je n'ai plus revu ma sœur ; d'ailleurs je n'ai pas non plus vu notre enfant, dont j'ignorais même jusqu'à l'existence. Et en novembre 1979, alors que cet enfant avait, quoi... sept mois, Moltchaline a fait une sauvegarde de mon profil, puis une sauvegarde du sien, et s'est transféré dans mon corps. »

Catherine eut un léger spasme, comme un sursaut, mais Sylvain ne s'interrompit pas.

« Oui, le corps de Fournier, tel que tu le connais, à l'origine, c'est le corps de #6-14 ; mon premier corps. C'est à peu près à ce moment-là que son centre a été détruit dans un incendie. C'est lui qui a tout détruit, pour disparaître ; en cherchant à protéger ses travaux, il avait fait la connerie de trop ; on ne rigolait pas vraiment en URSS à cette époque, c'était encore la guerre froide.

« Les premiers souvenirs que j'ai ensuite se situent en Pologne ; j'étais un homme de 25 ans emprisonné dans le corps d'un enfant de 2 ans. Il m'avait transféré dans le corps de mon propre fils. Bien sûr, il aurait pu élever mon fils comme un enfant, s'il avait eu une once de décence, il aurait pu ne pas me télécharger pour tuer la conscience de mon fils, mais non... Il voulait savoir comment le cerveau si malléable d'un jeune enfant réagirait.

« À cette époque, toujours, Motlchaline, qui s'appelait désormais Kowalski, avait conservé des ovules de ma sœur, qu'il faisait féconder par ses propres spermatozoïdes – les miens, donc – et il conservait les ovules fécondés. Je t'ai dit, c'est un éleveur. Mais à ce stade, il ne savait toujours pas précisément pourquoi c'était différent dans le cas de ma sœur et moi. Alors il a continué les recherches et s'est spécialisé dans le domaine de la génétique, jusqu'à finir en France, sous le nom d'André Fournier.

« C'est pour ça qu'il voulait me ramener à tout prix. Il commence à se faire vieux et voulait se transférer à nouveau ; s'il devait inséminer un de ses ovules fécondés, il lui faudrait attendre au moins vingt ans pour être à nouveau dans un corps d'adulte.

« Ce type a décidé de refuser la mort, mais il en fait payer le prix à d'autres personnes.

— Il ne s'en sortira pas, dit Catherine pour le rassurer.

— Les flics n'auront rien à lui reprocher.

— Nadja va tout raconter à la police ; ils vont trouver la morgue, il y aura bien quelque chose pour le charger. »

Sylvain l'enlaça alors tendrement, en fermant les yeux. Il avait choisi de profiter de ce moment de calme pour la première fois depuis longtemps, et pour la première fois depuis longtemps, il se dit qu'après tout, ce n'était peut-être tout simplement plus son problème.

Épilogue

C'était la troisième fois aujourd'hui que Lambert était convoquée dans le bureau de son capitaine. GlobalViz était un paradoxe parfait : c'était un cas d'école de ce qu'il ne fallait pas faire en termes de procédures mais, dans le même temps, une source qui ne tarissait pas de documents et d'informations à même de clôturer de nombreuses enquêtes en cours. Ils avaient trouvé la morgue, et une demi-douzaine de corps à identifier, ainsi qu'un four crématoire dans lequel il était difficile de déterminer combien de victimes avaient effectué leur dernier voyage. Il y avait aussi des archives, de nombreux procès-verbaux d'autopsies, avec des photos, parfois même avec l'identité du défunt. Richard, le patron de la société, accompagné par son avocat, était entendu plusieurs heures par jour depuis son interpellation, et déballait tout ce qu'il savait. Certains de ces dossiers étaient si sensibles qu'il bénéficierait sans doute d'une clémence pour raison d'État, voire d'une toute nouvelle identité aux frais de la princesse. Parmi les employés de la société, il n'y aurait sans doute pas grand-chose à se mettre sous la dent, ou peut-être Nadja, cette femme qui avait appelé Lambert à l'aide pour son partenaire blessé, un certain Grégoire ; le poste de ces deux-là au sein de GlobalViz était mystérieux et il planait de nombreuses ombres sur leur passé. Et enfin il y avait ce docteur Fournier. C'était lui qui intriguait le capitaine au plus haut point.

Il avait reçu de nombreux appels provenant de sources aussi diverses que prestigieuses, qu'il s'agisse du ministère des Affaires étrangères, de l'Intérieur ou de la Justice. Les Américains voulaient récupérer le docteur qui, depuis son arrivée au poste, n'avait pas prononcé un mot ; il n'avait même pas confirmé son nom. Comment les Américains étaient-ils seulement au courant de son interpellation, ça, c'était un mystère. *Un de plus*, se disait Lambert. Mais là, le capitaine était pieds et poings liés, le problème était devenu diplomatique et il n'allait pas avoir d'autre choix que de leur livrer cet homme.

Lambert avait été rassurée de savoir que Croze n'était pas blessé. Une patrouille avait été alertée à propos d'un véhicule dans le coffre duquel on entendait quelqu'un se débattre, et lorsqu'on l'avait évacué, seul son amour-propre était blessé ; il n'était pas resté cloîtré assez longtemps pour manquer d'oxygène. Croze avait joué de tous ses contacts pour retrouver Michael Tomlinson, mais le seul homonyme dont il trouva la trace était un homme qui avait habité en Floride et qui était décédé quatre ans plus tôt, à l'âge de 88 ans.

*
* *

Michael avait quitté le nom de Tomlinson pour retrouver sa véritable identité, et il était désormais persuadé d'avoir toutes les cartes en main ; certes, il aurait préféré se passer de l'aide d'agences fédérales pour rapatrier André Fournier, mais Michael était avant tout un homme pragmatique, et il savait qu'il gagnerait plus avec Fournier et la CIA que sans aucun des deux. Comme son père le lui disait souvent quand il était enfant, il vaut mieux avoir une petite part d'un gros gâteau que le gâteau en entier si celui-ci est minuscule.

Michael siégeait dans un bureau d'une de ses entreprises. Même s'il ne l'entendait pas, il savait que quelques étages sous ses pieds, on était en train de fabriquer une machine selon les plans de Fournier. Lui aussi allait bientôt pouvoir, à son tour, apprendre à déjouer la mort. Il avait en sa possession suffisamment d'embryons pour vivre plusieurs générations et, d'ici là, avec l'aide du docteur, ils déverrouilleraient les derniers points bloquants de ses travaux et ne seraient plus assujettis à une seule lignée génétique. C'était l'aube d'un nouveau monde. Et Michael en était persuadé, il serait le prochain Alexandre, le prochain César ou le prochain Napoléon.

Derrière lui, dans un coffre, se trouvait le disque dur qui contenait la sauvegarde du docteur Fournier ; il en existait désormais trois copies, à des milliers de kilomètres l'une de l'autre. S'il ne parvenait pas à récupérer le docteur, il le reconstruirait. Cela prendrait des années, mais il y arriverait. « Lorsqu'on vise l'éternité, on ne compte plus les décennies. »

Bien sûr, la CIA allait le financer. Mais il ne devait pas se laisser surprendre, et il n'était pas question que qui que ce soit le tienne par le portefeuille. Il avait sous les yeux une première version du contrat de fusion de GenTech. Henri Codat avait commencé à y apporter quelques modifications, surtout des détails mineurs. GenTech lui appartiendrait bientôt. Il représentait le rêve américain. Il s'était bâti un empire. Mais à la différence de tous les autres empires, le sien ne tomberait jamais.

*

* *

Sylvain alluma le téléphone prépayé qu'il venait d'acheter et composa le numéro de l'inspecteur Lambert. Un des avantages quand on se souvient de tout, c'est qu'on n'oublie ni les dates d'anniversaire, ni les numéros de téléphone. Lorsqu'elle décrocha, il lui demanda des nouvelles de Fournier ; avaient-ils suffisamment de preuves pour l'arrêter pour de bon ? Marion se mit à l'écart pour l'informer :

« J'ai fait tout mon possible, mais les politiciens et les diplomates se sont invités dans la partie ; d'après ce que j'ai compris, il va être extradé aux États-Unis. Je ne pourrai pas l'empêcher.

— Michael..., répondit simplement Sylvain, autant pour elle que pour lui-même.

— J'ai du mal à comprendre la situation, mais la demande a circulé *via* la CIA, le Département de la Défense jusqu'au Quai d'Orsay. Je ne saurai sans doute jamais vraiment pourquoi, mais ils semblent vouloir le traiter comme s'il pouvait les mener au prochain Ben Laden. »

La pugnacité de Michael n'étonnait pas Sylvain, mais contre toute attente, il souriait. Il avait encore une dernière carte à jouer.

« Envoyez ses empreintes digitales aux Russes, dit-il simplement. Je pense qu'il y a des combats que les Américains n'ont pas envie d'engager. »

Il attendit un instant pour s'assurer qu'elle avait bien compris, puis raccrocha. Il éteignit le téléphone et le jeta dans une poubelle. Il repensa au meurtre d'Anatoli Bolgarov et de sa famille. Bolgarov était plus qu'un simple diplomate, il était la liaison entre le centre de recherches de Moltchaline et le Soviet suprême, et de ce fait il connaissait très bien les agissements de Moltchaline. Lorsque Bolgarov avait voulu faire fermer le centre et cesser ses travaux, Moltchaline avait envoyé son meilleur agent, #6-14, l'assassiner avec sa famille. Ça avait été la dernière mission de Sylvain en

Russie, sa dernière mission dans son corps d'origine, le 7 avril 1979. Le larguer aux Russes était une excellente idée, et une délicieuse vengeance pour Sylvain. Sa dernière mission avant d'être dépossédé de son corps marquerait la condamnation de Fournier.

Sylvain alla rejoindre Catherine à la terrasse d'un café sur un quai de la Garonne ; elle l'attendait en sirotant un cocktail. Pour l'instant, ils logeaient dans un petit hôtel dans le centre-ville. Il s'installa à côté d'elle sur la terrasse. Elle lui passa la main dans les cheveux. Ils penseraient au lendemain le lendemain.

*

* *

Quelques mois après la dernière acquisition de GenTech, Henri Codat était installé dans son bureau, en train de lire un rapport interne concernant la productivité de ses diverses usines, lorsqu'une sonnerie retentit sur son téléphone portable. C'était une alerte qu'il avait placée quelques semaines plus tôt dans son agenda et dont le message était seulement « RdB ». Il sourit. Il saurait bientôt si l'association avec GenTech offrait effectivement autant de formidables opportunités qu'il le souhaitait, à commencer par le succès ou non du lancement de l'opération ALTHAMAS.

*

* *

Raymond de Bonneval était dans son office où il lisait un essai sur un énième nouveau modèle économique révolutionnaire qui prétendait mieux rendre compte de la complexité du monde qu'aucun ouvrage précédent. Il fut dérangé par un bruit, étouffé par la lourde porte qui le séparait du living ; puis par un nouveau bruit. Il se leva, agacé, et ouvrit la porte pour découvrir que ses deux enfants toussaient. Il s'approcha d'eux pour les examiner, voir s'ils avaient de la fièvre, mais fut à son tour pris d'une violente quinte de toux. Quelques minutes plus tard, tous trois crachaient du sang.

Rapport Operation ALTHAMAS	Sujet #1
Vecteurs de transmission	0
Cibles atteintes	1/1
Collateraux	2
Statut	SUCCES

*

* *

À Moscou, on se félicitait de la nouvelle. Personne ne savait trop ni comment ni pourquoi, mais les Français, qui avaient appréhendé un homme il y avait maintenant près de six mois, leur avaient fait parvenir ses empreintes digitales. Elles apparaissaient dans un dossier non élucidé vieux de près de quarante ans, celui du triple meurtre, en avril 1979, d'Anatoli Bolgarov, de sa femme et de leur fils. Même si, à l'époque, on considérait cet assassinat comme un possible règlement de comptes, il avait été décidé, compte tenu de l'importance de la victime au sein du gouvernement, que l'affaire serait requalifiée en attentat terroriste.

La Russie n'ayant pas de délai de prescription en matière de terrorisme, c'est donc tout naturellement que les autorités du pays ont demandé l'extradition de ce prétendu docteur André Fournier. Des échanges avec les Américains, qui souhaitaient également extrader cet homme, ont alors commencé. Les Russes n'ont pas cédé, les Américains, si : protéger un terroriste était pour eux une position intenable.

À Moscou, on se félicitait de la nouvelle. L'homme était dans l'avion en provenance de Paris. Il serait là dans quelques heures, serait exposé au public et aux médias, on montrerait que les terroristes ne peuvent jamais s'en sortir, même après plus de quarante ans ; il serait jugé et condamné. Après, il pourrait bien avoir une crise cardiaque, se faire poignarder ou mourir de faim dans une cellule au fin fond de la Sibérie. Qui s'en plaindrait ?

*

* *

À quelques dizaines de pas du bord de mer, confortablement installés à la terrasse de l'hôtel La Corniche, dans le bassin d'Arcachon, Sylvain et Catherine se détendaient enfin. C'était un peu comme un premier rendez-vous ; comme si tout ce qu'ils avaient vécu les jours précédents n'avait été qu'un cauchemar qui s'estompait. Ils avaient beau apprécier les belles histoires sentimentales telles qu'on en voit dans les films, tous deux savaient qu'une histoire d'amour est une éternelle construction. La leur durerait peut-être, peut-être pas.

Sur leur gauche et quasiment à perte de vue s'étendait la dune du Pilat. Sylvain savait que le souvenir qu'il en avait ne lui appartenait pas vraiment, mais il faisait avec. Cette dune, toujours fluctuante mais pourtant solidement ancrée entre mer et forêt, donnait une impression étrange à ceux qui l'observaient : on aurait dit un morceau de la Terre qui n'aurait pas été rempli, comme une peinture inachevée. Sylvain sourit et attrapa la main de Catherine ; il n'était plus seul.

*

*   *

À quelques kilomètres des bureaux de l'homme qui, un temps, s'était fait appeler Michael Tomlinson, trois femmes patientent dans une salle d'attente. Elles sont enthousiastes. Elles savent bien qu'il ne faut pas s'emballer, mais pour l'instant tout se passe pour le mieux, les examens sont bons. La médecine a finalement réussi là où leur corps échouait.

Toutes trois sont heureuses.

Toutes trois sont enceintes.

Remerciements

Jamais je n'aurais eu l'audace d'écrire un roman de fiction sans l'inspiration sans cesse renouvelée de Chuck Palahniuk, de René Barjavel, de Bernard Werber et d'Aaron Sorkin. À eux, je dis merci.

Jamais ce livre ne vous aurait été – je l'espère – aussi agréable à lire sans le soutien constant et l'attention d'Éva et de Christophe, que j'associe humblement à l'élaboration de cet ouvrage. Notamment, s'il y a des choses que vous n'avez pas aimées, il n'est mathématiquement pas impossible que ce soit de leur faute et non de la mienne.

Merci à celles et ceux qui me soutiennent dans mes différentes aventures depuis des années maintenant, et merci à vous, lectrice, lecteur, pour le temps que vous m'avez consacré.

Enfin, merci à mon pote Mitch ; il n'a strictement rien fait concernant ce livre, mais ça le fera sans doute sourire de voir que j'ai pensé à lui.

13301

Composition
NORD COMPO

Achevé d'imprimer en Slovaquie
par NOVOPRINT SLK
le 9 août 2021

Dépôt légal : septembre 2021
EAN 9782290259627
L21EPNN000512N001

ÉDITIONS J'AI LU
87, quai Panhard-et-Levassor, 75013 Paris

Diffusion France et étranger : Flammarion